Christine Sylvester

# Neue Meister, alte Sünden

W0279248

**Christine Sylvester**, geboren 1969, ist Journalistin und lebt als freie Autorin, Dozentin und Bodyguard eines ängstlichen Schäferhundes in Dresden. Mit dem 1. Platz im Dresden-Krimiwettbewerb 2005/06 stieg sie ins mörderische Belletristik-Fach ein. Neben fünf Krimis um die Kommissarin Lale Petersen – zuletzt *PsychopathenPolka* (2014) – hat sie sich mit Krimianthologien sowie preisgekrönten Kurzkrimis einen Namen gemacht.

Christine Sylvester

# Neue Meister, alte Sünden

## Kökkenmöddingers erster Fall

Ein Dresden-Krimi

Bild und Heimat

Mein besonderer Dank gilt Katja Ezold, die nicht nur mich, sondern auch meine Hauptfiguren stets gern mit originellen Rezepten versorgt. www.katjas-buecher-und-rezepte.de

ISBN 978-3-86789-496-8

1. Auflage
© 2015 by BEBUG mbH / Bild und Heimat, Berlin
Umschlaggestaltung: fuxbux, Berlin
Umschlagabbildung: © Akira Yozora, Photocase
Druck und Bindung: GGP Media GmbH, Pößneck

Ein Verlagsverzeichnis schicken wir Ihnen gern:
BEBUG mbH / Verlag Bild und Heimat
Alexanderstraße 1
10178 Berlin
Tel. 01805/30 99 99
(0,14 Euro/Min., Mobil max. 0,42 Euro/Min.)

*www.bild-und-heimat.de*

*Wer glaubt, etwas zu sein, hat aufgehört, etwas zu werden.*

Sokrates

# 1. Feierabend

»Zwölf Euro vierzig, bitte.« Kökkenmöddinger deutete auf den Taxameter. »Twelve forty please.«

Die Fahrgäste plauderten munter durcheinander, und einer zückte das Portemonnaie. »Wo ist diese beergarden?«

»Quite above.« Kökkenmöddinger zeigte die Treppe hinauf zur Waldschlösschen-Brauerei mit dem großen Biergarten. »Nur die Treppe hinauf.«

Er drückte Kökkenmöddinger zwanzig Euro in die Hand. »Thanks. Auch für den Tipp. Dresden is wonderful.«

Kökkenmöddinger lächelte gequält.

Er hatte die Fahrgäste am Theaterplatz im strömenden Regen aufgesammelt, als er eigentlich gerade eine Pinkelpause machen wollte. Diesen Biergarten hatte er ihnen empfohlen, weil an diesem ein Lokal angeschlossen war, sie also so trocken blieben, und um ausnahmsweise pünktlich seine Schicht zu beenden. Seine Blase drückte. Er musste nur noch über die Waldschlösschenbrücke fahren, dann war er fast zu Hause.

Der Regen wurde immer stärker. Kökkenmöddinger fädelte sein Taxi in den spärlichen nächtlichen Verkehr ein und steuerte es hinüber auf die Altstädter Elbseite. Warum waren um diese Zeit noch alle Ampeln in Betrieb? So ein Unsinn.

Ungeduldig verfolgte er die schnelle Bewegung der Scheibenwischer und das herabrauschende Wasser. Der Druck auf die Blase wurde immer stärker. Er konnte unmöglich warten, bis er den Wagen einige Straßen weiter geparkt hatte und mit dem Aufzug im zwölften Stock ankam.

Als die Ampel freie Fahrt signalisierte, bog er kurzerhand nach rechts statt nach links ab und lenkte den Wagen unter der Brücke an den Straßenrand.

Er eilte im Schutz der Brücke ein Stück Richtung Elbe hinunter und erleichterte sich hinter einem der Brückenpfeiler.

Als er seine Hose schloss und sich zum Gehen wandte, erschrak er. Nur wenige Meter entfernt lag etwas Dunkles. Kökkenmöddinger trat zögernd näher. Eine Decke ... und darunter war jemand verborgen. Er schluckte. Ein Mensch, der sich nicht rührte. Vorsichtig berührte er den Fremden mit der Hand und zog sie gleich wieder zurück. Er fröstelte. Sauwetter. Er legte dem Fremden erneut die Hand auf die Schulter und fuhr herum, als diese sich bewegte.

»Was ist?« Ein Mann setzte sich auf.

Vermutlich konnte er ihn genauso wenig erkennen wie Kökkenmöddinger sein Gegenüber. Der Schein der beleuchteten Brückengeländer bot nur diffuse Beleuchtung von den Seiten.

»Entschuldigen Sie bitte«, verlangte Kökkenmöddinger. »Ich wollte Sie nicht stören, ich war nur besorgt.«

Der Fremde schnaufte. »Sie haben mich erschreckt.«

»Das tut mir leid.« Kökkenmöddinger bemerkte, dass der Mann zitterte. »Sie sollten bei diesem Wetter nicht mit so einer dünnen Decke hier herumliegen.«

»Interessiert Sie das tatsächlich?«, fragte der Fremde gereizt.

»Natürlich.« Kökkenmöddinger blieb höflich wie immer. »Und ich könnte mir denken, dass Ihnen daran gelegen wäre, einen Schnupfen zu vermeiden.«

»Sind Sie ein Streetworker oder so was?«

»Nun, ich arbeite tatsächlich auf der Straße«, erklärte Kökkenmöddinger.

»Und da sammeln Sie also des nachts Obdachlose ein?« Er hustete.

»Für gewöhnlich sammle ich Fahrgäste ein.« Kökkenmöddinger klopfte dem Fremden auf den Rücken. »Dort vorn steht mein Taxi. Kommen Sie mit! Ich habe zu Hause ein Gästezimmer.«

»Ich soll mit zu Ihnen nach Hause kommen?«, keuchte der Mann ungläubig.

»Genau. Hier holen Sie sich doch den Tod.« Kökkenmöddinger half ihm aufzustehen. »Also, los!«

Zwölf Stockwerke lang hatte Kökkenmöddinger im Lift Gelegenheit, seinen Gast eingehend zu betrachten. Er trug eine auffallend helle und elegante Lederjacke und passende Schuhe, die sicher nicht billig gewesen waren. Bis auf seinen Bartschatten wirkte er alles andere als verwahrlost oder obdachlos. Mehr wie ein gestrandeter Dandy. »Wir müssen leise sein, weil meine Mitbewohnerin schläft. Die muss um vier Uhr raus.«

»Frühschicht?«, fragte der Fremde leise, während Kökkenmöddinger die Wohnungstür aufschloss.

»So ähnlich.« Er öffnete leise die Tür und machte Licht. »Sie moderiert beim Radio die Morgensendung.«

Kökkenmöddinger bot ihm einen Platz an und öffnete eine Tür. »Ich wohne mit Jelena und diesem dritten Zimmer. Manchmal wohnen Freunde von uns hier doch derzeit steht es leer.«

Der Fremde sah sich um. »Gemütlich habt ihr es. Danke für die Gastfreundschaft.«

Kökkenmöddinger ging zum Kühlschrank. »Ein Bierchen?«

»Da sage ich nicht nein.«

Kökkenmöddinger öffnete eine Flasche und reichte sie ihm. »Wie heißt du?« Er prostete ihm zu. »Ich bin Kökkenmöddinger.«

»Jochen.« Der Gast trank. »Kökkenwas?«

»Kökkenmöddinger.« Er schmunzelte. »Alle nennen mich so. Eigentlich heiße ich Tjelle Rasmus Kökkenmöddinger. Aber Kökkenmöddinger gefällt mir am besten. Und es klingt so schön, wenn die Sachsen es aussprechen …«

»Nu, klar, Göggenmöddinger.« Jochen lachte. »Kommst du aus Skandinavien?«

»Aus Dänemark.« Kökkenmöddinger nickte.

»Wie kommt ein Däne dazu, in Dresden Taxi zu fahren?«, fragte Jochen.

»Wie kommt ein Mann wie du dazu, unter der nächsten Brücke zu nächtigen?«, konterte Kökkenmöddinger und musterte Jochen aufmerksam. »Du bist nicht der klassische Obdachlose.«

»Das ist eine lange Geschichte.« Jochen seufzte.

Kökkenmöddinger sah auf die Uhr und griff zur Bierflasche. »Geschichten, die länger dauern als ein Feierabendbier, sollten wir auf morgen verschieben. Scoll!«

# 2. Frühstück

»Guten Morgen, mein Freund«, begrüßte Kökkenmöddinger seinen Gast. »Ich habe uns ein leckeres Frühstück gemacht.« Er stellte Teller voll Fisch und Käse auf den Tisch. »Ein kleines Wikingerfrühstück.«

Jochen nahm Platz. »Das ist ein opulentes Mahl. Ich bin beschämt.«

»Nicht doch«, winkte Kökkenmöddinger ab. »Hast du gut geschlafen?«

»Wie ein Murmeltier.« Jochens Blick wanderte über den Tisch. »Ich merke gerade, dass ich gar nicht mehr weiß, wann ich zuletzt etwas gegessen habe.«

»Greif zu!« Kökkenmöddinger lud Lachs, Rollmops, Käsestücke und heißen Toast auf und reichte ihm den Teller. »Und dann erzählst du mir, warum du unter der Brücke gelegen hast wie Diogenes in seiner Tonne. Weder siehst du aus wie ein Landstreicher noch warst du betrunken. Also, was ist vorgefallen?«

Jochen gabelte ein Stück Käse auf. »Ich konnte nicht nach Hause, also nicht in meine Wohnung ...« Er schob sich den Käse in den Mund und kaute.

»Hat deine Frau dich vor die Tür gesetzt?« Um Kökkenmöddingers Augen zeigten sich Lachfältchen. »Was hast du angestellt? Hast du sie betrogen?«

»Nein, nein«, wehrte Jochen ab.

»Dann hat sie einen Anderen?« Kökkenmöddinger schenkte Tee ein. »Ich weiß, Frauen sind schwierig. Manche sogar sehr.« Er seufzte.

»Das mag sein«, gab Jochen zu. »Aber ich habe gar keine Frau.«

Kökkenmöddinger lachte. »Das kann einem das Leben erleichtern. Aber bei dir scheint auch ohne die holde Weiblichkeit etwas schiefzulaufen.«

Jochen nickte und schob sich ein Stück Fisch in den Mund. »Mein Job …«

»Du hast ihn verloren?«, bohrte Kökkenmöddinger weiter.

»Nein, nicht wie du denkst.« Jochen schien zu überlegen. »Ich habe mich mit den falschen Leuten angelegt.«

»Aaah.« Jetzt wurde es spannend. Kökkenmöddinger zog die Augenbrauen hoch. »Dann hast du …«

Genau in diesem Moment öffnete sich die Wohnungstür, und Jelena kam herein. Obwohl sie von der Arbeit kam und bereits in aller Frühe aufgestanden war, sah sie fantastisch aus. Kökkenmöddinger betrachtete sie, wie immer, wenn sie sich begegneten, was sie für seinen Geschmack viel zu selten taten. Und das, obwohl sie gemeinsam diese Wohnung bewohnten und doch etwas mehr als gute Freunde waren. Leider nur etwas, denn Jelena, seine schöne zarte Liebe, hielt ihn auf Abstand. Und er, der alte Trottel, harrte aus und nahm, was er von ihr bekommen konnte … hin und wieder ihre Gesellschaft, Gespräche, ab und zu etwas Streit, und sogar gelegentlich ein paar Zärtlichkeiten und Sex. Das war zwar viel zu wenig, wenn es nach ihm ging, aber wenig war immer noch besser als nichts. Und eines Tages, da war Kökkenmöddinger noch immer zuversichtlich, würde Jelena ihre Gefühle für ihn zulassen. Und dann wäre er da und würde sie auf Händen tragen.

»Guten Morgen.« Jelena räusperte sich. »Das Frühstück sieht aber gut aus.«

»Setz dich, meine Liebe.« Kökkenmöddinger stand auf und holte ein weiteres Gedeck aus der Küche. »Wie verlief deine Sendung?«

»Wie immer.« Jelena hängte ihre Tasche über den Stuhl. »Hallo!«

»Das ist übrigens Jochen«, stellte Kökkenmöddinger vor. »Jochen, das ist meine …«

»Jelena.« Sie schüttelte Jochens Hand.

Jochen ergriff flüchtig die Hand, nickte Jelena zu und starrte dann auf seinen Teller.

Jelena betrachtete Jochen, und Kökkenmöddinger bemerkte sofort, dass er ihr Interesse weckte. Wie immer versetzte ihm ihre Aufmerksamkeit für andere Männer einen kleinen Stich.

»Angenehm.« Jochen sah auf die Uhr. »Oje, schon so spät. Ich muss los!« Er sprang auf. »Vielen Dank für das Frühstück, für das Bett, für alles.« Einen Augenblick lang wirkte es so, als wollte er Kökkenmöddinger noch etwas mitteilen. Doch dann murmelte er nur noch etwas wie »Wir sehen uns wieder« und verließ eilig die Wohnung.

Jelena sah erst hinter ihm her und dann Kökkenmöddinger an. »Was war das denn jetzt?«

»Keine Ahnung.«

»Offenbar habe ich ihn verscheucht. Komischer Typ.« Sie schenkte sich Tee ein. »Der kommt mir so bekannt vor.«

»Du kennst Jochen?«, hakte Kökkenmöddinger nach. Er spürte erneut diesen leichten Stich.

»Ich weiß nicht. Der Name sagt mir nichts, aber das muss nichts heißen.« Sie nahm sich eine Scheibe Toast und verstrich etwas Butter darauf. »Woher kennst du ihn denn?«

»Ich habe ihn gestern Abend noch aufgelesen«, wich Kökkenmöddinger aus. »Die späten Schichten sind manchmal einsam.«

»Apropos einsame Schichten.« Jelena warf ein Stück Lachs auf ihren Toast. »Seit vier Wochen übernehme ich jetzt jede Morgensendung. Und was meinst du, wer heute Abend auch noch übernehmen darf?«

»Du musst auch heute Abend moderieren?« Kökkenmöddinger war froh, das Thema zu wechseln.

»Ein Kollege fällt aus.« Jelena biss ins Brot. »Irgendwann setzt mich diese neue Programmchefin vermutlich rund um die Uhr ans Mikro«, stieß sie kauend hervor. »So eine verdammte Sauerei!«

»Sie hört deine Stimme vermutlich ebenso gerne wie ich.« Kökkenmöddinger schmunzelte. »Ernsthaft, du bist halt einfach gut.«

»Fang du auch noch an!«, höhnte Jelena. »Die haben nur alle keine Lust, die Sendung zu übernehmen, weil heute Abend ein langweiliger Studiogast kommt. Irgendein Kunstfuzzi, der die Hörer wahrscheinlich ins Koma doziert. Und wer darf es wieder ausbaden? Ich.«

## 3. Was ist da los?

Wie schon der Nachmittag schien auch der Abend ruhig zu bleiben. Kökkenmöddingers Taxi stand in der Österreicher Straße in Laubegast. Noch drei Wagen warteten vor ihm, und Fahrgäste waren bei dem schönen Wetter und um diese Zeit nicht in Sicht. Es würde noch dauern, bis er eine Fuhre bekam.

Kökkenmöddinger schnaufte und stellte Radio Elbradar ein. Das übliche Hitgedudel plätscherte belanglos vor sich hin. Musik, die weder begeisterte noch störte. Das musste man erst einmal schaffen, stundenlang nur Belangloses zu senden. Er hörte diesen Sender nur, um hin und wieder Jelenas Stimme zu hören – auch wenn sie natürlich professionell nur Belanglosigkeiten absonderte.

So sehr Kökkenmöddinger das Taxifahren liebte, lange Wartezeiten waren manchmal lästig. Er warf einen Blick ins Handschuhfach, in dem er immer ein paar Bücher herumfuhr. Denn am liebsten vertrieb er sich die Zeit noch immer mit Philosophie. Besonders die deutschen Philosophen hatten es ihm angetan. Sie machten alles gründlich kompliziert und drückten sich sperrig aus. Kökkenmöddinger hatte eine diebische Freude an Heideggers Sprachdesaster, Adornos Theoriebezügen und vor allem am nahezu unverständlichen Hegel. Die deutschen Denker hatten ihn zum Studium nach Deutschland gezogen. Und nun musste er seinen Kopf fit halten. Obwohl er seine Doktorarbeit in Philosophie mit summa cum laude abgeschlossen hatte, befürchtete er immer noch, wichtige Erkenntnisse einzubüßen.

Im Radio verplätscherten die letzten Takte einer fröhlichen Melodie. Dann hörte Kökkenmöddinger Jelenas Stimme und seufzte. Sie hatte eine wunderbare Stimme: tief und dennoch weiblich, mit einem lasziven Hauch, der die Ohrmuscheln streichelte. Er achtete gar nicht darauf, was sie sagte, sondern lauschte nur. Schon stampften wieder die Beats. Schade.

Kökkenmöddinger stellte das Radio ab und stieg aus dem Auto. Seine Kollegen standen beisammen und rauchten. Wenigstens eine lästige Angewohnheit, die er nicht hatte. Er aß zu gern und zu viel und liebte sein Feierabendbier, und mit Jelena trank er zum Essen auch gern einen Wein.

»Heute tut sich nischt.« Ein Kollege nickte ihm zu. »Wenn ich könnte, wie ich wöllte, ich würd Feierabend machen.«

Kökkenmöddinger lächelte über diesen sächsischen Konjunktiv. »Wöllte« – das klang ähnlich wie eine Heideggersche Wortschöpfung. Er steckte sein Handy in die Jackentasche. »Ich gehe mir mal ein bisschen die Beine vertreten. Sagt mir Bescheid, wenn ich nachrücken kann.«

Er lief die schmale Straße hinunter in Richtung Elbe. Er mochte diese Gegend, nur am Wochenende war ihm an der Elbinsel zu viel Betrieb. Vor allem zu viele Radfahrer, also Leute, die Straßen und Wege verstopften und nicht als Kundschaft taugten. Da waren ihm Autofahrer lieber, noch lieber natürlich erschöpfte Fußgänger.

Hoppla! Kökkenmöddinger war so in Gedanken, dass er fast mit einem Polizisten zusammengestoßen wäre. »Entschuldigung.«

Der Uniformierte schien vor ihm ein Stück zu wachsen. »Hier ist kein Durchgang, alles gesperrt.«

»Ach so? Ich sehe gar keine Absperrungen.« Kökkenmöddinger sah sich aufmerksam um. Weiter unten am Ufer standen noch zwei Polizisten und schienen eine Gruppe von Menschen zu bewachen. »Ist denn etwas passiert?«

Der Polizist guckte finster. »Hier ist gesperrt.«

Kökkenmöddinger reckte sich leicht, um besser sehen zu können. Doch er war ohnehin einen Kopf größer als sein Gegenüber und sah, dass die beiden anderen Polizisten nun den Radweg blockierten.

»Bitte, gehen Sie jetzt zurück«, verlangte der Uniformierte.

»Das ist schlecht. Ich muss mal pinkeln«, log Kökkenmöddinger.

»Aber doch nicht hier!«

»Nein, aber dort vorn ist ein Lokal.«

Der Polizist schnaufte. »Gut, dann gehen Sie eben schnell noch durch. Aber zurück nehmen Sie die nächste Straße. Wir machen jetzt alles dicht.«

»Und warum?« Jetzt sah Kökkenmöddinger, dass Bewegung in die Menschengruppe am Ufer kam.

Der Uniformierte wandte sich ab, um Radfahrer anzuhalten. Kökkenmöddinger nutzte die Gelegenheit, um ein Stück die Böschung hinunterzulaufen und einen Blick auf das Geschehen zu erhaschen. Viel konnte er nicht erkennen. Eine helle Jacke am Boden erregte seine Aufmerksamkeit, und ein Schuh, der dazu passte. Er trat näher an die Gruppe heran. Die Jacke sah genau so aus wie die, die sein Gast Jochen getragen hatte. Und dann der Schuh … Keine Frage, das war Jochen mit seinem Dandy-Outfit, der da am Boden lag. Jochen mit der geheimnisvollen Geschichte …

Kökkenmöddingers Handy piepste. Gereizt nahm er das Gespräch entgegen. »Ja? Bei der Arbeit!«

»Nun, offenbar nicht.« Es war Sarah aus der Zentrale. »Ein Kunde wartet am Taxistand. Er sagt, es stehe nur ein verlassener Wagen herum.«

»Ich musste mal«, sagte Kökkenmöddinger. »Bin sofort wieder beim Wagen.« Er steckte das Handy weg, ging die Böschung hinauf über den Radweg zur Straße. Auf halbem Weg zum Taxistand an der Ecke Österreicher Straße kam ihm ein Kombi mit verdunkelten Scheiben entgegen. Ein Leichenwagen. Kökkenmöddinger bekam eine Gänsehaut. Jochen …

Schnell schüttelte er den Gedanken ab und lief auf die Fahrgäste zu, die neben seinem Taxi warteten. Sie waren sichtlich angeheitert und winkten ihm fröhlich zu. »Gut gepullert?«, fragte einer mit Bierfahne.

Kökkenmöddinger nickte knapp. »Wohin soll's denn gehen?«

»Zum Flughafen«, hauchte die Bierfahne und kicherte blöde.

Kökkenmöddinger hielt ihnen die Türen auf. »Gern. Solange Sie nicht der Pilot des nächsten abhebenden Fliegers sind.«

»Wir sind die Stewardessen«, sagte einer schleppend. Alle drei grölten.

Kökkenmöddinger stieg ein und aktivierte den Taxameter. Immerhin lohnte sich eine Fuhre von Laubegast bis zum Flughafen.

# 4. Bilder im Kopf

»Nein!« Kökkenmöddinger wand sich, schwitzte. »Nein, lasst mich gehen!«

Schritte entfernten sich, er starrte in vollkommene Dunkelheit und spürte Angst in sich hochkriechen. Nein, nicht in Panik geraten! Er musste sein Gehirn beschäftigen. Was wusste er über Angst? Wie sagte Kant: »Habe Mut, dich deines Verstandes zu bedienen«. Er musste unbedingt seinen Kopf anstrengen. Das half.

Kökkenmöddinger zerrte an seinen Fesseln. Keine Chance, er würde seine Handgelenke nicht befreien können. Er saß fest – in unbekannter Umgebung und tiefer Finsternis. Es stank faulig und nach Fäkalien.

»Denk!«, rief er sich erneut zur Ordnung, als nun der Ekel seine Eingeweide zusammenzog. »Denk an das, was du gelernt hast! Es gibt nichts Praktischeres als eine gute Theorie« – war das auch von Kant? Warum fiel ihm nur Kant ein? Epikur war doch der Denker, der sich mit der Überwindung der Furcht beschäftigt hatte. »Denn alles, was gut, und alles, was schlecht ist, ist Sache der Wahrnehmung.«

Kökkenmöddinger schnaufte. Wie sollte er Fesseln, Gestank, Dunkelheit, Kälte und Angst als gut wahrnehmen? Philosophie. Er hätte lieber Kampfsport erlernen sollen. Was half ihm sein tonnenschwerer Philosophenkopf schon bei einem Überfall!

»Kraftedame lort! Verdammte Scheiße!« Sein Ruf hallte. Offenbar befand er sich in einem großen hohen Raum, einer Halle vielleicht. Der Boden war rau, wirkte porös wie bröckeliger Beton.

Es gab häufig Überfälle auf Taxifahrer. Die Bedrohung fuhr immer mit. Die Täter waren bewaffnet oder wurden handgreiflich, raubten Geld. Ein Kollege von ihm war sogar vor einigen Jahren bei einer Messerstecherei getötet worden. Auch Taxifahrermorde machten immer wieder Schlagzeilen in der Boulevardpresse. Aber das hier? Sie verschleppten ihn irgendwohin und nahmen seinen Wagen. Mit dem Taxi würden sie nicht viel anfangen können. Wenn er sich in der Zentrale nicht meldete, der Wagen verschwunden war … Sobald der Wagen irgendwo auftauchte, würde man nach ihm suchen. Kökkenmöddinger atmete kurz auf. Natürlich!

Doch was, wenn die Verbrecher vorher wiederkamen? Schließlich hatten sie ihn nicht einfach irgendwo abgesetzt, sondern ihn verschleppt und versteckt. Die Fragen ballten sich in seinem Kopf zu einem Klumpen zusammen. Hatten sie ihn nur vorübergehend aus dem Verkehr gezogen? Er fröstelte. Aber warum? Was hatten sie mit ihm vor? Was sollte er hoffen? Dass sie bald wiederkamen? Dass sie nie wiederkommen würden? Wie oft hatte man schon von Entführungen gelesen, die tödlich ausgingen, weil die Geisel nicht gefunden werden konnte …

»Neiiin!« Kökkenmöddinger spürte eine Hand an seiner Schulter. Als er die Augen aufriss, blickte er in Jelenas Gesicht. »Du?«

Sie ließ sich auf der Sofalehne nieder und sah ihn besorgt an. »Hattest du wieder diesen Traum?«

Kökkenmöddinger rappelte sich auf. »Ich muss eingeschlafen sein. Ich habe … ich dachte …«

»Hört das denn nie auf?« Jelena seufzte. »Du hättest damals doch eine Therapie machen sollen.

»Ach was«, winkte Kökkenmöddinger ab. »Dann wäre ich doch meinen Job losgeworden. Einen Taxifahrer mit Psychomacke nimmt keiner.«

»Eben drum«, sagte Jelena. »Aber ich will nicht mit dir streiten. Hast du auf mich gewartet?«

Kökkenmöddinger rieb sich die Augen. »Ja.«

»Das ist lieb von dir.« Jelena lächelte.

»Hast du Informationen darüber, was gestern in Laubegast los war?«, hakte Kökkenmöddinger nach. »An der Elbinsel waren Polizei und ein Leichenwagen. Haben die dort einen Toten gefunden?«

»Ach, daher weht der Wind. Und ich dachte schon, du wolltest Zeit mit mir verbringen.« Jelena verzog das Gesicht zu einer Grimasse. Dann schien sie zu überlegen. »Doch, es kam eine Meldung über die Agenturen. Aber ich habe das nicht weiter verfolgt. Ein unbekannter Toter passte nicht in meine Sendung.«

»Kannst du mir ein paar Informationen besorgen?«

»Jetzt?« Jelena tippte sich an die Stirn. »Du spinnst wohl. Ich habe den ganzen Abend mit diesem Kunstmenschen verbracht. Zwischendurch habe ich ihm zweimal einfach das Mikro zugedreht. Ich hatte ja schon Schwierigkeiten, bei seinem Geschwafel nicht einzuschlafen.« Sie verdrehte die Augen. »Ich fürchte, wir hatten genau zwei Hörer. Seine Frau und seine Mutter.«

Kökkenmöddinger schmunzelte. »Was macht der Mensch denn für Kunst?«

»Keine.« Jelena lachte auf. »Er ist Kunsthistoriker und organisiert internationale Ausstellungen.«

»Das hört sich gar nicht so langweilig an«, warf Kökkenmöddinger ein.

»Schon. Er ist hier, um für andere Museen Bilder und Skulpturen auszuleihen«, erklärte sie. »Aber leider musste er mir gefühlte hundert Kunstwerke bis ins Detail beschreiben. Ein historisches Kleinklein und Namedropping ohne Ende …«

»Und ohne Bilder.« Kökkenmöddinger lachte auf. »Im Radio macht das wirklich überhaupt keinen Sinn.«

# 5. Beunruhigt?

Mit einem heißen Pappbecher in der Hand verließ Kökkenmöddinger die Bäckerei und stieß auf seinen Kollegen Heinz, der sich der morgendlichen Zeitungslektüre widmete. Die Schlagzeile auf der Titelseite des Boulevardblattes erregte Kökkenmöddingers Aufmerksamkeit. »Mord oder Unfall? Tod am Elbufer«, las er.

»Guten Morgen, Heinz.«

»Kökkenmöddinger!« Heinz reichte ihm die Hand.

»Wir haben ein Verbrechen zu beklagen?« Kökkenmöddinger deutete auf die Zeitung. »Steht etwas Interessantes drin?«

»Natürlich nicht. Sie haben einen Toten gefunden und kommen nicht weiter. Oder die Polizei will nichts sagen.« Heinz schüttelte den Kopf. »Diese Schmierfinken wollen das doch nur aufbauschen. Wahrscheinlich hatte irgendein überarbeiteter Manager einen Herzinfarkt.«

Kökkenmöddinger nahm einen Schluck Kaffee. »Auch nicht schön.«

»Selbst schuld, wenn solche Leute bis zum Umfallen Geld scheffeln.« Heinz wirkte gleichgültig. »Ich habe mir die Zeitung nur besorgt, weil ich wissen wollte, ob einer von uns das Opfer war. Meine Frau macht mich immer ganz rappelig damit, weil sie behauptet, dass Taxifahren so gefährlich sei.« Er faltete die Zeitung zusammen. »Ständig legt Bärbel mir Artikel mit Überfällen auf Taxifahrer oder auch Morden aus Hamburg, Frankfurt hin …«

»In Dresden lebt doch jeder Fußgänger gefährlicher als wir«, warf Kökkenmöddinger ein. Er dachte an seinen wiederkehrenden Traum, den Jelena für ein Trauma hielt.

Der Kollege winkte lachend ab. »Wenn ich Lehrer wäre, würde sie mir Berichte über gewalttätige Schüler servieren, oder als

Bankangestellter alles über Banküberfälle. Bärbel ist eine wandelnde Katastrophenstatistik.«

»Hallo, Taxi!«

»Kundin, Kollege.« Kökkenmöddinger deutete mit einem Nicken hinüber zu einer eleganten Dame, die mit allerhand Gepäck aus dem Bahnhof auf die Taxireihe zusteuerte. »Deine Fuhre.«

Heinz seufzte. »Die will bestimmt nur drei Straßen weiter ins Hotel.« Er drückte ihm die Zeitung in die Hand. »Dann wollen wir mal ...«

Kökkenmöddinger warf einen Blick in das Boulevardblatt. Das Bild zum Artikel zeigte nur Elbufer, Menschen und Polizisten. Das hatte er selbst alles gesehen. Und sogar ein bisschen mehr. Er musste wieder an die auffällige Jacke und die Schuhe denken. Vielleicht war das ein Zufall, oder er hatte irgendetwas falsch wahrgenommen.

Er nahm einen Schluck Kaffee und überflog den Text. Man hatte wohl nur die von Jelena erwähnte Agenturmeldung um ein paar Kommentare von Schaulustigen ergänzt. Sinnlose Bemerkungen wie »Schrecklich, ein Toter in unserer Nachbarschaft!« oder »Ich verstehe das nicht. Warum tun Leute so was?«. Was allerdings tatsächlich passiert war, ließ der Artikel offen: »Die Polizei schließt ein Verbrechen nicht aus.« Das war doch ein Standardsatz.

Kökkenmöddinger legte die Zeitung zur Seite und griff nach seinem Handy. Er sah auf die Uhr und wählte Jelena an. Um diese Zeit machte sie für gewöhnlich Frühstückspause, wenn sie im Sender war.

»Kökkenmöddinger! Was gibt's?« Sie klang gehetzt. »Dringend?«

»Weißt du etwas Neues über den Toten an der Elbe?« Kökkenmöddinger bemerkte, dass ein Mann schnurstracks auf sein Taxi zulief.

»Nicht viel. Moment.« Er hörte Jelena kramen.

Kökkenmöddinger warf den fast geleerten Pappbecher in einen Mülleimer und winkte dem Mann. »Und?«

»Ich denke, sie wissen schon, wer der Tote ist«, sagte Jelena. »In der neuen Meldung steht aber nur, es handle sich um einen Dresdner Journalisten, der bereits vermisst wurde.«

»Danke.« Kökkenmöddinger drückte das Gespräch weg und wandte sich dem Fahrgast zu. »Wohin soll es denn gehen?«

»Sehenswürdigkeiten«, sagte der Mann und rollte sein Businessköfferchen zum Kofferraum. »Ich habe noch über eine Stunde Zeit bis zu meinem nächsten Termin. Die Zeit will ich nutzen. Sie fahren mich einfach zu allem, was man hier gesehen haben muss. Ich mache schnell ein Foto und weiter geht's.«

Kökkenmöddinger grinste. So eine Fahrt war eine willkommene Abwechslung.

»Was meinen Sie, wie viel wir in einer Stunde schaffen?«, fragte der Business-Mann, ohne eine Antwort abzuwarten. »So viel wie möglich wäre gut. Ich muss pünktlich am Kongresszentrum sein. Also nicht zu viel Aufwand.«

Nach einer Fotorunde auf dem Theaterplatz, vor dem Schloss und von der Augustusbrücke steuerte Kökkenmöddinger sein Taxi durch einige Neustädter Seitenstraßen, um möglichst nah an die Elbe zu kommen.

»Der Rosengarten«, informierte er seinen Fahrgast und fuhr langsam weiter. »Dort vorn fährt übrigens eine kleine Fähre.« Kökkenmöddinger hielt kurz an und spähte hinunter zum Anleger.

»Was wollen wir denn hier?«, fragte sein Fahrgast. »Fahren Sie doch einfach weiter.«

Kökkenmöddinger schnaufte. Ja, was wollte er hier. Er ertappte sich dabei, nach Jochen Ausschau zu halten. Es hätte ihn ungemein beruhigt, ihn irgendwo unversehrt zu sehen.

Er chauffierte seinen Fahrgast weiter die Bautzner Straße entlang, vorbei am Waldschlösschen, über den Weißen Hirsch hinauf nach Bühlau, um dann hinunter nach Loschwitz zu fahren.

»Zur Rechten ist der Wohnsitz des Ministerpräsidenten«, erklärte Kökkenmöddinger. »Und unten am Körnerplatz finden Sie die beiden Standseilbahnen.«

Sie passierten die als »Blaues Wunder« bekannte Loschwitzer Brücke und der Fahrgast knipste durch die Heckscheibe. Dann ging es mit Blick auf die Elbschlösser zurück in Richtung Altstadt.

Kökkenmöddinger warf einen Blick auf die Uhr. Sein Kunde würde mehr als pünktlich das Kongresszentrum erreichen. Er lenkte den Wagen unter der Waldschlösschenbrücke an den Fahrbahnrand.

»Warum halten wir hier an?« Sein Fahrgast schien automatisch die Kamera in Position zu bringen.

»Weil wir mal pinkeln müssen.« Kökkenmöddinger stieg aus. Dieser Business-Mann ging ihm mit seinem Effektiv-Sightseeing, das jede japanische Reisegruppe in den Schatten stellte, gewaltig auf die Nerven. Sein Kopf war mit ganz anderen Dingen beschäftigt.

Unruhig sah er sich unter der Brücke um und lief weiter hinunter zur Elbe. Doch an keinem der Pfeiler konnte er Jochen oder Spuren von ihm entdecken. Nur ein einsamer Spaziergänger mit Hund lief unter der Brücke hindurch. Nicht einmal unten am Radweg waren Menschen.

Seufzend machte Kökkenmöddinger kehrt. Es schien unsinnig, nach Jochen Ausschau zu halten. Und wenn er untergetaucht war, würde er vermutlich nicht wieder denselben Orten aufsuchen.

Sein Fahrgast kam ihm bereits entgegengelaufen. »Wo bleiben Sie denn? Ich habe in zwanzig Minuten meinen Termin!«

»Keine Sorge, wir sind in zehn Minuten am Kongresszentrum.« Kökkenmöddinger ließ sich hinters Steuer gleiten. Jetzt hatte er ganz vergessen zu pinkeln.

# 6. Verkocht, Verlangen, Verlust

Kökkenmöddinger streute Speckwürfel und Semmelbrösel über den Teig und rollte alles zu einer dicken Wurst zusammen. Dann teilte er handbreite Stücke ab und gab sie vorsichtig in die köchelnde Fleischbrühe.

Er öffnete den Backofen und schnupperte genüsslich an der zwiebelbedeckten Auflaufform. Jelena würde sich freuen über dänisches Apfelfleisch mit sächsischen Wickelklößen.

Pfeifend machte sich Kökkenmöddinger daran, den Tisch zu decken. Als er den Schrank öffnete, zögerte er angesichts der Weingläser. Welcher Wein passte zu diesem Essen? Weiß oder rot? Oder doch lieber Bier?

In diesem Moment hörte er den Schlüssel im Schloss der Wohnungstür. Und schon stand Jelena am Tisch.

»Du hast gekocht«, stellte sie fest. »Riecht lecker.«

»Wein oder Bier?« Er sah sie erwartungsvoll an.

»Dusche.« Sie warf ihre Tasche in die Ecke und begann sich auf dem Weg ins Bad auszuziehen.

Kökkenmöddinger seufzte. Am liebsten wäre er ihr gefolgt. Er griff zu den Rotweingläsern und nahm die passende Flasche aus dem Regal.

»Übrigens wissen sie jetzt, wer der Tote ist …«, hörte er Jelena rufen. Dann verlor sich ihre Stimme im Wasserrauschen.

Kökkenmöddinger entkorkte die Flasche und schenkte Wein in die Gläser. Als der Backofen einen schrillen Pfeifton ausstieß, lief er in die Küche, um Topflappen zu zücken und die Auflaufform aus dem Ofen zu ziehen.

Im Bad verklang das Rauschen, und er hörte Jelena eine fröhliche Melodie summen. Als Kökkenmöddinger gerade die Form abstellen wollte, trat Jelena nur in ein Handtuch gewickelt aus dem Bad. Beinahe wäre ihm der Auflauf aus den Händen geflutscht.

»Mein Bademantel hängt nicht am Haken. Weißt du, wo der ist?« Sie befestigte einen Handtuchzipfel unter der Achsel und nahm am Tisch Platz.

»Er ist in der Wäsche.« Kökkenmöddinger stand unschlüssig neben dem Tisch.

»Wieso das denn?« Jelena griff zum Glas. »Prost! Ich ziehe den doch sowieso nur frisch geduscht an.«

Er schmunzelte. Dann fiel ihm Jochen wieder ein. »Was wolltest du mir eben erzählen? Ich habe dich nicht verstanden. Die Dusche ...«

»Ach so, ja, es gibt Neuigkeiten. Der Tote ist ein gewisser Jochen W. Sein korrekter Nachname ist Wegbaum, aber den dürfen wir ja nicht nennen. Schutz der Privatsphäre und so. Das ist doch dein seltsamer Freund, der beim Frühstück plötzlich abgehauen ist?«

Kökkenmöddinger ließ sich auf seinen Stuhl sinken. »Also doch.« Nun griff auch er zum Weinglas und nahm einen kräftigen Schluck. »Pokkers!«

»Ja, das ist Mist.« Jelena nickte. »Was weißt du eigentlich über den Kerl? Er wirkte schon etwas eigenartig.«

»Du weißt, dass ich Menschenkenntnis besitze«, erklärte er. »Das bringt mein Beruf so mit sich.«

»Ich weiß, dass du dir jeden dahergelaufenen Kerl ins Auto lädst.« Ihre Augen blitzten auf. »Das ist schließlich schon einmal schiefgegangen.«

Kökkenmöddinger winkte ab. Plötzlich war da ein beißender Gestank. »Meine Klöße!« Er sprang auf, lief in die Küche, riss den Topf von der Herdplatte und sogleich das Fenster auf. Die Brühe war längst verkocht und seine Wickelklöße hatten sich zu stinkenden Batzen auf dem Topfboden entwickelt. »Verdammt!«

»Wir haben doch noch den leckeren Auflauf«, sagte Jelena und begann, Apfelfleisch auf den Tellern zu verteilen. »Komm, setz dich und iss erst mal.«

»Es stinkt«, grummelte Kökkenmöddinger, doch es musste schon mehr passieren, damit ihm der Appetit verging. »Velbekomme!«

Dann sah er in Jelenas Gesicht. Es war zu einer Grimasse verzogen. Sie ließ die Gabel sinken und spülte hastig mit Wein nach.

»Was ist?«

»Probier!« Jelena nahm einen weiteren Schluck.

Kökkenmöddinger nahm eine Gabel, hielt inne und hätte am liebsten alles wieder ausgespuckt. Doch er kaute tapfer und schluckte. Dann allerdings leerte auch er schnell sein Glas. »Völlig versalzen, verdammt.«

Kurz darauf saß Kökkenmöddinger mit Jelena in der kleinen Pizzeria von Luigi ein paar Straßen weiter vor Antipasti und weiterem Rotwein und sehnte sich nach seiner Pizza Mafiosa.

Jelena erzählte muntere Anekdoten aus dem Sender und man merkte ihr an, dass sie bereits einen leichten Schwips hatte. »Jedenfalls gefällt es mir trotz der blöden Arbeitszeit beim Elbradar immer noch besser als damals in der Redaktion der Tal-Ente …«

»Tal-Ente? Ist das eine Zeitung?« Kökkenmöddinger schob sich eine gefüllte Peperoni in den Mund.

»Nur ein Spitzname, weil dort so viele Enten produziert wurden, also falsche Meldungen, und weil eben nicht gerade viele Talente an Bord waren.« Jelena kicherte. »Die *Tagespost* war eigentlich nicht schlecht, bis auf unseren Dresdner Lokalteil eben. Für den Laden hat dein toter Jochen W. übrigens zuletzt gearbeitet. Ein früherer Kollege von mir ist noch da und kannte auch diesen Wegbaum.«

»Ach was?« Kökkenmöddinger sah sie an. »Dann müssten die ja wissen, an welcher komischen Geschichte er dran war. Er hat zu mir gesagt, er habe sich mit den falschen Leuten angelegt.«

Luigi servierte die Pizza höchstpersönlich. »Ist der Herr wieder am Verhungern?« Er lachte. »Für dich, mein Freund, ist die Pizza wieder extragroß.«

»Oh, ganz hervorragend, Luigi. Du bist der Beste!« Kökkenmöddinger machte sich gierig über seine Mafiosa her.

Jelena achtelte ihre Pizza und nahm ein Stück zur Hand. »Meinst du, er wurde von irgendwelchen Gangstern beseitigt?«, fragte sie schmunzelnd.

Er kaute. »Das ist doch nicht auszuschließen, wenn er sich schon nicht mehr nach Hause traute und untergetaucht ist.«

»Mmh.« Jelena schien zu überlegen. »Der Sprecher der Polizei murmelte etwas von Vergiftungssymptomen und einem möglichen Selbstmord. Aber natürlich halten die sich bedeckt. Die Kollegen vom Boulevard haben ja sowieso schon einen Mordfall daraus gemacht.«

»Klar, verkauft sich besser.« Kökkenmöddinger hatte bereits die Hälfte seiner Pizza verputzt. Er dachte an die Schlagzeilen. »Vergiftet also …«

Jelena schenkte Wein nach und trank. »Nicht, dass du ihn noch mit deinem Wikingerfrühstück auf dem Gewissen hast.«

Kökkenmöddinger stutzte. »Wir leben doch auch beide noch.«

»Und wie!« Jelenas Augen funkelten.

»Wie dem auch sei.« Kökkenmöddinger nahm das letzte Viertel Pizza in Angriff. »Ich finde es heraus!«

Jelena schüttelte lachend den Kopf. »Du bist nicht nur ein gieriger Mensch.« Sie deutete auf seinen fast leeren Teller. »Du bist auch schrecklich neugierig!«

»Und stur und beharrlich«, ergänzte er grinsend. »Und ich weiß genau, was ich will.«

Jelena leerte ihr Glas. »Und was willst du? Also abgesehen davon, auf deine alten Tage noch zum Detektiv zu werden.«

»Alte Tage? Wie charmant.« Er winkte dem Pizzeria-Chef. »Können wir von diesem Wein noch eine Flasche mitnehmen?«

Luigi nickte. »Wie immer, was?«

Kökkenmöddinger schmunzelte. »Ja, wie … immer.« Dann wandte er sich wieder Jelena zu. »Ich will einen schönen Abend erleben.«

Jelena zwinkerte ihm zu. »Dann wollen wir ja mal beide das Gleiche.«

Kökkenmöddinger atmete tief durch. »Du meinst hoffentlich damit nicht Tiramisu …«

»Nein, nein. Viel zu viele Kalorien.« Jelena tätschelte seine Hand. »Ich dachte an einen Nachtisch, bei dem mit viel Spaß einige Kalorien verbraucht werden.«

Sein Herz machte einen kleinen Hüpfer. »Die Rechnung, Luigi! Schnell!«

# 7. Überall Granit

Im wohligen Halbschlaf legte Kökkenmöddinger den Arm um Jelena und seufzte zufrieden. Er hatte also nicht geträumt. Sie lag tatsächlich neben ihm. Nichts und niemand würde ihn jetzt aus ihrem Bett vertreiben. Kein Dienstbeginn, kein Einbrecher, kein Erdbeben.

Jelena regte sich und schubste dabei seinen Arm zur Seite. Flugs legte er den Arm wieder um ihre Schultern und drückte sie sanft.

Jelena grummelte und wies seinen Arm schwungvoll zurück.

Hatte er sie geweckt? Er lugte vorsichtig hinüber und streichelte ihr vorsichtig über die Schulter.

»Lass das! Was tust du denn hier?« Jelena setzte sich auf und kniff die Augen zusammen. »Raus aus meinem Bett!«

Kökkenmöddinger stutzte. »Ähm, wieso? Ich dachte …«

»Falsch gedacht!«, zischte sie und zog sich die Bettdecke bis zum Kinn hoch.

Kökkenmöddinger schluckte. »Habe ich etwas falsch gemacht?«

Jelena sah zur Seite. »Nein, ja, doch. Ich will das nicht.«

»Okay«, sagte er gedehnt und schwang sich auf die Bettkante.

»Bild dir bloß nichts ein«, verlangte sie barsch. »Das war ein Ausrutscher.«

Kökkenmöddinger fuhr sich mit der Hand durchs Gesicht. Sein Kopf begann zu schmerzen.

»Ein echt blöder Ausrutscher!«, trat Jelena verbal nach.

Kökkenmöddinger schnaufte. »Wenn du das so siehst.« Er stand auf.

»Ja, ich sehe das so.« Sie starrte vor sich hin.

Er verließ wortlos ihr Zimmer, ging hinüber in sein eigenes und ließ sich ins Bett fallen. Frauen! Und diese ganz speziell! Er zog sich die Decke über den Kopf und versuchte, noch etwas Schlaf zu finden. Doch seine Gedanken schienen Tango zu tanzen, von rechts nach links mit Drehung, von links nach rechts, ein Hin und Her mit ständigen Kehrtwendungen.

Genervt riss sich Kökkenmöddinger die Decke vom Gesicht und setzte sich im Bett auf. Das war's dann wohl mit Schlaf!

Er hörte im Bad die Dusche rauschen und musste an Jelena im knapp gewickelten Handtuch denken. Sie hatte es gestern doch darauf angelegt, ihn zu verführen. Zumindest hatte sie die Möglichkeit nicht ausgeschlossen. Und in der vergangenen Nacht hatte er alles andere als Unstimmigkeiten oder Missverständnisse gespürt.

Kökkenmöddinger sah auf die Uhr, schlüpfte in T-Shirt und Jogginghose und ging in die Küche.

Als er Tee aufgoss, kam Jelena aus dem Bad. Sie war komplett bekleidet.

»Möchtest du Tee?« Er musterte sie aufmerksam.

Jelena wich seinem Blick aus. »Ich trinke im Sender meinen Kaffee.« Sie schnappte sich ihre Tasche und ließ die Wohnungstür hinter sich zufallen.

Kökkenmöddinger kratzte sich am Kopf. Immer wenn er dachte, er würde Jelena verstehen, gab sie ihm neue Rätsel auf. Dieses Verhalten war doch albern, oder nicht?

Verärgert zog er das Teesieb aus der Kanne und warf es in hohem Bogen in den Ausguss. Pokkers!

»Und Sie sind ein Freund von Wegbaum?«

Kökkenmöddinger schmunzelte. Endlich hatte er dem Redakteur der *Tagespost* den richtigen Köder hingeworfen. »So kann man, nein, so muss man es sagen«, erklärte Kökkenmöddinger. »Ich habe mir schon einige Zeitlang Sorgen gemacht um Jochen. Und nun dachte ich mir, Sie als sein Vorgesetzter wüssten vielleicht mehr …«

Der Redakteur schüttelte den Kopf. »Ich war nicht sein Vorgesetzter. Wir waren nur eine Zeitlang Kollegen.«

»Waren?« Kökkenmöddinger zog die Augenbrauen hoch. »Nun ja, jetzt ist er tot. Aber er hat doch noch für die *Tagespost* gearbeitet?«

»Schon seit einigen Monaten nicht mehr.« Der Redakteur zuckte die Achseln. »Aber genaue Hintergründe kenne ich nicht. Man munkelte in der Redaktion etwas von Burnout und psychischen Problemen. Aber Sie wissen ja, wie das ist ...«

»Nein, das weiß ich nicht. Aber ich nehme an, das ist der übliche Tratsch.« Kökkenmöddinger seufzte vernehmlich. »Ich hatte ja auch den Eindruck, dass Jochen überarbeitet war.«

Der Redakteur beugte sich über den Schreibtisch und senkte die Stimme. »Was halten Sie als sein Freund denn von dieser Selbstmordtheorie? Meinen Sie, er hat sich umgebracht?«

Kökkenmöddinger versuchte einzuschätzen, wie weit er gehen sollte, um an Informationen zu kommen. Dieser Redakteur schien wirklich nicht viel zu wissen. »Ich glaube nicht, dass er depressiv war. Das hätte ich doch merken müssen ...«

In diesem Moment trat eine Frau an den Schreibtisch, grüßte Kökkenmöddinger knapp und legte dem Redakteur ein paar Zettel hin. »Das sind die aktuellen Agenturmeldungen für die nächste Konferenz. Schau mal durch, was für deine Seiten dabei ist.«

»Danke.« Er sah seine Kollegin an. »Sag mal, hast du damals mitbekommen, warum Jochen die Redaktion verlassen hat?«

»Jochen? Welcher Jochen?«

»Wegbaum. Jochen Wegbaum aus der Kultur.«

»Ach so, der.« Sie sah Kökkenmöddinger forschend an. »Warum wollen Sie das wissen?«

Er räusperte sich. »Jochen war ein Freund von mir.«

»Und jetzt suchen Sie ihn?«, fragte sie nach.

»Nein. Jetzt ist er tot«, erklärte der Redakteur. »Hast du das denn nicht mitbekommen?«

Sie schüttelte den Kopf.

»Er wurde tot an der Elbe gefunden, vor zwei Tagen. Selbstmord oder Mord. Das ist noch nicht klar.«

»Oha.« Die Frau sah von einem zum anderen. »Das ist ja … Sorry, aber ich bin in der Wirtschaftsredaktion. Da bekomme ich kaum mit, was im Ressort Lokales läuft.«

»Ich frage mich, warum Jochen Wegbaum die Redaktion verlassen hat«, warf Kökkenmöddinger ein. »Er hat nichts davon erwähnt. Und einen Job wie Sie ihn hier haben, den wirft man doch nicht so einfach weg!«

Der Redakteur lächelte. »Nun ja, ganz so aufregend, wie man sich das vorstellt, ist es nicht.«

»Nee, echt nicht.« Die Wirtschaftsjournalistin verzog das Gesicht. »Wegbaum ist rausgeflogen. Die Zicke hat ihn einfach gefeuert.«

»Ach?« Kökkenmöddinger horchte auf. »Eine Zicke?«

»Unsere Chefredakteurin.« Der Redakteur verdrehte die Augen. »Frau Doktor Zickenbarth.«

»Der Name ist quasi Programm.« Seine Kollegin grinste breit. »Sie hatte nicht nur Wegbaum auf dem Kieker. Sie hat die ganze Kulturredaktion auf dem Kieker. Aber sie kann sie ja schlecht alle rausschmeißen.«

»Sprechen Sie am besten mal mit Frau Doktor Zickenbarth«, schlug der Redakteur vor.

»Zumindest können Sie es versuchen.« Die Wirtschaftsfrau grinste erneut. »Wenn sie Ihnen denn Audienz gewährt.«

»Gut.« Kökkenmöddinger erhob sich. »Und wo finde ich diese mächtige Dame?«

»Ihr Büro ist ganz oben.« Die Journalistin deutete zur Decke. »Allerdings ist sie heute nicht im Haus.«

»Schade.« Er reichte den beiden Redakteuren die Hand. »Danke.«

Als Kökkenmöddinger kurz darauf das Gebäude verließ, drehte er, ganz in Gedanken versunken, gleich zwei Runden in der

Drehtür. Diese Frau Dr. Zickenbarth war also die Quelle, die er anzapfen musste. Und wenn Jochens Ex-Kollegen recht hatten, würde es kein einfaches Unterfangen. Er musste sich also etwas einfallen lassen.

Per Funk meldete sich Kökkenmöddinger als wieder verfügbar.

»Mach Schluss für heute«, sagte Sarah aus der Zentrale. »Ich habe morgen eine Sonderfahrt für dich. Start ist um sechs Uhr früh.«

»Okay.« Kökkenmöddinger ließ schnaufend den Wagen an. Feierabend konnte er jetzt gar nicht gebrauchen. Er hatte überhaupt keine Lust, zu Hause auf Jelena zu treffen. Aber wenn er morgen früh um sechs Uhr eine Fuhre hatte, konnte er schlecht einen langen Abend in der Kneipe verbringen.

# 8. Freundschaft!

Um dreiviertel sechs stoppte Kökkenmöddinger den großen Wagen am Albertinum. Um diese Zeit war selbst hier zwischen Sehenswürdigkeiten und Restaurants nichts los. Grau hingen die Nebelschwaden über der Elbe. Die Beleuchtung war herbstlich ungemütlich.

Kökkenmöddinger sah sich um. Nur ein Taxi harrte am Stand aus. Den Kollegen kannte er jedoch nicht. Der Eingang zum Albertinum und seinen Museen war dunkel. Ob es noch so etwas wie einen Liefereingang gab? Immerhin sollten irgendwelche Dinge transportiert werden. Deshalb war er ja mit dem Taxibus unterwegs, der größer war als ein Großraumtaxi, jedoch komfortabler als ein üblicher Transporter.

In diesem Augenblick trat ein elegant wirkender Herr aus dem hinteren Zugang des altehrwürdigen Gebäudes. Kökkenmöddinger verließ den Wagen und ging ihm entgegen. »Guten Morgen. Sie haben das Transporttaxi geordert?«

Der Mann begrüßte ihn mit festem Händedruck. »Sehr richtig. Franzen mein Name. Knut Franzen. Wir haben ein bedeutendes Kunstwerk zu überführen, Herr …«

»Kökkenmöddinger.« Er öffnete den Laderaum seines Vehikels. »Wird der Platz ausreichen?«

»Aber sicher.« Franzen wandte sich um, denn ein Mann im Overall kam nun aus dem Gebäude. Unter dem Arm trug er ein flaches Paket von gut einem Quadratmeter Durchmesser. »Hier hinein bitte. Und Vorsicht!«

»Ich verlade so ’n Schinken doch nicht zum ersten Mal«, grummelte der Helfer und nickte Kökkenmöddinger knapp zu. Als er ging, meinte Kökkenmöddinger etwas wie »Fatzke« zu hören und musste unwillkürlich grinsen.

»Was transportieren wir denn da Wertvolles?«, fragte er, als Franzen im Wagen Platz nahm.

»Es ist die *Prozession im Nebel* von Ernst Ferdinand Oehme aus dem Jahre 1828.« Der Kunsthistoriker klang, als sei das Bild mindestens so berühmt wie die *Mona Lisa.*

»Ach so.« Kökkenmöddinger schmunzelte. »*Prozession im Nebel* passt immerhin zum Wetter. Dann wollen wir mal. Wohin soll's denn gehen?«

»Nach München in die Pinakothek.« Sein Fahrgast gurtete sich an. »Wie lange wird das dauern?«

»Mit fünf Stunden müssen Sie schon rechnen.« Kökkenmöddinger fütterte sein Navigationssystem mit allen notwendigen Informationen. »Es bleibt abzuwarten, was auf der Autobahn für Betrieb herrscht.«

»Gut, gut.« Der Fahrgast klappte ein Notebook auf. »Wussten Sie, dass Oehme ein Schüler Caspar David Friedrichs war?«

»Wer?« Kökkenmöddinger fuhr los. »Ach so, der Maler.«

»Genau.« Franzen nickte. »Und seine *Prozession im Nebel* ist aus dem Jahre 1828, einer Zeit, als er noch stark von Friedrichs Einfluss geprägt war ...«

Kökkenmöddinger seufzte. *Prozession im Nebel* ... So fühlte er sich auch, wenn er an Jelena dachte. Kaum schien ihm eine Situation eindeutig, schon tapste er in den nächsten Fettnapf. Er hatte bei dieser Frau einfach keinen Durchblick.

Die halbe Nacht hatte er damit verbracht, sich in Bett und Grübeleien herumzuwälzen, bis er Zuflucht gesucht hatte in seinen Büchern. Immer wieder war er an Passagen über Liebe und Freundschaft hängengeblieben. Texte der alten Griechen über Freundschaft, besonders Aristoteles und die Frage, was eigentlich Freundschaft ist. Dabei war er auf drei Grundbedingungen für Freundschaft gestoßen: Sie musste auf Gegenseitigkeit beruhen, sie musste gegenseitiges Wohlwollen beinhalten, und es musste deutlich sein, dass man sich gegenseitig Gutes will. Gestutzt hatte er allerdings bei der Unterscheidung von drei Arten von Freundschaft: Nutzen-, Lust- und wahre Freundschaft. War es gar nicht wahre Freundschaft, die ihn und Jelena verband? Führten sie nur eine Freundschaft zweiter Klasse? Reiner Nutzen des WG-Lebens … vielleicht. Und Lust? Nun ja, nach den alten Philosophen ist die Lustfreundschaft zumindest näher an der wahren Freundschaft, also der Freundschaft, in der man um seiner selbst willen geliebt wird und den anderen um seiner selbst willen liebt. Es musste klar sein, was beide Freunde wollen, erst dann konnte sich eine bestimmte Art der Freundschaft herausbilden. Recht hatte er ja, der gute Aristoteles: Die Freundschaft war die edelste Form der zwischenmenschlichen Beziehung. Aber dennoch: Die alten Griechen hatten gut reden. Bei denen ging es ja immer nur um Männerfreundschaften.

Nach gut zwei Stunden hatten sie die A 4 und die A 72 hinter sich gelassen und waren damit dem morgendlichen Pendlern entkommen. Doch auf der A 9 ab Bayreuth wurde der Verkehr dichter, und bei Nürnberg ging das Stop-and-go bald in einen Stau über.

Kökkenmöddinger blieb wie immer gelassen. Als er mit Warnblinklicht hinter der endlos scheinenden Karosserienschlange hielt, sah der Kunsthistoriker von seinem Notebook auf.

»Wahnsinn, was heutzutage auf den Straßen los ist.« Er deutete auf einen dunklen Audi, der vor ihnen ausscherte. »Jetzt gucken Sie sich den an.« Der Audi drängelte sich zwischen zwei Lkws hindurch auf den Standstreifen, um dann rechts am Stau vorbeizuziehen. »Das ist doch unmöglich! Haben Sie das gesehen? Dresdner Kennzeichen.«

Kökkenmöddinger schmunzelte. »Ja, viele Dresdner fahren recht … nun, sagen wir eigenwillig temperamentvoll.«

»Sie sind kein echter Dresdner«, stellte Knut Franzen fest. »Sie haben einen sehr gelassenen Fahrstil.«

»Nein, ich bin kein eingeborener Dresdner«, bestätigte Kökkenmöddinger. »Ich bin ein eingewachsener …«

Der Kunstmensch lachte. »Eingewachsen klingt immerhin sehr verwurzelt. Dynamo-Fan sind Sie doch sicher?«

Kökkenmöddinger grinste. »Mein Freund, ich bin Däne. Ich bin Hamlet-Fan!«

Der Kunstexperte lachte, und Kökkenmöddinger musste unwillkürlich an die letzte Hamlet-Inszenierung denken, die er gesehen hatte. In seiner Jugend war er Fan von Shakespeare und ganz besonders diesem Stück gewesen. Inzwischen empfand er Hamlet als Jammerlappen. Der lamentierte vor sich hin statt zu handeln. So wie er selbst neuerdings. Dieses ganze Gegrübel über die Freundschaft mit Jelena und ihren Stellenwert war doch nur Gedankenakrobatik. Er sollte sich lieber eine Strategie überlegen, um dieser Chefredakteurin, dieser »Zicke«, mehr Informationen über Jochen zu entlocken. Er wollte endlich wissen, an was für einer Geschichte der tote Journalist herumrecherchiert hatte. Jochen Wegbaum hatte sich gefürchtet, das war ihm zwar jetzt erst klargeworden, dafür aber umso deutlicher …

»Warum fahren Sie Taxi?«

Kökkenmöddinger schreckte aus seinen Gedanken auf. »Wie bitte?«

»Nun, ich nehme an, das war nicht Ihre erste Berufswahl, oder?«, fragte der Kunsthistoriker weiter.

»Sie haben recht.« Kökkenmöddinger gab Gas, als sich der Stau nun ebenso plötzlich auflöste, wie er entstanden war.

»Was haben Sie gelernt?«, hakte Franzen nach.

Kökkenmöddinger schmunzelte, ahnte er doch, dass er wieder einmal für Erstaunen bei seinem Gesprächspartner sorgen würde. »Ich bin gelernter Philosoph.«

»Und Sie haben Ihr Studium abgebrochen?«

»Nein. Ich habe mein Studium abgeschlossen und 1990 promoviert.«

»Sie haben einen Doktortitel?« Der Kunsthistoriker sah ihn an. »Das ist ja großartig. Wo haben Sie studiert? In Kopenhagen?«

»Nein. In Berlin, in Ostberlin, um genau zu sein«, erklärte Kökkenmöddinger. »Ich bin zum Studium in die DDR gekommen und habe schließlich meine Doktorarbeit über die Freiheit geschrieben.«

»Brüder zur Sonne, zur Freiheit.« Der Kunsthistoriker schmunzelte. »Das wird ja immer besser. Sie waren wohl Kommunist.«

»Natürlich.« Kökkenmöddinger nickte. »Wer mit zwanzig kein Kommunist ist, hat kein Herz ...«

»Das stimmt. Und wer mit dreißig noch Kommunist ist, hat kein Hirn.« Knut Franzen lachte. »Und nun sind Sie ein fahrender Philosoph ...«

»Ja, denken Sie an Sokrates«, sagte Kökkenmöddinger. »Der war auch den ganzen Tag unterwegs, um mit den Menschen zu sprechen und ihren Gedanken auf den Grund zu gehen.«

»Ein schöner Vergleich«, gab Franzen zu. »Sie sind also ein moderner Sokrates. Ich hoffe, Sie werden zu Hause nicht von einer Xanthippe erwartet.« Er lachte.

»Wer weiß das schon?« Kökkenmöddinger seufzte leise.

»Und warum muss es ausgerechnet Taxifahren sein?«, hakte Franzen nach.

»Sehen Sie es mal so: Meine Vorfahren waren Wikinger.« Kökkenmöddinger zwinkerte. »Die Wikinger haben rund um die Uhr in Schichten gerudert, um Plünderfahrten zu unternehmen. Bei solchen genetischen Voraussetzungen musste ich einfach Taxifahrer werden.«

Knut Franzen lachte laut auf. »Sie sind ja ein richtiges Original.«

Kökkenmöddinger gab Gas.

»Und glauben Sie mir, mit Originalen kenne ich mich aus«, plauderte Franzen weiter. »Ich bin Kunstexperte. Was meinen Sie, wie oft man da auf Fälschungen trifft ...«

Als sie knapp zwei Stunden später in München an einem Seiteneingang der Pinakothek hielten, schwirrte Kökkenmöddinger der Kopf von röntgenologischen und archäometrischen Analyseverfahren, Pigmenten und ihren epochalen Erscheinungsformen, von Dalís Blankoblättern, den gefälschten Bildern Vermeers, der Fälschung im kunsthistorischen Diskurs und dem womöglich vierzig- bis sechzigprozentigen Anteil von Fälschungen auf dem Kunstmarkt.

»Die Fälschungen werden ebenso subtiler wie die Untersuchungsmethoden«, verkündete Franzen, als sie einem Museumsmitarbeiter die *Prozession im Nebel* übergaben. »Trotzdem bin ich der Meinung, dass die Malweise immer noch am meisten über den originalen Künstler verrät. Und natürlich die Motive und Requisiten. Wenn die *Mona Lisa* plötzlich ein Dirndl als Gewand trüge, würde das sicher auch Ihnen auffallen …«

»Da bin ich mir nicht so sicher«, warf Kökkenmöddinger ein. »Wenn sie allerdings plötzlich ein Handy in der Hand hielte, käme mir das vermutlich komisch vor.«

Franzen lachte herzhaft. »Sie sind ein toller Gesprächspartner. Sie sind tatsächlich ein moderner Sokrates.«

»Danke, mein Freund.« Kökkenmöddinger öffnete die Fahrertür. »Doch nun muss der Sokrates schnell zurück in seine ostdeutsche Polis.«

Franzen hob die Hand über den Scheitel und imitierte den alten Pioniergruß. »Freundschaft!«

»Freundschaft. Genau.« Kökkenmöddinger lächelte schief und stieg in den großen Wagen. Wie hatte Schopenhauer das so treffend formuliert? »Wir denken selten an das, was wir haben, aber immer an das, was uns fehlt.«

# 9. Hummeln oder Schmetterlinge?

»Echte Freundschaft entsteht aus einem idealen Gemisch aus Liebe und Freude.« Kökkenmöddinger nahm Teller aus der Spülmaschine und reichte sie Jelena. »Daraus wird dann ein nicht enden wollender Enthusiasmus.«

»Enthusiasmus also?« Jelena lachte und verstaute die Teller im Schrank. »Bevor du mich hier in eine deiner Diskussionen verwickelst und mir dann die Worte im Mund verdrehst …«

»Kennst du die Unterscheidung zwischen der Nutzenfreundschaft, der Lustfreundschaft und der wahren Freundschaft?«, fragte er. »Die hat schon Aristoteles …«

»Klar kenne ich die«, unterbrach Jelena ihn gutgelaunt. »Jetzt die Weingläser.« Sie nahm zwei Gläser entgegen. »Allerdings fängt es doch erst bei der Freundschaft an, interessant zu werden. Sich paaren können auch Hunde.«

Kökkenmöddinger stutzte. »Welcher Denker hat das denn gesagt?«

Jelena stellte die Gläser zur Seite und wandte sich um. »Hildegard Knef.«

Kökkenmöddinger schmunzelte und nahm Besteck aus der Maschine. »Aua, verdammt!« Er betrachtete seinen Daumen. Blut quoll aus der Kuppe hervor. »Musst du die Küchenmesser immer mit der Spitze nach oben einräumen?«

»Sonst werden sie doch nicht sauber«, entgegnete Jelena und reichte ihm ein Papiertuch.

»Das war schon das dritte Mal in dieser Woche«, knurrte Kökkenmöddinger. »Machst du das eigentlich absichtlich?«

»Natürlich.« Jelena grinste breit. »Es ist wirklich nicht leicht, dich aus dem Weg zu schaffen. Du bist ein zäher Brocken. Und nun bist du mir auch noch auf die Schliche gekommen.«

Kökkenmöddinger wickelte das Küchentuch um seinen Daumen und fixierte es mit einem Haushaltsgummi. »Wusstest du, dass die wirklichen Verbrechen immer aus Liebe geschehen? Es gibt also nichts Gefährlicheres als Liebe.«

»Na klar, das leuchtet mir ein.« Jelena kicherte. »Und wer hat das verkündet? Kommissar Derrick?«

»Ach, wo du gerade Kommissar und Krimi erwähnst …« Kökkenmöddinger fühlte sich befreit. Er hatte schon befürchtet, ihre Freundschaft habe ernsthaften Schaden genommen. »Ich war in der Redaktion der *Tagespost.* Jochen ist dort wohl gefeuert worden, aber niemand wusste Genaueres.«

»Ist das denn wichtig?« Jelena schwang sich auf den Tisch und ließ die Beine baumeln.

»Ich denke schon.« Kökkenmöddinger seufzte. »Ich muss irgendwie an die Chefredakteurin herankommen, eine offenbar recht anstrengende Dame namens Zickenbarth …«

»Zickenbarth?« Jelena schaute neugierig. »Also die kenne ich nicht. Aber hey, wo ist meine Tasche?« Sie lief aus der Küche, holte ihre große Handtasche und kramte einen Kalender hervor. Nach einigem Blättern schien sie gefunden zu haben, wonach sie gesucht hatte. »Bingo! Klaus.«

»Klaus?« Kökkenmöddinger musterte sie aufmerksam.

»Klaus arbeitet in der Chefredaktion der *Tagespost.*« Jelena griff zu ihrem Handy und gab eine Nummer ein. »Vielleicht kann der dir weiterhelfen.« Sie fuhr sich durch die Haare und räusperte sich. »Klaus? Hallo! Ich bin es, Jelena Jankow …«

Zwei Stunden später saßen sie vor Bier und Rotwein in einer Kneipe in der Neustadt. Kökkenmöddinger beobachtete argwöhnisch den Mann, der sich als Klaus und stellvertretender Chefredakteur der *Tagespost* vorgestellt hatte. So wie der Typ Jelena ansah, wunderte es ihn inzwischen nicht mehr, dass er sofort zu einem Treffen bereit gewesen war. Außerdem war er unsympathisch und arrogant. Kökkenmöddinger schnaufte. Wieso war Jelena mit solchen Gestalten befreundet?

»Wir mussten ihm kündigen. Er hat sich immer mehr hineingesteigert. Wenn ihr mich fragt, hat er sich Verschwörungstheorien zurechtgezimmert.« Der Stellvertreter der sogenannten »Zicke« schien seine Aufmerksamkeit ganz auf Jelena zu konzentrieren.

»Und sein Tod gibt Ihnen nicht zu denken?«, mischte Kökkenmöddinger sich ein. »Vielleicht war ja etwas dran an seinen vermeintlichen Verschwörungstheorien und man hat ihn beseitigt.«

»Glauben Sie mir, Wegbaum hatte einen Psychoschuss. Der hat sich selbst umgebracht und es bewusst so aussehen lassen, als sei er ein Opfer.«

»Ein Opfer ist er doch in jedem Fall«, warf Jelena ein. »Wenn er tatsächlich so abgedreht ist, dann hätte man ihm doch helfen müssen.«

»Das stimmt allerdings!« Kökkenmöddinger sah den stellvertretenden Chefredakteur an. »Außerdem könnte es ebenso umgekehrt sein. Vielleicht wurde ja auch nur ein Mord als Selbstmord inszeniert.« Er beobachtete, wie der stellvertretende Chefredakteur Jelena von oben bis unten betrachtete. Ach was, der zog sie doch förmlich mit seinen Blicken aus. »Es ist schon eine seltsame Personalpolitik, einen angeblich Kranken einfach zu feuern. Macht ihr das in eurem Laden immer so?«, setzte Kökkenmöddinger in scharfem Ton hinzu.

»Hören Sie, wir können keinen durchgeknallten Schreiberling beschäftigen, der überall herumrennt und freistaatliche Institutionen des organisierten Verbrechens bezichtigt«, entgegnete der Kerl. »Was meinen Sie, was ich mir schon von den Öffentlichkeitsarbeitern anhören durfte? Wegbaum hat dem Image der *Tagespost* und dem des ganzen Verlages geschadet.«

»Stimmt, wo kommen wir denn hin, wenn eine Zeitung plötzlich als investigativ verschrien ist?«, höhnte Kökkenmöddinger.

»Ich dachte, es sei die Aufgabe der Presse, staatlichen Institutionen auf die Finger zu klopfen.«

Der stellvertretende Chefredakteur verdrehte die Augen. »Jelena, würdest du deinem ...«

»Freund!«, sagten Jelena und Kökkenmöddinger im Chor.

»Würdest du ihm bitte sagen, dass Praxis und Theorie in der Medienwelt wenig miteinander zu tun haben?«

»Natürlich ist die Praxis anders«, bestätigte Jelena. »Allerdings klingst du inzwischen genauso wie die Typen, die wir früher immer gemieden haben.« Sie beugte sich über den Tisch, und Kökkenmöddinger registrierte missmutig, dass der Kerl prompt in ihr Dekolleté schielte. »Klaus, jetzt mal Hand aufs Herz! Glaubst du wirklich, dass Jochen Wegbaum sich das alles nur ausgedacht hat? Oder machst du Männchen für deine Chefin?«

»Du solltest wissen, dass ich niemals Männchen mache.« Der Stellvertreter grinste schmierig. »Aber Wegbaums Geschichte war wirklich mehr als abstrus. Außerdem hatte er weder stichhaltige Hinweise noch vertrauenswürdige Informanten.«

»Was für eine Geschichte war es denn?«, wollte Kökkenmöddinger endlich wissen. Dieser Klaus ging ihm auf den Wecker. Und je mehr er hörte, desto mehr war er geneigt, dem toten Jochen zu glauben, egal, worum es in dieser Angelegenheit ging.

»Ach, Kulturkram«, winkte Klaus ab. »Das kam ja noch mit hinzu. Die Spinner aus der Kultur haben doch alle so ein Aufmerksamkeitsdefizit, weil sich niemand für ihren Alibi-Journalismus interessiert.«

»Klaus, bitte«, verlangte Jelena. Sie wirkte ebenfalls gereizt. »An was für einer Geschichte war dein toter Ex-Kollege dran?«

Der Stellvertreter grinste schief. »Kunstmafia ... Er witterte einen internationalen Fälscherring und riesige kriminelle Verwicklungen in Dresdner Museen.« Er lachte. »So ein Quatsch! Ich möchte wetten, von den Kulturheinies in den Kunstsammlungen hat nicht einmal einer Punkte in Flensburg.«

»Hm«, machte Jelena. »Klingt in der Tat ziemlich abgehoben.«

Kökkenmöddinger runzelte die Stirn und zog es vor, nichts zu sagen. Seiner Erfahrung nach gab es nichts, was es nicht gab. Und sein Bauchgefühl hatte Jochen sofort vertraut. Wenn er ihn beim Frühstück nur nicht so einfach hätte gehen lassen, würde er möglicherweise noch leben …

»Wie ist es? Ziehen wir noch ein bisschen um die Häuser?« Stellvertreter-Klaus klopfte Jelena auf die Schulter, und Kökkenmöddinger verspürte den Impuls, die Finger zur Faust zu ballen.

»Nein, lieber nicht.«

Glück gehabt! Er lächelte Jelena an.

»Ich muss morgen früh raus«, setzte Jelena hinzu. »Ich will nach Hause.«

»Ja, lass uns gehen.« Kökkenmöddinger erhob sich und zückte sein Portemonnaie. »Sie sind natürlich eingeladen. Danke für die Information.« Er wandte sich zur Theke und bezahlte die Getränke.

Vor der Kneipe wurde er schon von Jelena erwartet, die gerade dabei war, sich eine Zigarette anzuzünden.

»Du rauchst wieder?« Kökkenmöddinger rümpfte die Nase.

»Nur gelegentlich.« Jelena blies Rauch in die Luft. »Wenn ich gewisse Männer auf Distanz halten muss.«

Kökkenmöddinger überhörte ihre Spitze geflissentlich. »Woher kennst du den Kerl eigentlich?«

»Klaus? Vom Studium. Er war ein paar Semester über mir, und später sind wir uns in einigen Redaktionen wieder begegnet.«

»Lass uns nach Hause laufen.« Kökkenmöddinger setzte sich in Bewegung. »Ihr wirkt so vertraut.«

»Wie meinst du das denn?« Jelena folgte ihm rauchend.

»So, als ob ihr euch näher kennt …«

»Wir kennen uns ja auch näher. Er war Redakteur bei der Zeitung, bei der ich damals mein Volontariat gemacht habe. Hat mir an einigen Stellen sehr geholfen.«

»Wie nah?«

»Kökkenmöddinger!« Jelena warf die halbgerauchte Zigarette auf die Straße und trat danach. »Genau das meine ich! Genau deshalb ärgere ich mich jedes Mal, wenn wir ein bisschen Spaß miteinander haben! Du stellst Ansprüche!«

»Nein, tue ich nicht. Ich möchte es doch nur wissen.«

»Eben. Du musst es aber nicht wissen. Es geht dich nichts an. Es muss dir egal sein, wie nah mir welcher Mann kommt.«

»Es ist mir aber nicht egal.«

»Dann sollten wir beide uns nicht mehr näherkommen. Ich will das nicht. Ich will nicht, dass du Ansprüche an mich stellst. Ich will das auch nicht von anderen Männern.«

»Ich bin nun einmal immer ein bisschen in dich verliebt.«

»Dann lass es! Oder behalte es wenigstens für dich!«

»Warum? Ich bin auch in dich verliebt, wenn du nicht in mich verliebt bist.«

»Du machst mir ein schlechtes Gewissen. Hör auf damit!« Jelena stellte sich ihm in den Weg. »Ich habe Hummeln im Hintern, nicht Schmetterlinge im Bauch.«

# 10. Voller Einsatz

Es dämmerte schon, als Kökkenmöddinger von einer Fuhre zum Flughafen zurückkam. Er wollte gerade Radio Elbradar einschalten, da sah er am rechten Fahrbahnrand den Wagen seines Kollegen Heinz stehen. Seltsam, was machte Heinz denn hier? Kökkenmöddinger bremste ab. Dann sah er eine vermummte Gestalt die Fahrertür von Heinz' Taxi aufreißen. Er bremste direkt vor dem Wagen des Kollegen und stieg aus. Da, dieser Vermummte hatte etwas in der Hand. Der bedrohte Heinz, das war offensichtlich!

Schnell sprang Kökkenmöddinger hinzu, packte den Kapuzenmenschen von hinten und zog ihn von der offenen Fahrertür weg. Der Typ wehrte sich, hatte aber gegen den Überraschungsangriff von hinten keine Chance. Kökkenmöddinger drückte sein Handgelenk auf das Autodach. Er hielt eine große, grünlich schimmernde Spritze in der Hand.

»Lass das Ding fallen!«, knurrte Kökkenmöddinger.

Der Vermummte schnaufte.

»Lass sie fallen!« Er drückte fester zu. »Oder ich breche dir das Handgelenk!«

»Hey!« Heinz schien aus einer Art Schockstarre zu erwachen. »Der hat da eine Giftspritze …«

»Komm her und hilf mir!«, rief Kökkenmöddinger Heinz zu.

Der krabbelte vom Fahrersitz und sackte neben dem Taxi in sich zusammen.

»Heinz!« Kökkenmöddinger sah zur Seite, dann wandte er sich wieder dem Kapuzenmann und der Spritze zu und drückte ihn noch heftiger gegen den Wagen. »Lass diese Scheißspritze endlich fallen!«

Der Vermummte stöhnte auf. Dann sah Kökkenmöddinger Flüssigkeit aus der Spritze schießen.

Heinz keuchte. »Ich kann nicht aufstehen …«

Kökkenmöddinger zögerte einen Moment zu lang. Der Kapuzenmensch riss sich los und schubste ihn nach hinten. Er taumelte. Als er sich wieder gefangen hatte, war Heinz' Angreifer verschwunden – mitsamt seiner Waffe.

»Kraftedame lort!« Kökkenmöddinger beugte sich zu seinem Kollegen hinunter. »Hatte er dich etwa schon mit der Spritze erwischt?«

»Nein.« Heinz rappelte sich auf. »Mir sind nur die Beine eingeschlafen oder so. Einfach weggesackt.«

»Der Schock.« Kökkenmöddinger nickte. »Das kenne ich.«

»Du kennst das?« Heinz sah ihn verwundert an. »Woher kennst du das?«

»Nicht so wichtig«, winkte Kökkenmöddinger ab. »So, jetzt geben wir in der Zentrale Bescheid und rufen die Polizei.«

Als Kökkenmöddinger die Wohnungstür öffnete, freute er sich, dass in der Küche Licht brannte. »Jelena?« Er lief durch die Diele zur Küchentür. »Jelena, du wirst nicht glauben, was heute passiert ist …«

Nanu? Er schaute sich um. In der Küche war Jelena schon mal nicht. Er klopfte an die Badezimmertür. Sie schwang auf, dahinter lag das Bad im Dunkeln.

»Jelena?« Er stieß ihre Zimmertür auf. Nichts. Offensichtlich hatte sie nur vergessen, das Licht zu löschen.

Als Kökkenmöddinger zurück in die Küche ging, bemerkte er eine Flasche Rotwein und eine Nachricht auf der Arbeitsplatte. Er erkannte gleich Jelenas schwungvolle Schrift: »Lass dir den Wein schmecken! Ich muss noch mal weg, treffe mich mit Klaus. Bis später, Jelena.«

Na, toll! Kökkenmöddinger knüllte den Zettel zusammen. Klaus! Ausgerechnet dieser Schnösel. Er stellte den Rotwein ins Regal. Allein hatte er keine Lust, etwas davon zu trinken. Schon gar nicht, wenn er sich dabei vorstellen musste, wie Stellvertreter-Klaus Jelena ansabberte …

Kökkenmöddinger seufzte und warf einen Blick in den Kühlschrank. Ihm war nicht nur der Appetit auf Rotwein vergangen, ihm war jeglicher Appetit vergangen.

Missmutig verließ er die Küche, schaltete den Fernseher an und ließ sich aufs Sofa fallen. Sein Blick streifte das Telefon. Ob er Heinz anrufen sollte, um noch einmal mit ihm zu sprechen? Der Kollege war ganz schön am Ende gewesen mit den Nerven. Und er kannte dieses Gefühl nur zu gut. Damals hatte er Jelena kennengelernt. Nach seinem Überfall hatte sie ihn interviewt. Sie hatten lange, sehr lange miteinander gesprochen. Und dann hatte sie sich ein paar Tage später bei ihm gemeldet und ihm gesagt, dass sie das nicht veröffentlichen wolle, weil sie nie über ihre Freunde Stories schreiben würde … Ach, Jelena!

Kökkenmöddinger schreckte auf. Im Fernsehen dudelte irgendeine alberne viel zu laute Werbung. Er stellte den Ton ab und blickte auf die zuckenden Bilder. Dann schaltete er den Apparat ganz aus, löschte das Licht und stand auf, um ins Bad zu gehen.

In diesem Moment hörte er den Schlüssel in der Tür und kurz darauf trat Jelena ein. »Hallo, Kökkenmöddinger, bist du da?«

»Ja, hier.« Er trat aus dem Dunkel des Wohnzimmers.

»Sehr gut.« Sie hielt einen Schuhkarton in den Händen. »Du wirst nicht glauben, was mir heute passiert ist.«

Kökkenmöddinger schnaufte. »Stellvertreter-Klaus hat dir Schuhe geschenkt, um dich anzugraben.« Er erschrak selbst über seinen scharfen Tonfall.

Jelena runzelte die Stirn. »Wieso denn Schuhe?« Sie stellte den Karton auf den Tisch. »Den hat mir Klaus gegeben.«

»Sag ich doch.« Kökkenmöddinger ging in die Küche und holte die Rotweinflasche aus dem Regal.

»Schon. Aber weißt du, was da drin ist?« Jelena klang triumphierend.

»Irgendein anderes dämliches Geschenk, nehme ich an.« Er entkorkte die Flasche und holte Gläser aus dem Schrank.

»Geschenk? Na ja.« Jelena nahm ihm ein Glas ab und ließ sich Wein eingießen. »Jedenfalls ist es nicht für mich.«

»So?« Kökkenmöddinger goss auch das zweite Glas voll und prostete ihr zu.

Jelena trank. »Es ist eigentlich für dich.«

»Ach?« Er musterte sie aufmerksam. Hatte sie zu viel getrunken?

»Komm!« Sie nahm seine freie Hand und zog ihn mit sich hinüber zum Tisch. »Das sind die letzten Aufzeichnungen, die noch in Jochen Wegbaums Schreibtischschublade lagen. Die Zicke wollte sie wegschmeißen lassen. Da hat Klaus sie mitgenommen.«

»Fantastik!« Kökkenmöddinger riss den Deckel vom Karton. »Das ist ganz wunderbar …«

Jelena lächelte. »Du, sag mal …« Sie schien zu zögern.

Kökkenmöddinger blickte sie irritiert an. »Ja?«

»Stimmt das, dass heute ein Kollege von dir überfallen wurde?« Sie schaute besorgt.

Er wich ihrem Blick aus. »Ja, Heinz.«

# 11. Fundstücke

Schon um sechs Uhr am Morgen saß Kökkenmöddinger mit einer Tasse Tee am Esstisch und sah zum wiederholten Mal den Inhalt des Schuhkartons durch. Er musste heute zwar erst später arbeiten, doch Jochens letzte persönliche Habseligkeiten aus der Redaktion hatten ihm einfach keine Ruhe gelassen. Vielleicht hatten Jelena und er heute Nacht ja etwas übersehen …

Da waren die zahlreichen bunten Faltblätter. Er nahm jeden Flyer noch einmal zur Hand: Musiksommer verschiedener Jahrgänge, Spielpläne unterschiedlicher Bühnen, Filmnächte, Museumsnächte, Handzettel zu Sonderausstellungen im Hygienemuseum, Jazz im Uniklinikum, Dixieland-Festivals der letzten Jahre. Sie waren allesamt längst überholt. Vielleicht hatte Jochen sie gesammelt, um über die Jahre hinweg Vergleiche an- oder Entwicklungen festzustellen.

Kökkenmöddinger legte die Flyer zur Seite und nahm sich das Mäppchen mit Stiften vor. Nichts Besonderes, eine Sammlung billiger Kugelschreiber, rote Faserstifte, ein Textmarker und zwei sehr kurze Bleistifte, dann ein Block mit Haftnotizen. Nur das oberste Blatt war beschriftet. Einige Ziffern, vermutlich eine Telefonnummer. Wenn das eine »3« sein sollte, war es eine Berliner Telefonnummer. Die Ziffern waren nicht eindeutig zu identifizieren. Nicht nur zwischen »3« und »8«, sondern auch zwischen »7« und »1« schien es Verwechslungsmöglichkeiten zu geben. Nun, er konnte ja alle Varianten durchtelefonieren. Doch nicht jetzt. Kökkenmöddinger sah auf die Uhr. Es war eindeutig zu früh.

Vielleicht war das ja die Telefonnummer von »S.«, der oder die diese Ansichtskarte mit Madonnenmotiv geschrieben hatte. Der Poststempel zeigte, dass sie ihren Weg nach Dresden von Spanien aus begonnen hatte.

Kökkenmöddinger griff nach dem kleinen Taschenbuch, das ebenfalls im Karton gelegen hatte. Eine Aphorismensammlung von Nietzsche. Zwei Buchseiten hatten Eselsohren, und es war jeweils eine Textstelle markiert. »Das Schlechte gewinnt durch die Nachahmung an Ansehen, das Gute verliert dabei – namentlich in der Kunst.« Mhm … Das andere Zitat war origineller: »Kunst kommt von Können, käme es von Wollen, so hieße es Wunst.«

Kökkenmöddinger legte das Buch zur Seite und griff erneut in den Karton. Aua, was hatte ihn denn da gestochen? Ausgerechnet an der Fingerkuppe, an der er sich mit dem Küchenmesser verletzt hatte.

Bei näherer Betrachtung entdeckte er neben einem Kuvert einen Ohrring. Den hatten Jelena und er offenbar übersehen. Auch das Kuvert hatten sie bisher nicht weiter beachtet. Es war offen. Kökkenmöddinger zog ein Blatt Papier heraus. Es war ein Brief, der mit der Anrede »Liebe Mutter« begann und ein Datum … Moment! Das Datum lag nicht in der Vergangenheit, sondern zwei Monate in der Zukunft!

Kökkenmöddinger nahm einen Schluck Tee, rieb sich die Augen und schaute erneut auf den Brief. Tatsächlich, das Datum markierte einen Tag in zwei Monaten. Der Brief war handschriftlich verfasst und einige Seiten lang. Die Schrift war recht gut zu entziffern. Da hatte sich jemand der Mutti zu Liebe wohl um Leserlichkeit bemüht: »Liebe Mutter, entschuldige, dass ich jetzt erst von mir lesen lasse, aber die besonderen Ereignisse …«

»Guten Morgen, mein Lieber!«

Kökkenmöddinger fuhr herum und sah Jelena, die im weiten Schlabbershirt Dehnübungen andeutete.

»Hast du etwa die ganze Nacht hier gesessen?« Sie griff nach seiner Tasse und nippte daran. »Bäh, Tee!« Sie verzog das Gesicht. »Ich brauche einen starken Kaffee.«

Jelena huschte in die Küche und klapperte mit Geschirr und Besteck. »Macht dir die Sache mit Heinz so zu schaffen? Dieser Überfall?«

Kökkenmöddinger beobachtete sie, während sie Wasser aufgoss und das Kaffeepulver in der Glaskanne zum Wirbeln brachte. »Nein.«

Jelena drückte die Kaffeepresse ein Stück herunter und schenkte sich eine Tasse ein.

Kökkenmöddinger schmunzelte. Selbst wenn sie noch nicht richtig wach war, war sie schon ungeduldig.

Schlürfend kam sie näher und strich ihm im Vorbeigehen über den Arm. »Du warst ein richtiger Held. Ich finde das super. Ich finde dich super.«

Er lächelte verlegen. »Wenn du meinst.«

»Ja, das meine ich.« Sie setzte sich und trank. »Hast du noch etwas Interessantes entdeckt?«

»Kann sein.« Er hielt ihr den Ohrring hin. »Den haben wir wohl übersehen.«

Jelena griff nach dem Ohrring und betrachtete ihn eingehend. »Hm, mein Stil ist es nicht. Aber er sieht irgendwie wertvoll aus.«

»Das ist doch ein Frauenohrring, oder?« Kökkenmöddinger deutete auf die funkelnden kleinen Steine, die unterhalb des goldenen Ringes baumelten.

»Auf jeden Fall.« Jelena setzte die Tasse ab. »Ich würde sagen: Typ stilvolle Akademikerin im besten Alter mit gutsituiertem Lover.«

»Lover?« Kökkenmöddinger stutzte. »Vielleicht hat ihn ihr ja auch ihr Ehemann geschenkt.«

»Nö.« Jelena schüttelte den Kopf. »Dieser Ohrring symbolisiert Sex. Akademikerinnen im besten Alter bekommen so was nicht von ihrem Ehemann.«

»Du meinst, die Besitzerin ist unverheiratet?«

»Nicht doch. Das habe ich nicht gesagt. Ich denke nur, dass man solche Ohrringe nicht vom Ehemann geschenkt bekommt, sondern von einem Geliebten.«

»Du meinst, verheiratete Akademikerinnen im besten Alter haben grundsätzlich einen Geliebten?«

»Natürlich.« Jelena leerte ihre Tasse. »Jedenfalls, wenn sie Stil haben.«

»Du machst mir ja Spaß.« Kökkenmöddinger runzelte die Stirn.

»Du musst mir nicht glauben, wenn du nicht willst.« Jelena stand auf und lief mit einem »Ich-brauche-mehr-davon« und der Tasse in der Hand in die Küche.

Kökkenmöddinger betrachtete den Ohrring. Er sah tatsächlich ziemlich teuer aus und wirkte wie ein besonderes Geschenk – wie die Hälfte eines besonderen Geschenks.

Jelena erschien mit aufgefüllter Kaffeetasse. »Die Frau, von der wir sprechen, hat mit Sicherheit einen Ehemann. Und sie hatte einen Lover, der ihr diese teuren Ohrringe geschenkt hat.«

»Wieso hatte? Ich denke, sie hat einen Lover?« Er war verwirrt.

»Ja, sie hatte einen Lover, bis er anfing, ihr solche teuren Geschenke zu machen«, erklärte Jelena. »Dann hat sie ihn abgeschossen.«

»Ach? Und warum? Haben ihr die Ohrringe nicht gefallen?«

»Sie ist gebildet und sie ist intelligent.« Jelena ließ sich den Kaffee schmecken. »Wenn der Kerl mit Geschenken ankommt, entwickelt er Ansprüche. Und einen Lover, der anhänglich wird, braucht so eine Frau nicht.«

»Aber vielleicht liebt sie ihn und verlässt seinetwegen ihren Mann«, gab Kökkenmöddinger zu bedenken.

»Nicht doch«, wehrte Jelena ab. »Nicht wegen einer Affäre.«

»Dann liebt sie ihren Mann?«

Jelena schmunzelte. »Vielleicht, vielleicht auch nicht. Um ihn zu verlassen, braucht es jedenfalls mehr. Eine solche Frau krempelt wegen eines Mannes nicht ihr Leben um.«

»Aber wenn sie sich in ihren Lover verliebt hat«, mutmaßte Kökkenmöddinger.

»Unwahrscheinlich.« Sie nippte an ihrer Kaffeetasse. »Allerdings wäre das ein weiterer Grund, ihn zu verlassen.«

»Den Ehemann?«

»Nein. Den Lover.« Jelena klang leicht gereizt. »Wenn sie eine Affäre hat und sich dabei in den Typen verliebt, muss sie ihn natürlich loswerden.«

Kökkenmöddinger winkte ab. »Das ist Blödsinn! Völlig unlogisch.«

»Nein, genau das ist völlig logisch.« Jelena sah ihn an, als sei er ein kleines Kind. »Eine Frau fängt doch kein Techtelmechtel an, um sich zu verlieben und ins Gefühlschaos zu stürzen. Denk nach! Entweder will der Typ zu viel, dann muss er gehen …«

»Das habe ich ja verstanden«, unterbrach Kökkenmöddinger. »Aber …«

»Eben. Oder sie merkt, dass er sie emotional belastet«, fuhr Jelena fort. »Dann muss er auch gehen. Lover haben eine überschaubare Halbwertszeit.« Sie lächelte versonnen. »Je geschickter sie sich anstellen, desto länger machen sie Spaß.«

»Er muss also auf jeden Fall gehen, früher oder später.« Kökkenmöddinger rieb sich die Stirn.

»Genau.« Jelena nickte. »Denk dran: Die Frau ist im besten Alter, sie weiß was sie will und sie weiß ganz genau, was sie nicht will. Einen Ehemann hat sie nur, weil sie zwar schon immer intelligent war, aber zu jung, um wirklich zu wissen, was sie wollte. Vielleicht wollte sie auch Kinder. Es ist also sehr wahrscheinlich, dass sie irgendwann auch den Ehemann verlässt. Aber bestimmt nicht wegen eines Lovers!«

Kökkenmöddinger schmunzelte. »Ich beginne zu verstehen. Sie weiß inzwischen, dass sie nur zwei Ohrläppchen hat. Und da sie bereits im besten Alter ist, hat sie sowieso genug Ohrringe.«

»Du bist zwar etwas langsam«, kritisierte Jelena grinsend. »Aber für einen Mann begreifst du das erstaunlich gut.«

»Das lässt mich hoffen!«

»Worauf?« Jelena sah ihn durchdringend an.

»Auf ein gemeinsames Abendessen«, erklärte er. »Ich verspreche auch, diesmal nicht zu kochen. Ich lade dich ins Restaurant ein.«

»Du weißt schon, dass ich bereits jede Menge Ohrringe besitze?«

Er hob abwehrend die Hände. »Um Gottes willen! Keine Ohrringe oder sonstigen Verfänglichkeiten.«

»Gut. Weißt du, einen echten Freund zum Reden kann ich wirklich gebrauchen.« Jelena setzte die Kaffeetasse ab. »Meine Freundinnen sprechen immer nur von Lovern, Ehemännern und allem, was sie sonst nicht wollen.«

Kökkenmöddinger lachte. »Ich verspreche dir, meinen Ehemann nicht zu erwähnen.«

»Sehr gut. Dann hüpfe ich jetzt mal unter die Dusche.«

»Sag mal …«

»Ja?«

»Meinst du, dass Jochen so eine Affäre hatte und wegen der Ohrringe den Laufpass bekommen hat?« Er nahm das Schmuckstück erneut zwischen die Finger.

Jelena grinste. »Und schließlich hat ein eifersüchtiger Ehemann ihn aus dem Leben gekickt?«

»Das wäre eine neue Variante und vielleicht gar nicht so abwegig.« Kökkenmöddinger rieb sich das Kinn. »Ist dieser Stellvertreter-Klaus eigentlich verheiratet?«

Jelena erhob sich seufzend. »Doktor Watson, Sie sind auf dem Holzweg. Sherlock ermittelt jetzt erstmal im Bad.«

Kökkenmöddinger legte den Ohrring zur Seite und schüttelte unwillkürlich den Kopf. Manchmal erzeugte Jelena in kurzer Zeit mehr Knoten in seinem Gehirn als alle Texte von komplizierten Denkern wie Hegel, Heidegger oder Kierkegaard es jemals vermocht hätten. Allerdings hatte keiner dieser Denker je lebensecht und leicht bekleidet vor ihm gesessen. Bei Jelena hätte auch Hegels »Weltgeist« kläglich versagt, da war er sich sicher.

Schmunzelnd nahm Kökkenmöddinger den handschriftlichen Brief erneut zur Hand. Er war in einem seltsam hölzernen Stil verfasst.

*Liebe Mutter, entschuldige, dass ich erst jetzt von mir lesen lasse, aber besondere Ereignisse erfordern meine besondere Aufmerksamkeit. Deshalb möchte ich für Dich einige romantische Impressionen ausdrücken.*

*Sicher fragst du dich: Was gibt's Neues? Deshalb habe ich mich entschiedenen, Dir zu schreiben von meinem Brautzug im Frühling mit einer Dame in Rosa, einer Frau mit Kind.*

*Sie kam über mich wie die Brandung bei Rügen, nein, wie ein Sandsturm in der Libyschen Wüste.*

*Es ist eine großartige Erfahrung, viel besser als immer nur zwei Männer in Betrachtung des Mondes, vielmehr ein Spaziergang im Buchenwald. Eine verwirrende Prozession im Nebel. Es war die Flucht des Sisyphos ins Unendliche: Wir sind ein glückliches Paar im Zimmer.*

*Ich muss innehalten. Verzeih! Ich werde dir weiter berichten …*

Kökkenmöddinger nahm einen Schluck Tee und verzog das Gesicht. Er war kalt.

»Sag mal, würdest du …?« Jelena erschien, notdürftig in ein Handtuch gewickelt.

»Ja?« Kökkenmöddinger konzentrierte sich auf den Ohrring auf dem Tisch.

»Könntest du mich in den Sender fahren? Ich bin spät dran.« Jelena sah ihn treuherzig an.

Er lächelte. »Allerdings nur, wenn du beim Abendessen keine Ohrringe trägst.«

# 12. Lähmende Gifte

Kökkenmöddinger war froh, als er den letzten Fahrgast seiner Schicht am Hauptbahnhof absetzen konnte. Nach dem Überfall auf Heinz war ihm mulmig. Nicht nur, weil ihm die eigenen Erfahrungen wieder durch den Kopf spukten. Es gab Dinge, die man einfach nicht vergaß. Vergessen war ohnehin keine menschliche Fähigkeit, sondern eine reine Gnade des Gehirns, der man ausgeliefert ist. Und während die einen sich danach sehnten, zu vergessen, hatten die anderen panische Angst davor, dem Vergessen ausgeliefert zu sein. Vergessen war ein törichtes Unterfangen und eine Aussage wie »Ich vergesse es« zwangsläufig eine Lüge. So oder so, er hatte womöglich längst vergessen, was er nicht vergessen wollte.

Was Kökkenmöddinger allerdings auf keinen Fall vergessen durfte, war, noch bei Heinz vorbeizuschauen. Er war seit dem gestrigen Überfall erst einmal krank geschrieben. Das bedeutete zwar ein paar Schichten mehr für ihn und die Kollegen. Aber die Zeit für Heinz musste er sich nehmen.

Er meldete sich in der Zentrale ab und lenkte sein Taxi einige Straßen weiter in die Südvorstadt. Freie Parkplätze waren hier rar, und so parkte er frech direkt vor dem Finanzamt.

Als er kurz darauf die Treppe zu Heinz' Wohnung im Haus gegenüber hinaufstieg, wurde er an der Tür schon erwartet. Heinz' Frau – wie hieß sie noch gleich? – fiel ihm jaulend um den Hals und drückte ihn an ihren ausladenden Busen.

»Danke«, schluchzte sie Kökkenmöddinger in den Nacken. »Danke, danke, danke. Ohne Sie … ich darf gar nicht daran denken … Mein Gott!«

»Kökkenmöddinger reicht völlig aus, Frau, ähm …« Er grinste.

»Nenn mich Bärbel, ja? Schließlich hast du meinen Mann gerettet.« Tränen schimmerten in Bärbels Äuglein. »Lass dich noch mal drücken.«

Sie schritt zur Tat, und Kökkenmöddinger rang nach Atem.

»Wo ist er denn, unser Heinz?«, wollte er wissen. »Geht es ihm schon besser?«

»Der arme Kerl.« Bärbel zog Kökkenmöddinger mit in die Wohnung. »Er ist nun mal kein Held, mein Heinz.«

»Wer ist das schon?«, gab Kökkenmöddinger zu bedenken.

»Du!« Bärbel strahlte ihn an. »Du hast unter Einsatz deines Lebens meinen Heinz gerettet. Das hat er mir selbst erzählt.«

Kökkenmöddinger winkte ab. »Alles halb so wild. Das hätte jeder andere Kollege auch getan.«

Nun sah er Heinz in einem Sessel sitzen. Er sah ihn an, doch sein Blick wirkte leer.

»Du musst mit uns essen!« Bärbel begann, den Tisch zu decken. »Magst du Kuchen? Ich habe Papageienkuchen gebacken. Und Schichtsalat, ich habe Schichtsalat vorbereitet. Möchtest du ein Bier?«

Kökkenmöddinger nickte nur und setzte sich zu Heinz. »Wie geht es dir, mein Freund?«

»Schwer zu sagen.« Heinz seufzte. »Nett, dass du vorbeikommst. Und … danke!«

»Du musst dich nicht immer wieder bedanken«, erklärte Kökkenmöddinger. »Übrigens habe ich etwas Ähnliches mal … Ach, lassen wir das. Wann sitzt du wieder auf dem Bock?«

»Bin krank geschrieben.« Heinz klang matt.

»Warte nicht zu lange«, ermahnte Kökkenmöddinger. »Es sei denn, du willst nicht mehr. Dann wirf sofort hin. Lange überlegen und immer wieder abwägen zermürbt deine Seele endgültig. Du musst dich sofort entscheiden.« Er schluckte. Er sollte Heinz nicht so zusetzen. Jeder Mensch war anders, und der Überfall lag erst vierundzwanzig Stunden zurück.

»Kommt, setzt euch an den Tisch«, verlangte Bärbel.

Kökkenmöddinger und Heinz gehorchten.

»Weißt du, Kökkenmöddinger, das war ja nicht der erste Überfall dieser Art.« Bärbel schenkte ihm Bier in ein Glas.

»Du bist schon mal überfallen worden?« Er sah Heinz überrascht an.

»Nein, nein«, erklärte der schnell und nahm nun auch sein Bier entgegen.

»Nicht doch«, warf Bärbel ein. »Es war nicht die erste Giftspritzenattacke. Ich habe das in den Zeitungen und im Fernsehen verfolgt. Es gab schon einige Überfälle.«

»Ach so?« Kökkenmöddinger warf einen Blick auf die zahlreichen Köstlichkeiten auf dem Tisch. Das musste man Bärbel lassen: Sie verstand es, einen Mann zu verwöhnen. »Großartig, was du so alles zauberst. Heinz, bekommst du täglich solch ein Abendessen?«

Heinz grinste schief. »Ja, ich weiß schon, wofür ich mir die Tage auf den Straßen um die Ohren schlage.«

Bärbel tätschelte seinen Arm und wandte sich dann wieder Kökkenmöddinger und ihren Neuigkeiten zu. »Im letzten Vierteljahr gab es in und um Dresden immer wieder Überfälle mit solchen Spritzen. Ganz oft auf Kioske und Spätshops in den Stadtteilen, oder eben tagsüber auf kleinere Läden in der Region. Taxifahrer sind aber vorher noch nicht überfallen worden. Sonst hätte ich euch doch gewarnt.« Sie tätschelte erneut Heinz' Arm.

»Und es ist erwiesen, dass es Gift in den Spritzen ist?«, fragte Kökkenmöddinger. »Ich meine, in dem Moment musste ich davon ausgehen, dass dieser Gangster das ernst meinte. Aber es ist ja keineswegs gesagt …«

»Natürlich ist Gift drin!«, unterbrach Bärbel ihn empört. »Absolut gefährlich. Es lähmt für Stunden, und bei Herzschwäche kann es tödlich wirken.«

»Das hast du aus der Zeitung, Bärbelchen«, sagte Heinz. »Die machen doch aus allem einen Skandal.«

»Nun ja, es ist ja auch ein Verbrechen.« Kökkenmöddinger ließ sich den Schichtsalat schmecken. »Bärbel, dein Salat ist ein Traum!«

»Nun stellt euch vor, Heinz hätte eine Herzschwäche.« Bärbel machte ein bekümmertes Gesicht. »Heinz, du musst noch einmal zum Arzt. Wir haben dein Herz noch gar nicht untersuchen lassen.«

Kökkenmöddinger kaute. Wenn dieses Gift tatsächlich die Muskeln lähmte, dann hätte es auch eine Giftspritze sein können, die Jochen Wegbaum getötet hatte. Muskelgift konnte in zu hoher Dosierung schließlich auch andere Organe lähmen. Vielleicht war Jochen ja einfach nur überfallen worden, hatte eine Überdosis von diesem Gift gespritzt bekommen, die Atmung hatte ausgesetzt, oder sein Herz war nicht besonders robust …

»Ihr müsst euch auf jeden Fall vorsehen«, unterbrach Bärbel seine Gedanken. »Dieser Verbrecher läuft noch frei herum. Und außerdem ist nicht auszuschließen, dass es mehrere von der Sorte gibt. Die Polizei tappt da völlig im Dunkeln. Erst heute habe ich im Radio gehört …«

»Oje, Radio! Jelena!« Kökkenmöddinger leerte hastig sein Bierglas. »Ich bin verabredet.« Er stand auf. »Es tut mir leid, Bärbel, Heinz. Es ist wunderbar bei euch, und wie du mich verwöhnst, Bärbel. Aber ich wollte doch nur kurz nach Heinz sehen. Entschuldigt, aber ich muss los.«

Bärbel sah ihn erstaunt an. »Du hast eine Verabredung? Mit einer Frau?«

»Nein, ich meine, ja, mit meiner Mitbewohnerin«, erwiderte Kökkenmöddinger. »Es ist nicht so, oder doch. Ich weiß es nicht. Jedenfalls muss ich los.«

»Du hast noch nie von ihr gesprochen«, stellte Heinz fest. »Wieso gibt es eine Frau in deinem Leben, und ich weiß nichts davon?«

»Heinz, nun lass ihn doch«, tadelte Bärbel. »Ich freue mich für dich. Komm, ich bringe dich noch zur Tür.«

Eine halbe Stunde später betrat Kökkenmöddinger die gemeinsame Wohnung im zwölften Stock.

»Ich dachte schon, du hättest mich vergessen.« Jelena musterte ihn streng. »Das kenne ich gar nicht von dir.«

»Es tut mir leid, ich habe nur noch kurz nach meinem Kollegen gesehen und mich ein bisschen verquatscht.«

»Soso.« Jelena musterte ihn noch immer. Glaubte sie ihm etwa nicht?

»Ich habe dich nicht vergessen«, erklärte Kökkenmöddinger. »Oder doch, aber nur ganz kurz.«

»Ich habe mir mal den Brief von diesem Jochen an seine Mutter angeschaut.« Jelena zog die Augenbrauen hoch. »Wenn ich das so lese, denke ich doch, dass der Typ ganz schön neben der Spur gewesen sein muss.«

»Sollen wir etwas zu essen bestellen?« Kökkenmöddinger holte ein paar Werbeheftchen aus der Küchenschublade.

»Ich habe übrigens noch mal mit Klaus gesprochen«, sagte Jelena.

»Dem schmierigen Stellvertreter?« Kökkenmöddinger setzte sich zu ihr. »Der hat es dir offenbar angetan.«

»Nein, es ging doch um deinen Jochen«, entgegnete sie. »Ich dachte, wenn da ein Brief von Jochen an seine Mutter liegt, wäre es logisch, diese Sachen seiner Mutter oder anderen Angehörigen zu geben, oder?«

»Glaubst du wirklich, dass sich diese Redaktion die Mühe macht? Sie haben ihn doch schon vor Monaten rausgeschmissen.« Kökkenmöddinger legte einen Flyer zur Seite. »Pizza? Nee, oder?«

»Nee, Pizza, nicht.« Jelena griff zu einem anderen bunten Faltblatt. »Döner wäre doch mal wieder was.«

»Dass dieser Klaus dir den Karton überhaupt gegeben hat, liegt doch daran, dass er ihn dir geben konnte«, sagte Kökkenmöddinger. »War doch wieder ein guter Vorwand, dich zu kontaktieren.«

»Ach was.« Jelena lachte. »Typen wie Klaus brauchen keine Vorwände. Die gehen direkt drauf los und holen sich auch ganz cool jede Menge Körbe. Glaub mir, Journalisten sind alles, aber nicht subtil.«

»Da könntest du recht haben.« Kökkenmöddinger sortierte den Döner-Flyer aus. »Vielleicht gehe ich zu sehr von mir aus. Ich bin eben subtil und sensibel und ein bisschen schüchtern.«

Jelena lachte. »Ja, das mag ich an dir. Ich bin für indisch.«

Kökkenmöddinger sah auf. »Das magst du an mir und bist für indisch?«

»Nun ja, ich meinte erst mal das Essen.« Jelena grinste.

»Dann lass uns schnell bestellen.« Kökkenmöddinger lachte. »Sonst haben wir nicht mehr genug Zeit für das Kamasutra.«

»Das ist nicht indisch, das ist kindisch!« Jelena lachte.

# 13. Nebel!

Kökkenmöddinger hatte gerade die alte Frau Schubert bis zur Wohnungstür geleitet und war auf dem Weg zurück zum Wagen, als sich sein Handy meldete.

»Ja.«

»Die Beisetzung hat schon stattgefunden.«

»Welche Beisetzung?« Er war verwirrt. »Jelena, bist du es?«

»Ja, ich bin es. Und ich wollte dir nur kurz Bescheid geben«, sagte sie. »Habe es zufällig gerade erst von einem Kollegen gehört, der über die Geschichte die Beiträge gemacht hat. Die Polizei hat sich auf Selbstmord festgelegt. Gestern wurde Jochen Wegbaum beerdigt.«

»Gut, oder auch nicht. Danke für die Information.« Kökkenmöddinger überlegte kurz. »Halt mal! Wo wurde er denn beigesetzt? Hier in Dresden?«

»Ja, Trinitatisfriedhof.« Jelena klang gehetzt. Sie schien herumzulaufen. »Du, ich muss wieder ins Studio. Tschüs.«

Kökkenmöddinger hatte sein Taxi erreicht. Er hatte schon drei Patientenfahrten erledigt. Zeit für eine Pause. Er funkte die Zentrale an.

»Sarah, ich mache Pause. Hast du danach eine Position an der Uniklinik frei?«

»Nein«, entgegnete Sarah. »Du hast eine Viertelstunde. Dann brauche ich dich in der inneren Altstadt. Da ist heute der Teufel los.«

Kökkenmöddinger seufzte und gab Gas. Er hatte gehofft, etwas mehr Zeit zu haben. Doch immerhin war der Friedhof nicht weit von hier. Für einen Kaffee würde ihm allerdings keine Zeit mehr bleiben.

Er lenkte den Wagen über die Blasewitzer Straße, bog nach rechts in die Fetscherstraße ab und gleich drauf wieder nach links in die Fiedlerstraße. Er passierte den Jüdischen Friedhof, um gleich darauf vor dem Tor gegenüber der Trinitatisruine anzuhalten. Hier war um diese Zeit wenig los.

Rasch lief Kökkenmöddinger durch das Tor und sprach einen Friedhofsgärtner an. Der wies ihm den Weg zu den neuesten Gräbern am anderen Ende des Friedhofs.

Kökkenmöddinger beeilte sich. Er wusste zwar selbst nicht so recht, was er hier suchte, aber wenn er schon die Beerdigung verpasst hatte, wollte er zumindest Jochens frisches Grab sehen. Es war doch ein Hohn, diesen Mann zum Spinner zu stempeln und seinen Tod als Selbstmord zu deklarieren …

Da war ein Grab mit einigen wenigen frischen Blumen und zwei Kränzen. Sehr mager, diese Dekoration für einen gerade erst Beigesetzten. Kökkenmöddinger schluckte.

Das Grab allerdings war groß und hatte bereits einen Stein. Es war seines Wissens nach unüblich, dass es so schnell einen Grabstein gab. Doch dann erkannte er, woran es lag. Das Grab war ein Familiengrab und man hatte auf dem Stein nur Jochens Namen ergänzen müssen. Hier ruhten bereits seit Jahren Günther Wegbaum und »seine liebe Frau« Hannelore Wegbaum, geborene Schmidt.

Moment mal! Kökkenmöddinger rieb sich das Kinn. Wenn Jochens Eltern schon vor Jahren verstorben waren, warum schrieb er dann einen Brief an seine Mutter? Und warum hatte er diesen Brief in die Zukunft datiert?

Ob Jochen vielleicht doch irgendwelche psychischen Probleme gehabt hatte? Der Brief war schon sehr eigenartig. Andererseits schien er darin eine neue Liebe zu beschreiben, und die Menschen machten die seltsamsten Dinge aus Liebe.

Kökkenmöddinger warf einen Blick auf die Uhr. Es wurde höchste Zeit. Er lief zurück zu seinem Wagen und traf dort auf eine ältere Dame, die zu warten schien.

»Brauchen Sie ein Taxi?«

»Ja, das wäre sehr nett.« Sie lächelte. »Oder sind Sie nicht frei?«

»Doch, doch. Ich bin unglaublich frei.« Kökkenmöddinger öffnete ihr die Beifahrertür. »Steigen Sie ein. Wohin soll's denn gehen?«

»Zum Pulverturm bitte.« Sie lächelte. »Ich treffe dort eine Freundin. Wir gehen gemeinsam in die Frauenkirche.«

»Aber sicher doch, einmal zum Neumarkt.« Kökkenmöddinger nahm auf dem Fahrersitz Platz. »Da haben Sie ja etwas Schönes vor.«

»Ja, ich freue mich schon seit Wochen darauf.« Die alte Dame lächelte noch immer.

»Wissen Sie was? Ich muss sowieso in die Altstadt«, sagte Kökkenmöddinger. »Die Fahrt geht aufs Haus.« Er bedeutete ihr zu schweigen und funkte die Zentrale an. »Sarah, ich fahre jetzt, wie vereinbart, in die innere Altstadt.«

»Gut, Kökki. Taxistand am Neumarkt.«

Er startete den Wagen. »Geht los.«

Als sie einige Minuten und eine halbe Lebensgeschichte später den Taxistand erreichten, bedankte die alte Dame sich überschwänglich.

»Sie sind so ein lieber Mensch! Und Sie können so fantastisch zuhören!« Sie kramte in ihrer Handtasche herum. »Warum sind Sie Taxifahrer?«

Kökkenmöddinger schmunzelte. »Weil nur liebe Menschen, die gut zuhören können, als Taxifahrer geeignet sind.«

Sie kicherte und zückte ihr Portemonnaie.

»Nicht doch«, wehrte er ab. »Ich musste sowieso hierherfahren.«

»Aber ein kleines Trinkgeld …« Sie öffnete ihre Geldbörse.

»Nein«, sagte Kökkenmöddinger mit Nachdruck. »Trinken Sie lieber mit Ihrer Freundin einen Eierlikör auf mich.« Er stieg aus, lief um den Wagen herum und öffnete ihr die Tür.

»Sie sind wirklich ein ganz reizender Mensch«, stellte sie fest. »Grüßen Sie unbekannterweise Ihre Frau von mir. Sie hat wirklich Glück mit Ihnen.«

Kökkenmöddinger lächelte schief. »Das mache ich gern. Sie wird sich freuen.«

Als er die alte Dame endgültig verabschiedet hatte, lehnte er sich ans Taxi. Sein Blick fiel auf den hinteren Eingang des Albertinums. Hier hatte er doch vor ein paar Tagen erst diesen Kunstmenschen abgeholt, um ihn nach München zu bringen. Ihn und dieses Bild mit dem komischen Titel, der zum Wetter gepasst hatte … *Prozession im Nebel* …

Kökkenmöddinger zuckte unwillkürlich zusammen. Natürlich! Schnell zog er den Brief von Jochen aus der Tasche. Der eigenartige Brief, datiert in der Zukunft, an eine Mutter, die längst verstorben war … Da stand es: »Es ist eine großartige Erfahrung, viel besser als immer nur zwei Männer in Betrachtung des Mondes, vielmehr ein Spaziergang im Buchenwald. Eine verwirrende Prozession im Nebel. Es war die Flucht des Sisyphos ins Unendliche: Wir sind ein glückliches Paar im Zimmer …«

Das war kein echter Brief. Und das war garantiert nicht Jochens Ausdrucksweise. Immerhin war er Journalist gewesen. Das waren Hinweise, die in Zusammenhang mit seiner Story standen. Wahrscheinlich hatte er so seine Notizen verschlüsselt. Die *Prozession im Nebel* war ein Bild aus dem Albertinum, also aus der Galerie Neue Meister. Ob er in dem Museum weitere Hinweise finden würde?

In diesem Moment näherte sich eine Touristengruppe. Einer von ihnen sprach mit Kökkenmöddingers Kollegen, der sich gleich darauf umwandte.

»Jungs, es werden drei Taxen gebraucht. Wir fahren Kolonne.«

Kökkenmöddinger atmete tief durch. Ausgerechnet jetzt. »Wo soll es denn hingehen?«

»Nach Meißen«, erklärte der Kollege. »Wir fahren über Radebeul und Coswig, weil die B 6 dicht ist. Treffpunkt ist der Marktplatz in Meißen. Alles klar?«

»Klar.« Kökkenmöddinger öffnete seinen Gästen die Türen.

Dann warf er einen Blick hinüber zum Museum. Meißen. Das konnte dauern.

# 14. Heldentum?

Kökkenmöddinger klemmte sich die Brötchentüte unter den Arm und schloss die Wohnungstür auf.

»Hose aus!« Jelena wirbelte über den Flur.

Kökkenmöddinger sah an sich herunter. »Bitte?«

»Schuhe! Ich meinte natürlich: Schuhe aus!«

»Schade.« Er schlüpfte aus seinen Schuhen. »Warum?«

»Ich habe sauber gemacht.« Sie sprühte Reinigungsmittel auf den Flurspiegel und polierte mit einem Papiertuch nach. »Los, fang du schon mal im Badezimmer an!«

»Womit?« Kökkenmöddinger lief in Socken in die Küche.

»Mit dem Putzen«, erwiderte Jelena gehetzt. »Er kommt gleich.«

»Wer?« Kökkenmöddinger schüttete die Brötchen in den Brotkorb und begann, den Frühstückstisch zu decken.

»Ein Redakteur von der *Tagespost*«, sagte Jelena. »Er macht ein Interview mit dir. Du bist jetzt ein Held.«

Kökkenmöddinger wäre beinahe die Butterdose aus der Hand gerutscht. »Wie bitte? Ich soll der *Tagespost* ein Interview geben? Das ist wohl ein Scherz!«

»Nein.« Sie wedelte mit einem bunten Staubtuch über Regale und Schrank. »Klaus hat das arrangiert. Er meinte, er habe schließlich etwas gut bei uns.«

»Bei uns?« Er stellte Käse und Fisch auf den Tisch. »Ich dachte, er hätte etwas gut bei dir.«

»Dann hast du falsch gedacht«, erwiderte Jelena. »Du siehst Klaus in einem ganz falschen Licht.«

Kökkenmöddinger schnaufte. Er hatte überhaupt keine Lust, diesen Stellvertreter-Klaus in irgendeinem Licht zu sehen. Am liebsten war ihm der Kerl im Stockfinstern.

»Hey, guck nicht so!« Jelena wuschelte ihm mit dem Staubtuch durchs Gesicht. »Du bist ein Held. Und wir wollen alle mehr von euch Helden!«

»Dann lass uns mal frühstücken.« Er griff zur Kanne und schenkte Kaffee ein. Heute würde er sich nicht mit Tee zufriedengeben. »Ich will auf keinen Fall auf nüchternen Magen ein Held sein.«

»Ich muss erst noch die Küche wischen.« Sie ließ Wasser in einen Eimer. »Was ist denn nun mit dem Bad?«

»Ich putze doch nicht vor dem Frühstück das Bad.«

»Aber der Redakteur!«

»Der interviewt doch nicht unser Klo.«

»Aber vielleicht muss er mal.« Jelena hob den Eimer aus dem Spülbecken. »Du willst doch einen guten Eindruck machen.«

Kökkenmöddinger nippte am Kaffee. »Ich wusste nicht, dass Helden auch heldenhaft hygienische Toiletten haben.«

Jelena zog den Schrubber aus dem Schrank. »Autsch.« Sie hatte sich den Stiel gegen den Kopf gehauen. »Mist!«

»Jetzt komm schon her und trink erst einmal einen Kaffee mit mir«, schlug Kökkenmöddinger vor. »Mir passt diese Sache mit dem Interview heute gar nicht.«

»Warum?« Sie griff tatsächlich zur Kaffeetasse.

»Ich hatte eigentlich geplant, nach dem Frühstück ins Museum zu gehen.

»Ins Museum?« Jelena setzte die Tasse ab. »Was willst du denn da?«

Bevor Kökkenmöddinger eine geeignete Ausrede parat hatte, klingelte es.

»Der Heldenbefrager!« Jelena sprang auf.

»Ein halbes Brötchen schaffen wir noch. Es sind zwölf Stockwerke.« Kökkenmöddinger biss herzhaft zu.

»Und Sie haben ihm die Spritze einfach abgenommen?« Der Redakteur sah ihn erwartungsvoll an.

Kökkenmöddinger kannte den Mann bereits von seinem Besuch in der Redaktion. Er hatte sich vorgestellt, doch Kökkenmöddinger hatte seinen Namen schon wieder vergessen. »Nein, ich konnte ihm die Spritze leider nicht abnehmen. Er hat sie geleert und ist mit seiner Waffe getürmt.«

Der Redakteur machte sich Notizen.

»Ich hätte zu gern gewusst, ob tatsächlich Gift in der Spritze war«, setzte Kökkenmöddinger hinzu. »Möchten Sie noch Kaffee?«

»Ein interessanter Gedanke.« Der Zeitungsmann nickte, während Kökkenmöddinger Kaffee nachschenkte. »Sie meinen, diese Typen mit den Giftspritzen bluffen nur?«

Kökkenmöddinger zog die Augenbrauen hoch. »Es sind also mehrere Täter, die diese Reihe von Überfällen begangen haben?«

»So sieht es wohl aus.« Der Journalist griff zur Kaffeetasse.

Kökkenmöddinger beobachtete ihn. »Sie wissen doch mehr ... Welches Gift war es? Irgendetwas, das die Muskeln lähmt ...«

»Zumindest behaupten das die Ermittlungsbehörden.«

»Ja, das schreibt Ihre Konkurrenz.« Kökkenmöddinger dachte an Bärbels Bemerkungen. »Da sollten Sie sich doch mehr Informationen beschaffen, nicht wahr?«

»Deshalb bin ich ja hier bei Ihnen.« Der Redakteur grinste.

»Halten Sie es für möglich, dass ...« Kökkenmöddinger zögerte.

»Was?«

»Könnte nicht auch Jochen Wegbaum ein Opfer dieser Giftspritzenüberfälle geworden sein?«

»Wegbaum ist bei Ihnen wohl zur fixen Idee geworden.« Der Zeitungsmann runzelte die Stirn. »Aber möglich ist natürlich alles. Vielleicht hatte er einfach nur Pech und nicht so einen couragierten Retter wie Ihr Kollege.«

Kökkenmöddinger schluckte bei dem Gedanken an Jochen. Vielleicht wäre tatsächlich alles anders gekommen, wenn er in

Laubegast eine halbe Stunde früher sein Taxi in Richtung Elbe verlassen hätte. Vielleicht hätte er Jochen helfen können …

»Was ist das für ein Gefühl?«, hob der Journalist erneut an. »Was geht einem durch den Kopf, wenn man in solch eine Situation gerät?«

»Nichts«, erklärte er. »Es hat nichts mit Denken und Abwägen zu tun. Man handelt einfach, weil es notwendig ist.«

Der Redakteur notierte nickend.

»Es war kein Heldentum«, fuhr Kökkenmöddinger fort. »Es war einfach selbstverständlich. Jeder meiner Kollegen hätte das getan.«

»Sind Sie sicher?« Der Zeitungsmensch beugte sich vor. »Als man Sie damals überfallen hat, hat Ihnen niemand geholfen. Man hat Sie erst nach Tagen gefunden, gefesselt und halbtot.«

Kökkenmöddinger sah ihn an und stand langsam auf. »Ich muss zur Arbeit. Das Gespräch ist beendet.«

# 15. Kunst und Kalamitäten

»Danke. Hier entlang, bitte.«

Kökkenmöddinger steckte die Eintrittskarte weg. Ein Gemälde in dem vor ihm liegenden Klingersaal zog ihn magisch an. Ein Mensch mit einer Fahne, auf der *Freiheit* geschrieben stand, gefolgt von allerhand seltsamen geflügelten und sakral wirkenden Gestalten. Es erschien alles ziemlich unwirklich und unfrei. Er ging näher auf das Kunstwerk zu. Es trug den Titel *Um die Freiheit* und stammte aus dem Jahre 1894, von einem Maler namens Sascha Schneider. Kökkenmöddinger hatte diesen Namen noch nie gehört. Aber das verwunderte ihn nicht weiter. So gut er sich mit großen Denkern auskannte, so wenig bewandert war er in der Kunstszene.

Außerdem interessierte ihn vielmehr das zentrale Motiv: Freiheit. Freiheit war nicht nur, die Wahl zu haben, sondern es bedeutete auch, tatsächlich eine Möglichkeit auszuwählen. Wie viel Zwang lag also in der Freiheit? Und wie viel Zufall? Hatte Jochen eine Wahl gehabt, frei zu entscheiden? Hätte er seine Recherchen nicht einfach einstellen können, um seinen Job zu behalten und schließlich auch sein Leben? Oder hatte er sich schon so weit in diese ganze Sache verstrickt, dass ihm keine Wahl mehr geblieben war? Vielleicht hatte er längst nicht mehr aus freiem Willen gehandelt.

Kökkenmöddinger zog das Schriftstück von Jochen aus der Jackentasche, verließ den Saal und lief die Treppe hinauf. Jetzt würde sich zeigen, ob dieser Brief ein vermeintlicher war und er mit seiner Vermutung richtig lag.

Zögernd betrachtete er den Raum voller Bilder. Wo sollte er ansetzen? Das Museum wirkte riesig, und er hatte nur eine Stunde Zeit.

Kökkenmöddinger entschied sich, zunächst einmal systematisch vorzugehen und sich die Bildtitel vorzunehmen. Da, *Brandung bei Rügen*, die Wellen schienen einem direkt entgegenzuschlagen. Er studierte Jochens Schriftstück. Der Journalist konnte nur das Bild gemeint haben. Warum sonst sprach er nicht einfach nur von einer Brandung oder aufbrandenden Gefühlen? Nein, er benannte die *Brandung bei Rügen*. Kökkenmöddinger spürte ein Kribbeln hinter der Stirn. Seine Idee, sein Ansatz schien richtig zu sein. Er markierte sich die Textstelle im Brief.

Die *Prozession im Nebel* suchte er vergeblich. Nun ja, das musste nichts heißen. Schließlich hatte er sie selbst unlängst erst nach München transportiert. Sie würde sicher nicht nur für kurze Zeit dort in einer Ausstellung hängen.

Kökkenmöddinger ging weiter und betrachtete eingehend *Das Pfirsichglas* von Claude Monet. Dieser Maler war auch ihm ein Begriff. Die Pfirsiche drängten sich in realistischer Manier im Glas, und Kökkenmöddinger verspürte ein Grummeln im Magen. Da, der *Hase im Schnee* von einem gewissen Ferdinand von Rayski wirkte noch realistischer als Monets Pfirsiche. Das Ölbild sah aus wie eine Fotografie. Hase in Öl ... Kökkenmöddinger ertappte sich dabei, an Hasenbraten zu denken, und schämte sich ein bisschen. Weiter. Mit Jochens Notizen hatten weder Hase noch Pfirsiche zu tun. Er musste die Zeit nutzen.

Hey, dort war ein Bild mit dem Titel *Paar im Zimmer*. Diese Formulierung kam doch auch in Jochens Brief vor. Ein laszives Bild, das einen abgeschlossenen Liebesakt zu thematisieren und einen weiteren in Aussicht zu stellen schien. Kökkenmöddinger seufzte leise bei dem Gedanken an die Nacht mit Jelena. Doch sein Appetit blieb die deutlichere Empfindung. Chagalls *Paar mit Ziege* wirkte zwar ebenfalls lasziv, war jedoch deutlich abstrakter – Kökkenmöddinger abstrahierte spontan Ziegenkäse. Er betrachtete das Gemälde einen Augenblick lang und fand es schrecklich hässlich. Die Beschriftung wies aus, dass es sich um eine Leihgabe eines privaten Sammlers an das Museum handelte. Ja, es war nicht verwunderlich, dass man sich ein solches Bild nicht in die eigenen vier Wände hängte.

Oh, unweit hing sogar ein Picasso. Selbst Kökkenmöddinger erkannte das sofort, obwohl es weder grafisch verschobene Gesichter noch andere direkt zu benennende Eindeutigkeiten auf dem Bild gab. *Fruchtschale, Mandoline, Flasche* war ein Ölbild aus dem Jahre 1924. Fruchtschale … Der Appetit wollte nicht verschwinden.

»Entschuldigung.« Erst jetzt bemerkte er eine Frau, die in einiger Entfernung stand. Sie wirkte ganz versunken in den Anblick des Bildes. »Ich wollte Ihnen nicht die Sicht rauben.«

»Kein Problem.« Sie lächelte. »Dieses Bild muss man nicht nur sehen, sondern vielmehr hören. Es ist ein musikalisches Bild.«

»Sie hören das Bild?« Kökkenmöddinger musterte die Frau. Sie schien etwa in seinem Alter zu sein. Vielleicht ließ die elegante Kleidung sie auch älter wirken, denn ihr Gesicht strahlte etwas Jugendliches aus.

»Ja.« Sie deutete auf die kleine Beschriftung. »Der Originaltitel ist *Le table de musicien – Der Tisch des Musikers.* Ich höre die Mandoline.«

»Ich wusste gar nicht, dass Dresden einen eigenen Picasso hat«, plauderte Kökkenmöddinger. »Das ist ja toll.«

»Er ist nur eine Leihgabe.« Sie lächelte. »Aber immerhin gibt es nun einen echten Picasso in Dresden.«

»Obwohl …« Kökkenmöddinger betrachtete das Gemälde. »Geben Sie mir ein paar Farben und Pinsel und ein bisschen Zeit, dann male ich Ihnen auch so ein Bild. Den meisten Museumsbesuchern würde eine Fälschung doch gar nicht auffallen, wenn der Name Picasso drunter steht.«

Ihr Lächeln gefror einen Augenblick lang. »Sie malen selbst?«

»Nein, ach wo.« Er lachte. »Aber besonders kompliziert

scheint es mir bei diesen abstrakten Kunstwerken nicht zu sein, sie zu kopieren.«

»Nun ja, zu einer wirklich guten Fälschung gehört etwas mehr, als nur das Motiv zu kopieren.« Sie sah ihn an. »Nicht nur die Pinselführung muss exakt dem Original gleichen, auch Material und Alter müssen stimmen. Einen Kunstexperten zu täuschen, ist nicht einfach.«

»Sie scheinen sich auszukennen.« Kökkenmöddinger nickte anerkennend. »Ich habe keine Ahnung von Kunst. Aber mal ganz unter uns: Ich denke, die meisten Museumsbesucher haben ebenfalls keine Ahnung.«

Sie lachte. »Da könnten Sie allerdings recht haben. Obwohl wir hier durchaus auch fachkundiges Publikum haben.«

»Sie sind wohl oft hier im Albertinum«, stellte er fest. »Sind Sie vom Fach?«

»Das könnte man so sagen.« Sie warf einen Blick auf ihre Armbanduhr, und Kökkenmöddinger bemerkte, dass sie an ihren Fingerkuppen knibbelte. Einige Finger waren verpflastert und wollten so gar nicht mit ihrem eleganten Erscheinungsbild harmonieren. »Ich muss wieder ins Büro. Ich bin tatsächlich täglich hier«, fügte sie hinzu. »Es ist mein Arbeitsplatz. Ich bin die Kuratorin der Gemäldesammlung.«

»Oh.« Kökkenmöddinger lachte dröhnend. »Dann kann ich Ihnen sicher keinen gefälschten Picasso unterjubeln.«

»Ja, versuchen Sie es besser nicht.« Sie wandte sich zum Gehen. »Hat mich sehr gefreut.«

»Ganz meinerseits.« Kökkenmöddinger sah ihr nach, wie sie auf ihren Pumps über den Parkettboden hinauseilte. Interessante Frau. Nun warf auch er einen Blick auf die Uhr. Pokkers! Er musste sich beeilen, um rechtzeitig zum Dienst zu kommen. Die Überprüfung von Jochens verschleierten Notizen musste warten. Zügig verließ er das Albertinum.

Kökkenmöddinger kassierte seinen Fahrgast ab und entließ ihn in das rege Treiben vor dem Neustädter Bahnhof.

Als er ausstieg, kam ein Kollege auf seinen Wagen zu. »Da bist du ja. Kaffee?« Er hielt eine Thermoskanne in der Hand.

»Gern, Jürgen.« Kökkenmöddinger war nach fünf Stunden Fahrbereitschaft durchaus für Koffein empfänglich. Obwohl gerade Jürgen einer jener wenigen Kollegen war, denen er lieber aus dem Weg ging.

»Schön, dich endlich mal wieder zu sprechen, mein Gutster.« Jürgen schenkte Kaffee in einen Becher. »Von dir erzählt man sich ja so einiges.«

Kökkenmöddinger trank. »Oh, der ist aber gut.«

»Weißt du eigentlich, dass man dich sucht?«, fragte Jürgen.

»Nein.« Er leerte den Kaffeebecher. »Wer sucht mich?«

»So ein komischer Typ.« Jürgen schenkte ihm nach. »Wirkte irgendwie schmuddelig und hatte eine Fahne. Ein Freund von dir?«

»Ich habe keine Ahnung, von wem du sprichst«, erklärte Kökkenmöddinger. »Was will der denn von mir?«

»Damit wollte er nicht herausrücken.« Jürgen verzog das Gesicht. »Das war ein seltsamer Kerl. Er hatte so eine dicke Tasche umhängen und machte auf wichtig.«

»Ich kenne gar keine wichtigen Leute.« Kökkenmöddinger schmunzelte.

»Der hat wirklich jeden Kollegen angehauen und nach dir gefragt.« Jürgen sah ihn durchdringend an. »Das musst du doch mitbekommen haben. Hat denn noch niemand etwas gesagt?«

Kökkenmöddinger schüttelte den Kopf. »Ich habe seit Schichtbeginn eine Tour nach der anderen.«

»Du Glücklicher.« Jürgen seufzte. »Ich stehe mir immer nur die Beine in den Bauch. Wenn das so weitergeht, wächst meine Karre am Asphalt fest.«

»Na, so schlimm wird es schon nicht sein.« Er sah sich um. »Hier ist doch eine Menge los.« Er kannte Jürgens sprichwörtliches Gejammer. Allerdings hatte er in der Tat heute viele Touren über die Zentrale bekommen. Wie aufs Stichwort meldete sich sein Funk. »Ja, Sarah, was gibt's? Ich bin am Neustädter Bahnhof.«

»Weiß ich doch, Kökki«, sagte sie.

Kökkenmöddinger seufzte. An diese GPS-Geräte hatte er sich noch immer nicht gewöhnt. Navigationssysteme waren natürlich sehr praktisch, und auch die Informationen über aktuelle Baustellen. Aber den Sicherheitsaspekt der GPS-Ortung zweifelte er stark an. Nicht zuletzt hatte das auch der Überfall auf Heinz noch einmal verdeutlicht.

»Du musst eine Tour nach Moritzburg machen«, sagte Sarah. »Die Kundin wartet vor dem Pressehaus auf dich.«

»Kann das nicht jemand vom Stand Ostra-Allee übernehmen?« Kökkenmöddinger reichte Jürgen den Kaffeebecher. »Das geht doch viel schneller.«

»Nein. Sie hat explizit nach Herrn Kökkenmöddinger verlangt«, sagte Sarah mit Nachdruck.

Eine Stunde später befand sich Kökkenmöddinger mit vollem Taxi auf dem Weg nach Moritzburg. Neben ihm thronte Frau Dr. Zickenbarth, deren Ausstrahlung ihren Spitznamen durchaus plausibel machte. Auf der Rückbank drängten sich drei Herren aus der *Tagespost*-Redaktion: ein Reporter, ein Volontär und ein Fotograf.

»Fahren Sie mal da vorn rechts ran«, verlangte die Chefredakteurin.

Kökkenmöddinger lenkte den Wagen rechts in die Einfahrt eines Feldweges.

»So, los geht's, alle raus!« Die »Zicke« kommandierte ihre Mitarbeiter herum. Der Volontär musste sich mit Kapuzenpulli und Wollmütze den Kopf vermummen. Der Reporter wurde mit einer albernen Schirmmütze ausgestattet und auf Kökkenmöddingers

Fahrersitz platziert. Der Fotograf ging in Position, die »Zicke« auf Abstand.

»So, Herr Kökkeschrödinger, dann retten Sie mal!«

»Kökkenmöddinger«, sagte er gedehnt. »Aber der Täter war bewaffnet.«

»Richtig.« Die Chefredakteurin zog eine Einwegspritze aus ihrer Tasche und reichte sie dem Volontär. »Das müsste gehen.«

Der Fotograf spielte an seiner Kamera herum. »Wenn alle aufs Bild sollen, sieht man die Spritze nicht mehr.«

»Die ist allerdings viel zu klein«, erklärte Kökkenmöddinger.

»Das ist ja dann Mist«, warf der Volontär ein. »Oder?«

»Nun seid doch mal ein bisschen kreativ«, verlangte die »Zicke«. »Das wird ja wohl nicht so schwierig sein!«

Kökkenmöddinger beobachtete grinsend, wie der Volontär unterschiedliche Posen einnahm und der Fotograf jedes Mal aufs Neue den Kopf schüttelte. Wenn die noch lange so herumhampelten, war seine Schicht vorbei. Ihm sollte es recht sein. Der Taxameter lief auch in der Wartezeit.

»Wir machen es anders.« Der Fotograf winkte Kökkenmöddinger heran. »Wir lassen ihn erst eingreifen und machen dann eine Großaufnahme. Die legen wird dann auf das Bild.«

Die »Zicke« nickte. »Und Action, Leute!«

Kökkenmöddinger grinste sie an. »Und was erwarten Sie jetzt von mir?«

»Machen Sie einfach das, was Sie an jenem Abend auch getan haben«, sagte die Chefredakteurin. »Ihr Kollege wird überfallen. Sie fackeln nicht lange und greifen beherzt ein. Sie sind unser ›Held des Alltags‹.«

»Gut.« Er trat zügig von hinten an den Volontär heran und drückte ihn blitzschnell mit den Handgelenken gegen das Taxi.

»Aua, nicht so fest!«, jammerte der junge Mann.

»Nun, stell dich mal nicht so an.« Die »Zicke« schüttelte missbilligend den Kopf.

Der Fotograf sah durchs Objektiv. »So, jetzt bitte.«

Kökkenmöddinger simulierte erneut sein Eingreifen. Hinter sich hörte er die Kamera sirren.

»Hey, was machst du da?«, raunzte der Fotograf den Reporter hinter dem Steuer an.

»Moment nur kurz. Ist wichtig.«

Kökkenmöddinger bemerkte erst jetzt, dass der Reporter telefonierte.

»Stecken Sie sofort das Handy weg!« Die »Zicke« stürmte auf das Taxi zu. »Wo haben Sie bloß Ihren Kopf?«

»Och nee!« Der Fotograf ließ den Apparat sinken. »Frau Zick, ähm, Frau Doktor Zickenbarth, jetzt sind Sie mitten ins Bild gelaufen.«

Einen Moment lang glaubte Kökkenmöddinger, sie würde dem Reporter das Handy einfach wegnehmen. Doch stattdessen zog sie sich zurück.

»Also, bitte.« Der Fotografenkopf verschwand hinter der Kamera. »Jetzt.«

Gefühlte zwölf Durchgänge später zeigte sich der Fotograf endlich zufrieden mit dem, was er an Bildern auf seine Speicherkarte gebannt hatte. Sie konnten sich also endlich auf den Rückweg nach Dresden machen.

Amüsiert beobachtete Kökkenmöddinger im Rückspiegel, wie sowohl der Reporter als auch der Fotograf ihre Handys zückten und munter drauflos palaverten. Zwischen ihnen war der Volontär eingenickt, und wurde mal vom einen, mal vom anderen weggeschubst. Doch den Schlaf des offensichtlich erschöpften Nachwuchsjournalisten schien das nicht im Geringsten zu stören.

Frau Dr. Zickenbarth ließ ihre rotlackierten Nägel flink über ein Tablet hüpfen. Dann zückte auch sie ein Handy und schnauzte drauf los: »Was ist denn mit der Onlineausgabe los? Das ist ja alles noch nicht aktualisiert! Ich habe doch schon heute Morgen gesagt, wir nehmen die Tierquäler-Reportage als Aufmacher!«

Kökkenmöddinger verzog das Gesicht.

»Wie? Nichts dran?« Die Chefredakteurin schnaubte. »Ich lasse mir doch nicht von irgendeinem dahergelaufenen Besserwisser das Konzept für unser Blatt versauen. Dann machen Sie eben was draus! Es interessiert mich nicht, ob der Informant Alkoholiker ist. In die Zeitung von morgen wird übermorgen der Fisch eingewickelt!« Sie holte tief Luft. »Ja, Sie Idiot, auch in die Onlineausgabe!«

Der Volontär begann zu schnarchen, und Kökkenmöddinger war froh, dass sie nicht mehr weit vom Pressehaus entfernt waren.

Die »Zicke« offenbar auch, denn sie rutschte unruhig auf dem Sitz hin und her. »Ich arbeite nur mit Deppen zusammen«, sagte sie vernehmlich. »In der Branche tummeln sich wirklich nur Idioten.«

Kökkenmöddinger verkniff sich eine Bemerkung und nickte nur langsam. »Glauben Sie mir, das sagen alle über ihre jeweilige Branche.«

»Wirklich?« Die Chefredakteurin sah ihn an. »Nun ja, aber bei mir trifft es tatsächlich zu.«

»Sicher.« Kökkenmöddinger schmunzelte.

»Wo wir gerade bei Idioten sind, Herr … auch egal. Mein Stellvertreter wird sich morgen mit Ihnen in Verbindung setzen«, versprach sie. »Dann müssen Sie so schnell wie möglich das Interview gegenlesen. Ich will Sie in der Wochenendausgabe haben. Ganz groß, Sie verstehen?«

»Natürlich, Frau Doktor Zickenbarth.« Kökkenmöddinger dachte an Stellvertreter-Klaus, den »Idioten«. »Ich verstehe Sie. Glauben Sie mir, ich verstehe Sie.«

# 16. Es geht nicht um Schönheit?

Kökkenmöddinger saß bei Heinz und Bärbel auf dem Sofa. Heinz schaltete den Fernsehapparat aus und nahm ein paar Ausdrucke vom Tisch. »Du wirst nicht glauben, was ich gefunden habe!«

Bärbel stellte einen Teller mit Keksen neben die Kaffeetassen und nickte Kökkenmöddinger zu. »Seit dem neuesten Überfall ist er endlich aus seiner Starre erwacht.«

»Das ist doch sehr gut.« Kökkenmöddinger schob sich einen Keks in den Mund.

»Auch der aktuelle Fall konnte noch nicht wirklich aufgeklärt werden, aber der Täter hat die Waffe verloren.« Heinz sprudelte förmlich über. »Es war ein kleines Hotel, nahe der Dresdner Heide, am helllichten Tag …«

»Ein Hotel?«, unterbrach Kökkenmöddinger ungläubig. »Nicht, dass ich es wirklich verstehen würde, dass Menschen Raubüberfälle begehen. Doch ein Raub an einer Tankstelle oder in einem Laden, das macht noch irgendwie Sinn. Ein Banküberfall ist sogar fast sympathisch. Aber was wollen Räuber in einem Hotel?«

»Hör mir doch erst mal zu«, verlangte Heinz. »Hier, ich habe alle Artikel zum Thema ausgedruckt. Man hat die Rezeptionistin bedroht, mit einer Spritze. Doch die hat dem Gangster irgendwas ins Gesicht geschleudert. Eine Blumenvase, die auf dem Tresen stand.« Er deutete auf einen markierten Absatz.

»Sehr gut.« Kökkenmöddinger schob gleich noch einen Keks nach. »Und dann?«

»Nun, sie muss ihn voll erwischt haben.« Heinz klang aufgeregt. »Der Täter flüchtete und ließ vor Schreck die Spritze fallen.«

»Ist das nicht toll?«, freute sich Bärbel.

Kökkenmöddinger nickte, während Heinz ein weiteres Blatt hervorzog.

»Jetzt kommt's«, kündigte er an. »Das Gift ist Botulinumtoxin A!«

»Aha?« Kökkenmöddinger sah von einem zum anderen. »Nie gehört.«

»Das ist Botox«, erklärte Bärbel. »Das Zeug, das sich die Filmstars und Models gegen Falten spritzen lassen.«

Kökkenmöddinger grinste unwillkürlich. »Und Heinz sollte nicht überfallen, sondern eigentlich nur verschönert werden? Sind diese Überfälle ein Angriff der Schönheitsmafia?«

»Kökkenmöddinger!«, rief Heinz. »Das ist nicht witzig. Dieses Botox ist ein sehr gefährliches Gift, dessen Kleinstmenge schon zum Tod führen kann.«

»Dann soll Hollywood vermutlich ausgerottet werden«, scherzte Kökkenmöddinger weiter. »Nun ja, mir würde es nicht wirklich fehlen ...«

»Ausgerottet ist gar kein so falsches Stichwort.« Heinz war bierernst bei der Sache. »Man kann angeblich mit reinem Botox in der Größe eines Salzkorns eine mittlere Großstadt komplett vernichten. Da steht's ...« Er zeigte Kökkenmöddinger den Ausdruck eines Artikels.

Kökkenmöddinger kratzte sich am Kinn. »Das heißt, da draußen laufen tatsächlich irgendwelche Irren herum und spritzen mit Botox um sich?«

»So sieht es wohl aus.« Bärbel nickte. »Und wer weiß, was die noch alles vorhaben. Heinz, ich will nicht, dass du weiter Taxi fährst!«

»Aber Bärbel, der letzte Überfall war auf ein Hotel«, gab Kökkenmöddinger zu bedenken. »Es kann also überall und jedem passieren.« Er überflog den Artikel. Heinz schien recht zu haben. »Und warum ein Hotel?«

»Vielleicht wollte man nur die Zimmer der Gäste plündern«, sagte Heinz.

»Oder sie haben es auf einen bestimmten Gast abgesehen.« Bärbels Augen funkelten auf. »Vielleicht sind diese Überfälle alle Verschleierungstaktik, und diese Leute sind einem inkognito reisenden Prominenten auf der Spur, um ihn auszulöschen …«

»Oder aufzuspritzen«, ergänzte Kökkenmöddinger grinsend. »Zeig mir doch noch mal, um welches Hotel es sich handelt.«

»Hier.« Heinz reichte ihm einen weiteren Ausdruck. »Ein kleines Landhotel nahe der Dresdner Heide. Der Name wird nicht genannt, aber es gibt eigentlich nur drei Hotels, die in Frage kommen.«

»Ich nehme das mal mit, okay?« Kökkenmöddinger faltete den Ausdruck zusammen und steckte ihn zu Jochens handschriftlichen Notizen in die Jackentasche.

Als Kökkenmöddinger das Albertinum betrat, fiel ihm auf, dass er eigentlich alles Mögliche in den Taschen hätte haben können. Auch eine Waffe oder eben eine solche Spritze. Kein Mensch würde ihn kontrollieren. Und selbst wenn: Eine Spritze konnte man doch immer als notwendiges Medikament tarnen. Er schüttelte den Gedanken ab und kramte Jochens Brief hervor.

Vor der *Dame in Rosa* traf er erneut auf die elegante Dame vom Vortag und schmunzelte. Sie trug eine Bluse in Altrosé zu ihrem dunklen, elegant geschnittenen Kostüm, wirkte jedoch ungleich eleganter als die etwas üppige Madame auf dem impressionistischen Ölporträt von – Kökkenmöddinger schielte auf das Schildchen – Edouard Manet.

»Hallo, Frau Kuratorin«, sprach er sie an.

»Oh, hallo.« Sie lächelte. »Sie sind wohl doch öfter hier.«

»Nun ja, Sie haben mir ja aufgezeigt, dass ich einige Wissenslücken habe«, erklärte Kökkenmöddinger. »Die gedenke ich zu schließen.«

»Gefällt Ihnen Madame Marlin?« Sie deutete auf das Bild.

Kökkenmöddinger betrachtete das üppige Weibsbild auf dem Porträt. Ihre Haut ging farblich fast unbemerkt über in das Rosa des tief ausgeschnittenen Kleides. »Ich möchte nicht unhöflich sein, aber mein Typ ist sie nicht.«

Die Kuratorin lachte. »Die Arme. Wie gut, dass sie das nicht mehr erfahren muss.«

»Ach, dann darf man das hier laut in Anwesenheit des Bildes sagen?« Er schmunzelte.

»Das Bild stammt aus dem Jahre 1881«, sagte sie. »Ich glaube kaum, dass Sie Gefahr laufen, Madame Marlin noch persönlich zu begegnen.«

»Meinen Sie, der Maler hat sich für sie begeistert?« Kökkenmöddinger musterte die Kuratorin. Sie spielte mit ihren Fingern, was ihr einen leicht nervösen Ausdruck verlieh. Er senkte die Stimme. »Eigentlich finde ich diese Madame sogar hässlich.«

»Jetzt übertreiben Sie aber«, rügte die Kuratorin lachend. »Kommen Sie, ich zeige Ihnen ein wirklich hässliches Porträt.«

Sie schritt voran, und Kökkenmöddinger folgte ihr durch zwei weitere Säle. Die Kuratorin lief zügig durch die Räume, und er war damit beschäftigt, ihr zu folgen. Kunstwerke zogen an ihm vorbei. Nun, er würde später nach weiteren Titeln aus Jochens Aufzeichnungen schauen.

Vor einem düsteren Bild mit zwei ausgemergelten Gestalten hielt sie inne.

Kökkenmöddinger schreckte zurück. »Das ist wirklich hässlich.« Eine graugesichtige Frau mit tiefen Augenhöhlen hielt ein Kind im Arm, das eine seltsame Kopfform hatte.

»Das ist *Frau mit Kind* von Otto Dix«, erklärte die Kuratorin. »Ein großartiges Kunstwerk und ein wahrer Alptraum. Es geht nicht um Schönheit.«

Kökkenmöddinger nickte. »Wissen Sie, an was mich diese Gestalten erinnern? An die Filme von Tim Burton.« Dann fiel ihm der Brief wieder ein. Er sah auf den Zettel in seiner Hand. Auch von einer *Frau mit Kind* war dort die Rede. Ob Jochen damit dieses Bild gemeint hatte?

»Ein interessanter Vergleich.« Die Kuratorin neigte den Kopf zur Seite. »Es sind die Augen …«

»… und der halbtote Zustand«, ergänzte er. »Tim Burton kommt ja auch aus der Kunst. Ursprünglich war er Zeichner, wenn auch für Trickfilme.«

Sie lachte. »Von Dix zu Disney. Sie haben Mut!«

»Jede Zeit hat ihre künstlerischen Medien.« Kökkenmöddinger überlegte. »Und das hat doch auch Vorteile. Heute haben wir mit der digitalen Technik ganz andere Möglichkeiten.«

»Aber auch das Problem mit Plagiaten«, warf sie ein.

»Nun ja, Original und Fälschung sind eben endgültig nicht mehr unterscheidbar«, gab Kökkenmöddinger zu. »Das hat doch aber auch …«

»Fälschungen haben es Ihnen sehr angetan, was?«, unterbrach sie ihn. Er beobachtete, wie sie sich ein Pflaster vom linken Daumen puhlte und es schnell in ihrer Kostümjackentasche verschwinden ließ.

»Trinken Sie einen Tee mit mir«, schlug Kökkenmöddinger vor. »Ich lade Sie ein. Die Atmosphäre im Lichthof Ihres Museums ist fantastisch.«

»Das ist richtig.« Sie lächelte. »Aber leider habe ich gar keine Zeit. Ich muss mich noch um Leihgaben für andere Ausstellungen kümmern.«

»Das ist sehr schade.« Er seufzte leise. Er hätte gern noch länger mit ihr geplaudert, nicht nur, um etwas über die Bilder und die Galerie zu erfahren.

Sie wandte sich zum Gehen, drehte sich dann jedoch noch einmal zu ihm um. »Ein anderes Mal gern. Hier.« Sie reichte ihm eine Visitenkarte. »Sagen Sie mir doch einfach Bescheid, wenn Sie das nächste Mal herkommen.«

Kökkenmöddinger nahm die Karte und lächelte. »Vorsicht. Ich nehme Sie beim Wort.«

»Gut so.« Sie lächelte und verschwand.

Er studierte ihre Karte. Adelheid Bergmann-Hillmer, so hieß sie. Adelheid also.

Kökkenmöddinger steckte die Visitenkarte weg und widmete sich erneut Jochens vermeintlichem Brief. »Brautzug im Frühling« und »Sandsturm in der Libyschen Wüste« waren Formulierungen, bei denen es sich mit Sicherheit Bildtitel um Bildtitel handelte. Da, und *Zwei M*änner in Betrachtung des Mondes. Zügig machte er sich auf die Suche nach den Gemälden. So langsam entwickelte er ein Gespür für die Kunst, auch wenn sein Interesse vorrangig dem Dechiffrieren von Jochens Botschaft galt.

# 17. Fingerspitzengefühl?

Als Kökkenmöddinger zwei Stunden später das Albertinum verließ und von seinem Kollegen direkt am Neumarkt den Wagen übernahm, sah er die Kuratorin schon wieder. Er wollte ihr schon zuwinken, ließ den Arm dann jedoch wieder sinken und sah ihr nach. Sie hielt eine Aktentasche umklammert, huschte aus dem Gebäude und um die Ecken, als wenn sie nicht gesehen werden wollte. Kökkenmöddinger stutzte. Das passte so gar nicht zu ihrem sonstigen Auftreten. Nur ein Detail hatte ihn bisher an ihr irritiert: die nervösen und dick verpflasterten Fingerspitzen. Irgendwas stimmte nicht mit dieser Frau.

Kökkenmöddinger setzte sich in den Wagen und beobachtete, wie sie sich gehetzt nach allen Seiten umsah und dann in ein Auto stieg.

Kurzentschlossen funkte Kökkenmöddinger die Zentrale an. »Sarah, ich habe mein Taxi am Neumarkt übernommen. Hier sind so viele Kollegen, sieht nach langer Wartezeit aus. Ich suche mir einen anderen Standort.«

»Geht klar, Kökki.«

Er sah, dass der Wagen der Kuratorin sich an der nächsten Kreuzung links einordnete und folgte ihr über den Rathenauplatz auf die Carolabrücke. Der Verkehr war dicht, und ihre ständigen Spurwechsel machten ihm das Folgen nicht leichter. Außerdem war es ratsam, ein bisschen Abstand zu halten. Schließlich wollte er sie nicht auf sich aufmerksam machen. Allerdings schien sie es ziemlich eilig zu haben.

Am Albertplatz hätte er sie beinahe aus den Augen verloren, doch dann sah er, wie sie sich im letzten Moment vor der Ampel von der Linksabbieger- auf die Geradeaus-Spur mogelte. Glück gehabt. Er folgte ihr die Königsbrücker Straße hinauf und musste unwillkürlich daran denken, dass gar nicht so weit von hier Heinz in seinem Taxi überfallen worden war.

Die Kuratorin fuhr über die Stauffenbergallee hinweg, und Kökkenmöddinger sah, dass sie gegenüber den ehemaligen Kasernen in das Industriegebiet rechts abbog. Als er gerade ebenfalls den Blinker setzte, meldete sich Sarah.

»Kökki, Fuhre für dich. Ich sehe gerade, du bist am nächsten dran. Der Fahrgast wartet Hechtstraße Ecke Buchenstraße.«

»Bin sofort da.« Kökkenmöddinger bog rechts ab und wendete den Wagen, um wieder Richtung Stadtmitte zu fahren. Schade, er hätte zu gern gewusst, was diese Frau Bergmann-Hillmer hier in der Gegend vorhatte. Es war doch sehr unwahrscheinlich, dass wertvolle Gemälde in einer Industriehalle gelagert wurden.

Kökkenmöddinger hatte seinen Fahrgast am Altmarkt abgesetzt und stellte sich nun am Pirnaischen Platz in der Ringstraße hinten an. Es waren zwar noch Wagen vor ihm, aber an diesem Standort ging es am Abend meist munter zu. Wieder war es Jürgen, der ihn sehnsüchtig zu erwarten schien. Kökkenmöddinger stöhnte auf.

»Hey, warte. Auf keinen Fall wegfahren!« Jürgen zückte sein Handy und sprach aufgeregt hinein. Im Kommen und Gehen der Busse und Straßenbahnen an der großen Haltestelle nebenan konnte Kökkenmöddinger allerdings nicht verstehen, was er sprach.

»Er ist gleich hier!« Jürgen steckte sein Handy weg.

»Wer ist gleich hier?«

»Der Typ, der dich gestern schon den ganzen Tag gesucht hat«, verkündete Jürgen. »Er kommt gleich.«

»Ah so.« Kökkenmöddinger stapfte ein paar Schritte zur Bäckerei und holte sich eine Apfeltasche.

Als er kurz darauf kauend wieder an seinem Taxi erschien, erwartete ihn ein ungepflegter Typ mit Zigarette im Mundwinkel.

»Sind Sie Herr Kökkenmöddinger?«

Er nickte knapp.

»*Der* Kökkenmöddinger?« Der Mann reichte ihm die Hand. »Sebastian Kruschke von der *Sachsenzeitung*. Ich habe Sie schon gesucht. Können wir ein Foto machen?«

»Ein Foto?« Kökkenmöddinger musterte ihn und dachte an das umständliche Fotoshooting kurz vor Moritzburg mit der »Zicke«. »Was für ein Foto?«

»Ein Heldenfoto«, erklärte der Typ und kramte eine Kamera aus seiner dicken Tasche. »Sie vor Ihrem Taxi oder so.«

Kökkenmöddinger schob sich das letzte Stück Apfeltasche in den Mund. »Na gut, aber keine Szenen nachstellen oder so ein Quatsch.« Er biss sich auf die Unterlippe. Hoffentlich hatte er diesen Fotografen jetzt nicht auf eine Idee gebracht.

# 18. Koffer

»So, wegstreichen!«, kommandierte Jelena. »*Buchenwald* ist ein Bild von Gustav Klimt. Ziemlich faszinierend, findest du nicht?«

»Na ja.« Kökkenmöddinger betrachtete die Bäume. »Gesichter sind mir lieber.«

»So, was haben wir noch?« Sie nahm ihm Jochens Notizen aus der Hand. »Ah, da war noch was mit Sisyphos. Da gibt es eine ganze Reihe von Bildern zum Thema Sisyphos von Wolfgang Mattheuer.« Sie marschierte los.

»Den Namen habe ich noch nie gehört.« Kökkenmöddinger holte sie einen Saal weiter ein. »Seit wann kennst du dich mit Kunst aus?«

»Zufall«, gab Jelena Auskunft. »Mattheuer ist 2004 gestorben, und ich musste etwas über ihn verfassen damals. Er gehörte zur Leipziger Schule. Er war Professor und in der DDR eine wichtige Persönlichkeit der akademischen Kunst.« Sie hielt in einem sehr modern wirkenden Raum inne. »Hier.«

Kökkenmöddinger wäre Jelena fast in die Hacken gelaufen. »Ah, die Flucht des Sisyphos.« Er zeigte auf das erste einiger finster wirkender Bilder und begann laut zu lachen.

Jelena sah ihn an. »Was gib es denn da zu lachen?«

»Das gefällt mir, das ist große Klasse.« Er gluckste. »Ja, Sisyphos, lass ihn einfach rollen, den Stein.« Er konnte sich kaum beruhigen. »Sisyphos hat überhaupt nichts mit Vergeblichkeit zu tun. Sisyphos ist einfach nur derjenige, der den Stein ins Rollen gebracht hat.«

Jelena schmunzelte jetzt ebenfalls. »So kann man das natürlich auch sehen.«

»Ja, ja.« Kökkenmöddinger wischte sich eine Lachträne aus dem Augenwinkel. »So muss man das sogar sehen. Sobald etwas ins Rollen gebracht wird, gerät es in Fahrt. Geschwindigkeit, verstehst du? Das Bild ist wie ein richtig guter Gedanke. Er macht sich selbständig und verbindet sich mit lauter weiteren Gedanken. Immer schneller, ja, rasanter.« Er japste. »Mattheuer war bestimmt ein toller Professor.«

»Er war vermutlich nicht bei allen beliebt«, sagte Jelena. »Der Stasi soll er am Ende der DDR ein Dorn im Auge gewesen sein. Und bei den Montagsdemos war er ganz vorn mit dabei.«

»Seine Bilder haben auf jeden Fall Humor.« Kökkenmöddinger grinste noch immer.

»Komisch, was du so alles siehst.« Jelena schüttelte den Kopf. »Du mutierst vermutlich langsam zum Kunstversteher.«

Kökkenmöddinger wanderte durch die Räume, bis er in einem der letzten Säle der Gemäldegalerie angekommen war. »Nun schau dir das an!«

»Was?« Jelena sah sich um. »Das ist der Baselitz-Raum. Wir sind bei den Künstlern der Gegenwart angekommen. Das müsste dir doch gefallen, ganz viele Porträts.«

»Auch ein toller Typ.« Kökkenmöddinger musste schon wieder lachen. »Da muss man erst einmal drauf kommen: Man malt ganz viele Porträts und hängt sie einfach falsch herum auf.«

Jelena runzelte die Stirn. »Du machst dich doch nur lustig.«

»Nicht doch, ich bin lustig.« Er spürte ein Rumoren im Bauch und wollte so schnell wie möglich etwas essen. »Komm weiter.«

Sie durchschritten die letzte Abteilung mit Werken von Gerhard Richter.

»Guck mal, einfach Beton.« Jelena studierte die Beschriftung. »*Abstraktes Bild* … Tja, das trifft es.«

»Du musst dir das hier ansehen.« Kökkenmöddinger winkte sie zu sich. Er stand vor einem großen Spiegel. »Genial. Er nennt es Porträt. So etwas gefällt mir.«

Jelena grinste in den Spiegel, dann sah sie sich um. »Ich glaube, wir sind durch. Was meinst du zu einem Kaffee?«

»Ja, und etwas zu beißen. Unten im Lichthof ist doch ein Café.«

Sie liefen die Treppen hinunter und fanden noch einen kleinen freien Tisch im gutbesuchten Café neben der Kasse. Kökkenmöddinger studierte enttäuscht die übersichtliche Karte. Das wirkte zwar alles lecker und exklusiv, doch gegen seinen Bärenhunger waren Kuchen, Törtchen, Keks & Co. nicht recht geeignet. Seufzend orderte er zum Kaffee zwei Stück Schokoladentorte.

Jelena lachte. »Bist du schon wieder am Verhungern, großer Wikinger?«

Er grinste schief. »Ja, diese geballte Ästhetik raubt mir unglaublich viel Energie.«

»Apropos Raub«, hakte Jelena ein. »Gibt es eigentlich Neuigkeiten in Sachen Giftspritzenbande? Ich habe es nur kurz in den Agenturmeldungen gesehen, dass nach Heinz noch jemand überfallen wurde.«

Kökkenmöddinger nickte. »Ja, sie haben es in einem Hotel versucht. Das Gift soll ein Botoxgemisch sein. Zumindest sagte Heinz das. Er sammelt jetzt alles, was er zu dem Thema finden kann.«

»Botox, aha.« Jelena nahm ihren Kaffee und ein Stück Streuselkuchen entgegen.

»Schräg, oder?« Kökkenmöddinger machte sich über die Schokotortenstücke her. Immerhin schmeckte die Torte. »Hast du irgendeine Idee, warum man ausgerechnet mit einer Botoxspritze Leute überfällt?«

Jelena schluckte ein paar Streusel herunter. »Vermutlich hat es nur eine rein praktische Bedeutung: Der oder die Täter kommen an dieses Gift gut heran. Bei Medikamenten funktioniert das auf dem weltweiten Markt doch ganz gut. Und Gift ist ja bekanntlich nur eine Frage der Dosierung.«

»Das kann natürlich sein.« Er nahm einen Schluck Kaffee. »Sie nehmen einfach das, was am einfachsten verfügbar ist. Kriminelle sind ja nicht notwendig tiefgründig.«

»Gib mir doch diesen Schrieb von Jochen Wegbaum noch mal!« Sie fuchtelte mit der Kuchengabel herum. »Jetzt gehen wir das mal in Ruhe durch.«

»In Ruhe ist gut.« Kökkenmöddinger zog grinsend das Blatt hervor. »Schau dich hier mal um. Hier geht es zu wie auf dem Marktplatz. Aber das mag an der eigenwilligen Akustik liegen.«

Jelena las den vermeintlich Brief laut vor: »›Liebe Mutter, entschuldige, dass ich erst jetzt von mir lesen lasse, aber besondere Ereignisse erfordern meine besondere Aufmerksamkeit. Deshalb möchte ich für dich einige romantische Impressionen ausdrücken.

Sicher fragst du dich: Was gibt's Neues? Deshalb habe ich mich entschiedenen, Dir zu schreiben von meinem Brautzug im Frühling mit einer Dame in Rosa, einer Frau mit Kind.‹« Sie deutete auf das Blatt. »Also drei Bildtitel, nämlich *Brautzug im Frühling*, *Dame in Rosa* und *Frau mit Kind*.«

Kökkenmöddinger dachte an die Kuratorin und ihre kurzen Unterhaltungen. »So weit trifft meine Theorie offenbar zu.«

»Okay, weiter: ›Sie kam über mich wie die Brandung bei Rügen, nein, wie ein Sandsturm in der Libyschen Wüste.

Es ist eine großartige Erfahrung, viel besser als immer nur zwei Männer in Betrachtung des Mondes, vielmehr ein Spaziergang im Buchenwald.‹« Jelena zählte beim Lesen mit den Fingern mit. »Vier Bildtitel.«

Kökkenmöddinger deutete auf den Schrieb. »Die *Prozession im Nebel* ist gerade an die Pinakothek in München verliehen. Das Bild gehört eigentlich auch hierher. Ich habe es selbst hingebracht, mit diesem Kunstexperten. Wie hieß der noch gleich …? Franz oder so …«

»Franzen? Knut Franzen?« Jelena gähnte demonstrativ. »Der hat mir mit seinem Gefasel die ganze Sendung zerschossen.«

»Ach, er war auch der Experte in deiner Sendung?« Kökkenmöddinger lachte. »Ja, er kann ganz schön ausholen. Mir hat er alle möglichen Verfahren erklärt, mit denen man Bilder auf ihre Echtheit überprüft.«

»Genau, die Bilder.« Jelena konzentrierte sich wieder auf Jochens Schrieb. »Hier sind noch zwei Titel. *Die Flucht des Sisyphos* und *Paar im Zimmer.*«

*Paar im Zimmer.* Kökkenmöddinger wich Jelenas Blick aus. Das Bild hatte ihn sofort an ihre letzte gemeinsame Nacht erinnert. Als er den Titel nun aus ihrem Mund hörte, schämte er sich etwas.

»Haben wir auch nichts übersehen?« Sie studierte erneut die Notizen und nahm einen Schluck Kaffee. Als sie die Tasse zurück auf die Untertasse stellte, schepperte es ungewöhnlich. Jelena fuhr zusammen.

»Das ist die Akustik hier im Lichthof«, erklärte Kökkenmöddinger und klapperte mit dem Kaffeelöffel. Es klang ebenfalls ungewöhnlich laut. Dann winkte er der Kellnerin. »Zahlen bitte!«

Jelena blickte konzentriert auf die Zeilen vor sich und kaute auf einem Finger herum.

»Wird Zeit, dass wir was Richtiges zu essen bekommen«, sagte er lachend.

»Moment!« Sie hob abwehrend die freie Hand. »Diese Bildtitel ... Sie haben eine paradoxe Reihenfolge. Wenn man durch das Museum läuft, rennt man von einem Saal in den übernächsten und wieder zurück. Die Systematik liegt also nicht in der Reihenfolge ...«

Kökkenmöddinger beglich die Rechnung.

»Aber inhaltlich hat das alles wenig miteinander zu tun, oder?«

Jelena sah ihn an. »Was meinst du?«

Er runzelte die Stirn. »Die einzige Gemeinsamkeit, die ich sehe, ist, dass jedes Bild von einem anderen Maler ist.«

»Stimmt, und nicht eins davon ist von einer Frau.« Jelena klang empört. »Ich glaube, in der ganzen Galerie Neue Meister habe ich nur Frauen auf Bildern gesehen, aber keine Frauennamen unter den Künstlern.«

»Auch ein interessanter Aspekt«, gab Kökkenmöddinger zu. »Aber wohl leider nicht ungewöhnlich. Die Philosophiegeschichte geizt ebenfalls mit Weiblichkeit.«

»Ich habe eine Idee!«, verkündete sie. »Wir fragen einfach einen Kunstexperten, diesen Franzen zum Beispiel.«

In diesem Moment entdeckte Kökkenmöddinger die Kuratorin. Sie lief eiligen Schrittes durch den Lichthof und zog einen nicht gerade kleinen Koffer auf Rollen hinter sich her. Zügig schritt sie auf den Ausgang zum Georg-Treu-Platz zu.

»Komm!« Kökkenmöddinger erhob sich. »Das ist sie. Ich will endlich wissen, was die treibt. Irgendwas an dieser Frau wirkt nicht echt. Da stimmt etwas nicht.«

»Welche Frau?« Jelena sah sich um.

»Das erzähle ich dir später. Komm jetzt!«

Er zog Jelena mit sich hinaus zu seinem Wagen. Das Taxischild war abmontiert, wie es Vorschrift war, wenn er den Wagen außerhalb der Dienstzeit nutzte. Er sah, dass Adelheid Bergmann-Hillmer den Koffer in ihrem Kleinwagen verstaute.

»Los, steig ein!«

Jelena gehorchte grinsend. »Was hast du vor?«

»Das wirst du gleich sehen.« Er ließ sein Auto an und folgte dem Wagen der Kuratorin. Wieder ordnete sie sich links ein und bog am Rathenauplatz links auf die Carolabrücke.

»Wir verfolgen also jemanden«, kombinierte Jelena. »Irgendeine Frau?«

»Ja, wir folgen einer Frau«, erklärte Kökkenmöddinger.

»Und sie ist mysteriös?«, fragte Jelena.

Kökkenmöddinger grinste und fädelte sich direkt hinter dem Wagen der Kuratorin ein. »Natürlich. Frauen sind doch immer mysteriös.«

Ein halbe Stunde später standen sie auf einem Parkplatz an der A 4 kurz hinter Wilsdruff und beobachteten, wie die Kuratorin den großen Koffer aus dem Kofferraum hievte. Dann lief sie mit ihrem Gepäckstück hinüber zum Toilettenhäuschen.

»Was will die denn mit einem Koffer auf dem Klo? Der ist als Schminkkoffer selbst für eine Kosmetikberaterin zu groß.« Jelena löste den Sicherheitsgurt und öffnete die Tür.

»Was hast du vor?«, fragte Kökkenmöddinger.

»Ich gehe mal pullern.« Jelena schwang sich vom Beifahrersitz. »Wir Mädels lieben doch gemeinsame Besuche auf der Toilette. Außerdem, mich kennt deine schicke Kuratorin noch nicht.« Sie verschwand schnellen Schrittes.

Kökkenmöddinger behielt den Parkplatz im Blick. Zwei Lkws standen an der Seite. Wahrscheinlich mussten die Fahrer ihre Ruhezeiten einhalten. Hinter dem Auto von Adelheid Bergmann-Hillmer parkten noch zwei weitere Pkws. Eine Fahrerin gönnte ihrem Hund eine Pinkelpause. Außerdem standen zwei Herren, dem Outfit nach Geschäftsreisende, am Papierkorb und rauchten. Alles nicht ungewöhnlich. Ungewöhnlich war nur, dass die Kuratorin mit diesem großen Koffer auf die Toilette ging.

In diesem Augenblick kam sie auch schon wieder zurück. Allerdings ohne Koffer. Dafür trug sie eine wichtig aussehende Aktentasche unter dem Arm.

Kökkenmöddingers Blick folgte ihr, als sie nun zum Auto ging, einstieg, losfuhr und den Parkplatz verließ.

Was war das denn? Wo hatte sie ihren Koffer gelassen? Und wo zum Teufel blieb Jelena?

Er ließ den Wagen an und trommelte auf das Lenkrad. Wenn Jelena nicht sofort auftauchte, würde er diese Frau Bergmann-Hillmer nicht mehr einholen. Vermutlich verließ sie die Autobahn an der nächsten Ausfahrt, um dann in Gegenrichtung zurück nach Dresden zu fahren.

Er beobachtete, wie die Fahrerin mit dem Hund sich wieder ins Auto begab. Und auch die beiden Geschäftstypen setzten nach einer weiteren Zigarette ihre Reise fort. Nur die beiden Lkws blieben an Ort und Stelle. Von den Fahrern war nichts zu hören oder zu sehen.

Kökkenmöddinger drehte den Zündschlüssel zurück. Es war ohnehin zu spät, die Verfolgung fortzusetzen. Sein Magen knurrte schon wieder. Verdammt noch mal, wo steckte Jelena nur?

Er begann, sich Sorgen zu machen.

Kökkenmöddinger stieg aus und lief hinüber zum Toilettenhäuschen.

»Jelena?« Er öffnete die Tür. »Bist du hier drin?«

»Ich komme.« Die Spülung rauschte.

Erleichtert schloss Kökkenmöddinger die Tür und wartete. Er hörte, dass der Wasserhahn betätigt wurde. Kurz darauf erschien eine fröhliche Jelena.

»Du wirst es nicht glauben, aber die hatte hier eine Verabredung.« Jelena hakte sich bei ihm unter. »Die hat sich mit einem Mann unterhalten, hier hinter dem Toilettenhaus. Ich konnte allerdings kaum etwas verstehen. Es ging um Sachen und Wunden und irgendwelche Kategorien, oder doch um irgendwelche Kataloge, und um Wäsche und Sünden. Wie gesagt, ich habe kaum etwas verstanden.«

»Sie ist ohne ihren Koffer weitergefahren.« Er rümpfte die Nase. »Und du stinkst, meine Liebe.«

Jelena kicherte. »Ja, ich habe nur schnell noch eine geraucht. Ich dachte, so kann ich unauffällig hinter dem Klohaus herumlaufen. Aber als ich hinkam, war schon keiner mehr da.

Sie hatten den Wagen erreicht. »Dann lässt du mich hier warten, während du dir eine Zigarette genehmigst?« Er zog die Augenbrauen hoch.

»Wieso hast du dir Sorgen gemacht?« Jelena ließ sich auf den Sitz plumpsen.

Er stieg ebenfalls ein. »Ja, wieso eigentlich?« Sein Magen knurrte. »Hast du Appetit?«

»Worauf?« Jelena grinste. »Auf sündige Wäschekataloge?«

»Ich dachte mehr an Kaloriensünden«, gab Kökkenmöddinger zu verstehen. Er würde auf ihre Anspielungen nicht mehr eingehen. Das hatte er sich fest vorgenommen. Am Ende würde er doch nur wieder zurückgewiesen. »Italiener oder Inder?«

»Currywurst.« Jelena legte den Gurt an. »Currywurst mit Pommes.«

## 19. Romantiker …

Kökkenmöddinger hatte unruhig geschlafen. Immer wieder war er hochgeschreckt und hatte sekundenlang gebraucht, um festzustellen, dass er zu Hause war und in Sicherheit. Erst gegen Morgen waren ihm ein paar Stunden Schlaf am Stück vergönnt gewesen. Und gegen acht Uhr hatte Jelena ihn mit einem deftigen Frühstück zum Aufstehen bewogen.

Sonntag … Und er hatte keinen Dienst, und er war sogar froh darüber. Kökkenmöddinger stand auf dem Balkon und blinzelte in die Sonne. Früher hatte er sich die Wochenenden grundsätzlich mit Diensten zugeschaufelt. Er hatte die langen einsamen Wochenenden nur schwer ertragen. Außerdem waren die Taxitarife an Feiertagen höher und die Trinkgelder üppiger. Seit er mit Jelena zusammenwohnte, konnte er jedoch auch ein freies Wochenende genießen. Nicht, dass sie immer da wäre oder sonderlich viel Zeit mit ihm verbrachte. Doch allein die Gewissheit, dass da noch jemand war – im Badezimmer eine zweite Zahnbürste zu sehen, über herumliegende Schuhe zu stolpern oder doppelt so viel Dreck und Müll wegräumen zu müssen – genügte ihm schon.

Als er wieder hineingehen wollte, bemerkte er einen Aschenbecher auf dem Fenstersims. Es waren mindestens fünf Kippen darin. Warum rauchte Jelena denn wieder? Und warum rauchte sie so viel?

Er nahm den Aschenbecher mit in die Wohnung, schüttete die Kippen ins Klo, spülte den Aschenbecher gründlich aus und stellte ihn ganz hinten in den Küchenschrank, hinter das Fonduezubehör und den Römertopf.

Dann machte er sich zu Fuß auf den Weg in die Stadt. Er ging zum Elberadweg hinunter, schlenderte am Ufer entlang bis zum

Terrassenufer, bog links ab und lief an der Synagoge vorbei hoch bis zur Brühlschen Terrasse. Als er die Stufen Richtung Neumarkt hinabstieg, sah er Heinz von weitem. Er wartete neben seinem Taxi am Stand und hatte ihn auch ebenfalls erblickt.

»Kökkenmöddinger!« Heinz winkte, und Kökkenmöddinger winkte zurück. Er zögerte einen Moment lang, ging dann jedoch auf den Kollegen zu. Er wollte sicher sein, dass Heinz wieder ganz auf dem Posten war.

»Wie geht es dir, mein Freund?«

»Gut.« Heinz lächelte. »Du hattest recht. Man muss sofort weitermachen. Aber was machst du am Sonntagmorgen um diese Zeit hier, wenn du nicht fahren musst?«

Kökkenmöddinger deutete mit einem Nicken hinüber zum Albertinum. »Ich möchte in die Galerie Neue Meister.«

Heinz sah ihn an. »Du verwunderst mich immer wieder, mein Guter. So ein Kulturmensch und trotzdem so ein Kumpel.«

Kökkenmöddinger lachte. »Ja, ich bin eben ein echter Kulturkumpel.«

»Kommst du heute Abend zu uns zum Essen?«, fragte Heinz. »Bärbel würde sich riesig freuen. Und ich sowieso.«

Kökkenmöddinger überlegte kurz. Er hätte den Abend lieber mit Jelena verbracht, aber er wusste nicht, wie sie darüber dachte, und er wollte auch nicht zu anhänglich wirken. Es war bestimmt gut, außer Haus zu sein, etwas anderes vorzuhaben. »Ich komme sehr gern.«

»Dann bis heute Abend.« Heinz klopfte ihm auf die Schulter und ging zurück zu seinem Taxi.

Kökkenmöddinger schaute ihm nach. Er wirkte wieder wohlauf. Er war zwar noch nicht der Alte, aber er schien sich wieder gefangen zu haben.

Zufrieden schlenderte Kökkenmöddinger zum Eingang der Gemäldegalerie hinüber. Das Museum hatte gerade erst seine Pforten geöffnet. Es standen nur zwei Besucher an der Kasse, ein weiterer stöberte in den Auslagen der Buchhandlung neben der Kasse.

An der Kaffeetheke klapperte eine junge Frau mit einer Tasse. Als sie den Löffel auf die Untertasse legte, schepperte es lautstark durch den Lichthof.

Eine Frau am Tisch schreckte auf.

Kökkenmöddinger sah zu ihr hinüber und erkannte die Kuratorin. Sie saß über einigen Papieren und machte sich Notizen in einen Kalender.

»Machen Sie mir auch einen?« Er deutete auf die Kaffeemaschine. »Die Tasse können Sie mir mitgeben.« Er nahm die Kaffeetasse, ging zum Tisch der Kuratorin und servierte ihr den Kaffee.

»Danke«, murmelte sie ohne aufzublicken.

»Wird Ihr Büro gerade renoviert?«, fragte Kökkenmöddinger.

»Bitte?« Die Kuratorin sah auf. »Ach Sie sind es. Guten Morgen. Was ist mit meinem Büro?«

»Ich wundere mich, dass Sie hier sitzen und nicht in Ihrem Büro.« Kökkenmöddinger schmunzelte. »Ich dachte mir, es wird vielleicht gerade … gemalert.«

Sie lachte auf. »Nein, nein. Ich mag die Atmosphäre hier so gern, wenn noch keine Besucher da sind.«

»Sagen Sie das nicht so laut«, riet er. »Wenn die Presse das mitbekommt, heißt es: Kuratorin mag keine Besucher in ihrem Museum.«

»Nun muss ich Sie bestechen, damit Sie mich nicht bei der Presse verpetzen«, entgegnete sie prompt. »Trinken Sie einen Kaffee mit mir?«

»Gern, aber ich will nicht stören.« Kökkenmöddinger stand zögernd neben dem Tisch.

»Ach was, Sie stören mich nicht im Geringsten. Setzen Sie sich!« Sie deutete auf einen freien Stuhl.

Er nahm seinen Kaffee vom Tresen und am Tisch Platz. »Vielleicht kann ich Sie als Expertin mal etwas fragen …«

»Sicher doch, fragen Sie!« Sie klappte ihren Kalender zu. »Schießen Sie los.«

Kökkenmöddinger zog Jochens Notizen aus der Tasche. »Es gibt in Ihrer Galerie einige Bilder von verschiedenen Künstlern, bei denen ich mich frage, wie sie zusammenhängen.«

Sie deutete auf das inzwischen recht zerknitterte Blatt in seiner Hand. »Sie haben sich einen Spickzettel gemacht?«

»Ja und nein«, wich Kökkenmöddinger aus. »Ein Freund hat ihn geschrieben, und nun frage ich mich, was diese Bilder oder ihre Urheber miteinander zu tun haben.«

»Warum fragen Sie nicht Ihren Freund?«, schlug die Kuratorin vor.

Kökkenmöddinger kratzte sich am Ohr. »Nun, ähm, es geht um so eine Art Rätsel.«

»Ah, und nun brauchen Sie Hilfe, um sich keine Blöße zu geben. Ich verstehe.«

»So in etwa.« Kökkenmöddinger schmunzelte. Lügen war so einfach, wenn Menschen einem wohlgesonnen waren und grundsätzlich das verstanden, was sie verstehen wollten. »Es geht um zehn Bilder von zehn unterschiedlichen Malern verschiedener Stilrichtungen.«

»Und es gibt Gemeinsamkeiten in der Motivwahl?«, fragte die Kuratorin.

»Nein, so gar nicht.« Kökkenmöddinger seufzte. »Es befinden sich sowohl Porträts als auch Landschaftsbilder darunter.«

Sie legte den Kopf schief. »Na, dann sagen Sie mir doch einfach mal, um welche Bilder es sich handelt. Oder nein!« Sie nahm ihren Kalender vom Tisch und legte ihn neben sich auf den Stuhl. »Nennen Sie mir lieber die einzelnen Künstler.«

»Der bekannteste Name ist meiner Meinung nach Caspar David Friedrich«, erklärte Kökkenmöddinger.

»Da haben Sie ja gleich etwas Spannendes herausgefischt.« Die Kuratorin lachte. »Wir haben ein Gemälde von ihm in unserer

Galerie, das sozusagen zum Inbegriff der Romantik geworden ist: *Zwei Männer in Betrachtung des Mondes.*«

»Genau.« Er nickte. »Aber …«

»Sie müssen wissen, dass dieses Bild in seiner Echtheit umstritten ist«, fuhr die Kuratorin fort. »Es wurde immer mal wieder angezweifelt, dass es sich bei unserem Gemälde um die Urfassung handelt, denn es existieren einige Kopien und Abwandlungen dieses Bildes.«

»Ach? Es gibt mehrere Bilder, und niemand weiß, welches wirklich von Caspar David Friedrich ist?« Kökkenmöddinger setzte sich aufrecht hin. »Das ist ja interessant.«

»Nein, vom Maler oder aus seiner Schule sind sie alle«, erklärte die Kunstkennerin. »Er hat sie selbst kopiert, obwohl er es angeblich hasste, seine Bilder zu kopieren. Ein Bild mit dem gleichen Motiv und Titel hängt in New York, im Metropolitan Museum of Art. Und es gibt auch zwei Kopien vom Maler selbst, die eine Abwandlung des ursprünglichen Bildes darstellen: *Mann und Frau in Betrachtung des Mondes*. Eines davon ist in Berlin ausgestellt, in der Alten Nationalgalerie.« Sie nippte an ihrem Kaffee. »Es ist allerdings sehr wahrscheinlich, dass es sich bei dem Dresdner Bild um die Urfassung handelt. Wie schon gesagt, es gilt als Inbegriff der Romantik und inspirierte noch im letzten Jahrhundert große Künstler. Samuel Beckett beschrieb dieses Bild einst als Inspirationsquelle für sein Theaterstück *Warten auf Godot.*«

Kökkenmöddinger lächelte. »Ein fantastisches Theaterstück. Ich hätte nicht gedacht, dass sich ein Vertreter des Absurden Theaters ausgerechnet auf romantische Kunstwerke stützt.«

»Nun ja, die Romantiker haben die Wahrnehmung der Welt doch lange Zeit entscheidend geprägt.«

»Sagen Sie, ist *Prozession im Nebel* eigentlich noch immer ausgeliehen?« Kökkenmöddinger fiel ein, dass dieser Kunsthistoriker auf dem Weg nach München ebenfalls Caspar David Friedrich erwähnt hatte.

»Ach, steht Ernst Ferdinand Oehme auch auf ihrem Spickzettel?«, fragte die Kuratorin. »Dann ergibt sich doch schon ein erster Zusammenhang. Oehme war ein Schüler von Friedrich. Und, um Ihre Frage zu beantworten: Ja, das Bild kommt erst nächste Woche wieder zu uns zurück.«

Kökkenmöddinger sah auf die Notizen und versuchte, sich die Gemälde zu vergegenwärtigen. *Brautzug im Frühling* und *Brandung bei Rügen* hatten auf ihn ähnlich gewirkt wie das berühmte Friedrich-Bild. »Waren Ludwig Richter und Carl Gustav Carus ebenfalls Romantiker?«

»Allerdings.« Die Kuratorin nickte. »Carus war sogar mit Friedrich befreundet. Auch mit Goethe, Humboldt, Ludwig Tieck ...«

»Natürlich.« Kökkenmöddinger rieb sich die Stirn. »Carus ist der Mediziner, Naturphilosoph und eben Maler. Magischer Idealismus. Die ganze Elite hat doch damals zusammengesessen, Séancen abgehalten und sich beim Pendeln und Tischerücken vermutlich reichlich Drogen gegönnt.«

Die Kuratorin lachte. »Wenn Sie es so beschreiben wollen ... Es trifft wohl die damalige Situation.«

»Diese hochbegabten Jungs haben einen ganz schönen Humbug zusammengestammelt«, sagte er nachdenklich. »Ich erinnere mich an Ausführungen über unterschiedlich begabte Volksstämme, also kulturtragende Europäer und Araber, die alle anderen angeblich in den Schatten stellten. Die Rassisten haben das dann direkt übernommen.«

»Sie können die Gesellschaft des 19. Jahrhunderts wohl kaum mit unserer heutigen Zeit vergleichen«, warf sie ein.

»Warum?« Kökkenmöddinger sah sie an. »Meinen Sie etwa, wir seien heute intelligenter?«

»Nein, vermutlich nicht.« Sie zuckte die Achseln. »Aber die Lebensumstände waren ganz andere. Carus war zum Beispiel verheiratet mit seiner älteren Tante, also einer Halbschwester seines Vaters.«

Kökkenmöddinger verzog das Gesicht. »Das klingt in der Tat mehr als ungewöhnlich. Vermutlich eine reine Finanzehe ...«

»Nun ja, sie hatten immerhin elf Kinder miteinander.« Die Kuratorin genoss sichtlich seinen ungläubigen Blick.

»Und da heißt es, heutzutage herrsche Sittenverfall.« Er schmunzelte. »Ganz offensichtlich haben sich gewisse Tabus eher zugespitzt.«

Die Kuratorin leerte ihre Kaffeetasse und erhob sich. »Allerdings werden wir dieses spannende Gespräch ein anderes Mal fortsetzen müssen. Ich habe noch einen Termin.«

Kökkenmöddinger stand ebenfalls auf. »Und das am Sonntag?«

»Ja, man kann es sich in dieser Branche nicht aussuchen.« Sie lächelte. »Meine Karte haben Sie ja. Melden Sie sich, wenn Sie weitere Hilfe bei der Lösung Ihres Rätsels benötigen.« Sie wandte sich zum Tresen. »Schreiben Sie die beiden Kaffee bitte auf meine Rechnung.«

»Vielen Dank, Frau Bergmann-Hillmer«, sagte Kökkenmöddinger. »Für den Kaffee und natürlich für Ihre Auskünfte.«

Sie verschwand eilig in Richtung Ausgang.

Kökkenmöddinger setzte sich wieder. Romantiker also ... Zumindest waren offenbar eine ganze Menge unter den erwähnten Bildern. Nun ja, nicht umsonst hatte Jochen vermutlich diese quasi romantische Thematik in seinem vermeintlichen Brief gewählt.

Er leerte seine Kaffeetasse und war im Begriff zu gehen, als sein Blick auf einen der Stühle fiel. Der Kalender. Die Kuratorin hatte ihren Kalender liegenlassen. Als er nach ihm griff, flatterte ein Zettel zu Boden. *Gauguin!*, stand in energischer Handschrift darauf geschrieben. Einfach nur: *Gauguin!*

## 20. Teestunde

Gauguin! Dieser kleine handschriftliche Zettel hatte tatsächlich eine erstaunlich imperative Wirkung gehabt. Kökkenmöddinger hatte mindestens eine halbe Stunde vor dem Gemälde der polynesischen Frauen – *Parau Api – Gibt's was Neues?* – verbracht und sich gewundert, dass dieses leuchtend bunte Gemälde bereits 1892 entstanden war. Er hatte nach seinem Museumsbesuch sogar noch in einigen Büchern der Buchhandlung im Lichthof nach Paul Gauguin gestöbert. Diese Bilder hatten etwas von naiver Malerei. Keine Schatten, keine Regeln der Perspektive, Einflüsse aus verschiedenen Epochen und Kulturen, und sie wirkten durch die unnatürliche Farbwahl fast abstrakt. Das faszinierte ihn, ebenso wie die Tatsache, dass Gauguin der Typ gewesen war, der sich mit Van Gogh in Südfrankreich so zerstritten hatte, dass man munkelte, der Holländer habe sich in Folge dieses Streits das halbe Ohr abgeschnitten.

»Danke Kollege!« Kökkenmöddinger stieg aus.

»Keine Ursache, lag doch auf dem Weg«, erklärte Jürgen. »Du bist übrigens sehr gut getroffen auf diesem nachgestellten Foto.« Er nahm die Wochenendausgabe der *Tagespost* vom Rücksitz.

Kökkenmöddinger lachte. »Das ist kein Wunder. Ich bin es ja auch selbst auf diesem nachgestellten Foto!«

Er wollte die Beifahrertür schon zuwerfen, als Jürgen ihn zurückhielt. »Was willst du eigentlich hier?« Er deutete auf das schicke Apartmenthaus, vor dem sie standen.

»Ich will einer Bekannten etwas bringen.« Kökkenmöddinger zeigte auf den Kalender der Kuratorin in seiner Hand. »Den hat sie liegenlassen, und ihre Adresse steht drin.«

»Frauen!« Jürgen feixte. »Wer lässt denn bitte einen Kalender einfach liegen? Pass mal besser auf. Das war bestimmt Absicht.«

»Ahoi!« Kökkenmöddinger warf die Tür zu und ärgerte sich ein bisschen, Jürgen überhaupt auf seine Frage geantwortet zu haben.

Zügig lief er zur Haustür und studierte die Klingelschilder. Da, Bergmann-Hillmer. Er drückte kräftig auf den Knopf.

Kurz darauf meldete sich eine weibliche Stimme über die Sprechanlage. »Ja, bitte?«

»Hallo, ich bin es, Kökkenmöddinger, Ihr Bekannter aus dem Museum. Wir haben heute früh zusammen einen Kaffee getrunken, und Sie haben Ihren Kalender liegenlassen.« Er räusperte sich. »Den will ich Ihnen nur schnell vorbeibringen. Diese Adresse steht im Kalender.« Als noch immer keine Reaktion aus dem Lautsprecher kam, ergänzte er: »Sie sind doch Frau Bergmann-Hillmer, die Kuratorin der Gemäldegalerie?«

Schweigen.

»Soll ich den Kalender vielleicht lieber in Ihren Briefkasten werfen?«

»Kommen Sie rauf! Zehnter Stock.«

Der Summer ertönte, und Kökkenmöddinger drückte die Haustür auf.

Wenige Minuten später saß Kökkenmöddinger bei Adelheid Bergmann-Hillmer auf dem Sofa. Die Kuratorin hatte eine Kanne mit frischen Teeblättern aufgegossen.

»Oh, und dieser Zettel war noch aus Ihrem Planer gefallen. Er zog die imperative Notiz aus der Jackentasche. »Ich habe das gleich als Anregung betrachtet und mir Gauguins *Parau Api* angeschaut. Ist es richtig, dass es nur ein Gemälde von ihm in der Galerie gibt?«

Sie goss Tee in die Tassen. »Ja, das ist richtig. Wir haben nur von einigen Malern mehrere Exponate, vornehmlich aus der Gegenwart. Grundsätzlich ist das Konzept auf Breite und Vielfalt ausgerichtet.«

Kökkenmöddinger dachte an die Fahrt nach München mit dem Kunstexperten. »Ist es eigentlich wirklich so schlimm mit Fälschungen auf dem Kunstmarkt? Ich habe mich kürzlich mit einem Kunsthistoriker unterhalten, der meinte, dass vierzig bis sechzig Prozent aller Kunstwerke Fälschungen seien.«

Die Kuratorin sah auf, stellte die Teekanne abrupt ab, so dass sie etwas Tee verschüttete. Dann setzte sie sich und verschränkte die Finger. »Ich denke, da wollte sich jemand vor Ihnen wichtig machen.« Ihr Lächeln wirkte angestrengt. »Ich fürchte, die Kunst ist gesellschaftlich längst nicht mehr so relevant, dass sie auch noch eine kriminelle Subkultur ernähren könnte.«

»Sie werden das sicherlich besser wissen. Sie stehen da ja ganz anders in der Materie.« Kökkenmöddinger beobachtete ihre unruhigen Finger. »Ist Ihnen denn schon mal eine Fälschung untergekommen?«

Sie senkte den Blick. »Ja, so ein oder zwei Mal im Jahr kann es dazu kommen. Früher habe ich im Rheinland eine kommerzielle Galerie geführt. Da wurde mir häufiger die eine oder andere schlechte Kopie angeboten.« Sie strich eine Haarsträhne hinter das Ohr. »Es waren aber eher kleine Betrügereien. Sehr viel nervenaufreibender waren die Nachwuchskünstler mit ihren Originalkunstwerken.« Die Kuratorin lachte. »Sie würden es nicht glauben, was einem da so als neue Kunstrichtung oder auch als vermeintliches Zitat großer Meister angeboten wird. Das Einzige, was mir je gefallen hat …« Sie stand auf. »Kommen Sie, ich zeige es Ihnen.«

Kökkenmöddinger folgte ihr in die Diele, deren dezenter Stil ihm schon beim Betreten der Wohnung aufgefallen war. Milchkaffeebraune Wände, einige ausgesuchte Bilder und ein metallener Kleiderständer ohne Kleider. Ein großzügiger Eingangsbereich für eine Etagenwohnung.

»Das hier habe ich einem Absolventen der Düsseldorfer Kunstakademie damals abgekauft.« Sie zeigte auf ein halbplastisches Bild in Holzfarbtönen mit rauer Oberfläche.

Kökkenmöddinger trat näher an das Bild heran. Den Hintergrund bildeten grob gezimmerte Bretter, darauf fand man eine Art Relief, gezimmert aus Zahnstochern, Streichhölzern, Rinde und halbierten Zapfen sowie Ästen. Als er nun wieder einen Schritt zurücktrat, erkannte er ein Kreuz in den sich wiederholenden Maserungen. »Hmm …«

»Das Bild heißt *Waldsterben*«, erklärte sie. »Ich habe es dem jungen Franzosen für achtzig Euro abgekauft.«

»Waldsterben? Das ist eines dieser typisch deutschen Wörter«, sagte Kökkenmöddinger. »Die Franzosen haben meines Wissens diese deutsche Vokabel direkt in ihre Sprache übernommen.« Er betrachtete erneut das hölzerne Kunstwerk. »Übrigens beachtlich, wenn man bedenkt, dass die Franzosen die pingeligsten Sprachwächter in Europa sind. Sie übertragen ja jeden neuen technischen Ausdruck ins Französische, um nicht vom internationalen Jargon überrollt zu werden.« Er lächelte die Kuratorin an. »Was ist aus dem jungen Künstler geworden? Hieß sein nächstes Werk ›Leitmotiv‹?«

»Noch so ein Vokabelexport. Ich mag Ihren Humor, Herr Kökkenmöddinger.« Sie wirkte sichtlich amüsiert. »Wenn ich mich recht erinnere, wurde er bald darauf Börsenmakler.«

»Ah so. Na ja, wie ich heute erst erfahren durfte, hat ja selbst Gauguin seine Karriere als Börsenmann begonnen«, erklärte Kökkenmöddinger. »Ich habe noch ein wenig in den Büchern gestöbert, die im Lichthof zum Verkauf ausliegen.«

»Erstaunlich.« Adelheid Bergmann-Hillmer ging zurück ins Wohnzimmer, und Kökkenmöddinger folgte ihr.

»Was ist erstaunlich?«

»Wie schnell Sie Informationen aufsaugen und verknüpfen«, ergänzte sie. »Die meisten Menschen sind sehr viel träger im Denken. Außerdem sagten Sie doch, Sie hätten keine Ahnung von Kunst.«

»Nun, das kann man bei wirklichem Interesse durchaus ändern.« Kökkenmöddinger nahm einen Schluck Tee. »Zumindest von der Romantik habe ich seit unserem Gespräch heute früh nun ein ganz klein wenig Ahnung.«

»Darf ich Sie fragen, was Sie beruflich machen?«, fragte die Kuratorin.

»Natürlich dürfen sie das«, erwiderte er. »Noch lieber wäre mir allerdings, Sie würden es selbst erraten …«

Sie sah ihn forschend an. »Das wird schwierig. Sie wirken bodenständig, aber nicht wie ein Handwerker.«

»Da muss ich schon mal zustimmen.«

»Lehrer vielleicht. Irgendetwas mit Naturwissenschaften?«

Kökkenmöddinger schüttelte den Kopf.

»Sind Sie verheiratet?«

Er verneinte.

»Dann tippe ich auf Heiratsschwindler.« Sie lachte.

»Das wäre mir viel zu anstrengend«, erklärte Kökkenmöddinger amüsiert. »Darf ich mal Ihre Toilette benutzen?«

»Selbstverständlich. In der Diele die nächste Tür rechts.«

»Danke.« Er ging hinaus und öffnete sofort die richtige Tür. Auch das Bad war geräumig und edel-schlicht eingerichtet wie der Rest der Wohnung.

Kökkenmöddinger achtete sorgfältig darauf, alles sauber zu hinterlassen. Als er sich die Hände wusch, stutzte er. Dort im Regal stand nicht nur eine zweite Zahnbürste, sondern es gab auch Rasierschaum, Aftershave und sonstige Herrenkosmetik. Komisch, er hätte schwören können, dass diese Frau allein wohnte. Sie hatte auf ihn die Ausstrahlung einer typischen Singlefrau gemacht. Warum eigentlich? Schließlich trug sie sogar einen Doppelnamen.

Kökkenmöddinger schaute in den Spiegel. Ja, er war ein bisschen enttäuscht. Was hatte er sich nur gedacht? Dass eine Frau wie Adelheid Bergmann-Hillmer, attraktiv, erfolgreich und etwas geheimnisvoll, nur darauf wartete, den Taxifahrer Kökkenmöddinger kennenzulernen? Nur, weil sie zufällig einige Male miteinander geplaudert hatten? Schließlich wusste er kaum etwas über diese Frau, und sie wusste noch weniger über ihn. Vermutlich war es besser, es auch dabei zu belassen. Schließlich wollte er doch nur hinter die Bedeutung von Jochens als Brief getarnte Notizen kommen …

Zurück im Wohnzimmer bemerkte er, dass sie nervös mit ihren Fingern spielte. Ihre Mittelfinger knibbelten an den Daumen, als ob sie schnipsen wollte. Dann nahm sie ihr Smartphone vom Tisch und wischte über das Display.

»Ich sollte besser gehen«, sagte er. »Ich möchte Sie nicht stören oder von Wichtigem abhalten.«

»Nicht doch«, entgegnete sie. »Setzen Sie sich wieder. Ich freue mich, wenn Sie mir noch etwas Gesellschaft leisten.« Sie legte das Smartphone zur Seite. »Ich habe nur auf eine Nachricht gewartet. Übrigens habe ich noch immer keine Idee, was Sie beruflich machen. Sie müssen mir auf die Sprünge helfen.«

Kökkenmöddinger kratzte sich am Kinn. »Ich bin gelernter Philosoph. Nun ja, eigentlich Philosophiehistoriker. Ich habe über den Begriff der Freiheit in der deutschen Philosophie promoviert. Deshalb bin ich damals zum Studium nach Deutschland gekommen.«

»Dann sind Sie an der Uni?«, fragte die Kuratorin.

»Nein«, gab Kökkenmöddinger zu. Er runzelte die Stirn und überlegte. Nein, er würde das Taxifahren nicht erwähnen. »Die rein akademische Laufbahn ist trocken, einsam und langweilig.«

Ihr Smartphone summte. »Entschuldigen Sie, ich muss kurz antworten.«

Während sie tippte, trank Kökkenmöddinger Tee und sah sich im Wohnzimmer um. Es wirkte alles sehr stilvoll und teuer, aber auch ein wenig unpersönlich. Und die Wände waren für eine Kunstexpertin seltsam nackt.

»So. Erledigt.« Sie griff zur Teekanne und schenkte nach. »Dann sind Sie aus beruflichen Gründen nach Deutschland gekommen?«

»Ja, in den achtziger Jahren«, erklärte Kökkenmöddinger. »Von Kopenhagen nach Ostberlin. Nach Dresden hat es mich erst nach der Wende verschlagen.«

»Zum Auswandern hatte ich leider nie den Mut«, gab die Kuratorin zu. »Ich habe allerdings auch wenig Talent für Sprachen.«

»Und Ihr Mann?«, wagte Kökkenmöddinger sich vor. »Was macht er beruflich? Ist er viel unterwegs?«

»Wie kommen Sie darauf?«

»Nun, er ist nicht hier.« Kökkenmöddinger griff zur Teetasse.

»Nein, ich meine, wie kommen Sie darauf, dass ich einen Mann habe?«, fügte sie hinzu. »Wirke ich so verheiratet?«

»Nein, eigentlich gar nicht.« Kökkenmöddinger lächelte. »Bis auf den Doppelnamen vielleicht. Aber ich glaube kaum, dass Sie in dieser schönen Wohnung allein leben …«

Sie sah sich kurz um, als versuchte sie, ihr Wohnzimmer aus seiner Perspektive zu betrachten. »Ich war mal verheiratet, aber diese Wohnung habe ich vor einigen Jahren allein bezogen. Erst seit dem letzten Wintersemester habe ich einen Dauergast. Mein Neffe hat einen Studienplatz in Dresden bekommen und wohnt jetzt bei mir.«

»Dann verstehen Sie sich wohl sehr gut mit ihm«, meinte Kökkenmöddinger. Er verspürte so etwas wie Erleichterung. Hatte er sich also doch nicht komplett in dieser Frau getäuscht.

»Ja, doch.« Sie schaute ihn offenbar verwundert an. »Wie kommen Sie darauf?«

»Nun, es ist doch ungewöhnlich, dass ein junger Mann, der sein Studium beginnt, bei seiner Tante wohnt«, sagte Kökkenmöddinger. »Wer zu Hause auszieht, sucht doch für gewöhnlich die Freiheit …«

»Und Freiheit ist ja Ihr Spezialgebiet«, unterbrach Adelheid Hillmer-Bergmann ihn. »Deshalb müssen Sie es ganz genau wissen.«

»Ich weiß das, weil ich selbst ein Mann bin«, erklärte er. »Und weil ich auch einmal jung war.«

»Es ist zwar kaum zu glauben, aber auch Männer sind nicht alle gleich.« Sie wirkte leicht gereizt.

Kökkenmöddinger griff zur Teekanne. »Darf ich nachschenken?«

Die Kuratorin nickte. »Entschuldigen Sie meine Unfreundlichkeit. Ich bin ein wenig gestresst zurzeit.«

»Kein Problem.« Kökkenmöddinger lächelte. »Ich wollte auch nicht unhöflich sein. Ich bin nur … ein bisschen neugierig zurzeit.«

»Wissen Sie, Achim ist kein gewöhnlicher junger Mann. Er ist sehr scheu, hat kaum Freunde. Bei einem Kind würde man sagen: Er fremdelt stark.« Sie seufzte. »Normalerweise ist das eine Phase. Mein Neffe jedoch hat diese Phase nie verlassen. Er ist in sich zurückgezogen. Aber er ist blitzgescheit. Das macht es für ihn nicht einfacher.«

»Was studiert er denn?«, wollte Kökkenmöddinger wissen. »Kunstgeschichte?«

»Nein, er studiert Informatik und diese neue Richtung …« Sie legte die Stirn in Falten. »Hydrowissenschaften.«

»Oh, das klingt sehr technisch und nass.« Er lachte. »Und zu kompliziert für mein Gehirn.«

»Sehen Sie, Männerhirne sind keinesfalls gleich«, sagte sie leise. »Achim kommt nach seinem Vater, meinem Bruder. Seit seinem Tod ist Achim noch verschlossener.«

»Ihr Bruder ist verstorben … Das tut mir leid.«

»Und mir erst.« Die Kuratorin nahm einen Schluck Tee. »Vor allem, weil Volker noch leben könnte. Er ist zusammen mit meinem Mann verunglückt …«

»Oh.«

»Ja, sie mussten unbedingt klettern gehen und haben sich völlig überschätzt.« Ihre Stimme klang verärgert. »Das ist jetzt fast zehn Jahre her. Zwei Wochen lang waren Volker und Gregor vermisst. Zwei Wochen lang haben wir gehofft. Dann hat man ihre Leichen gefunden. Beide abgestürzt.«

»Wie … grauenhaft.« Kökkenmöddinger schluckte.

Adelheid Bergmann-Hillmer streckte sich. »Seitdem kümmere ich mich um meine Schwägerin und den Jungen.«

Kökkenmöddinger nahm noch einen Schluck. »Wie geht man mit solchen Schicksalsschlägen um?«

Sie seufzte. »Gar nicht, oder man handelt automatisch. Ich habe mich in die Arbeit gestürzt, Kontakte gepflegt. Und Achim und seine Mutter brauchen mich. Das tut gut.« Sie sah ihn an. »Normalerweise spreche ich nicht darüber.«

»Oh, ich wollte Sie nicht in Verlegenheit bringen.« Kökkenmöddinger erhob sich. »Ich muss noch einmal kurz Ihre Toilette aufsuchen. Entschuldigung.«

Als er sich die Hände wusch, fiel sein Blick auf die Fensterbank, wo eine hölzerne Schale als Schmuckablage diente. Es lagen nicht viele Schmuckstücke darin, allesamt klein, eher dezent, aber recht geschmackvoll. Da, diesen Ohrring kannte er doch. Hatte die Kuratorin ihn vielleicht bei einer ihrer Begegnungen getragen? Neugierig betrachtete er ihn genauer. Es war nur ein Einzelstück in der Holzschale. Offenbar fehlte das Pendant zu dem kleinen goldenen Ring mit dem bunten Steingehänge.

Ein Blick auf die Uhr sagte ihm, dass es höchste Zeit wurde. Er wusch sich die Hände, zückte dann sein Handy und bestellte bei den Kollegen einen Wagen.

Als er sich von Adelheid Bergmann-Hillmer verabschiedete, bedankte sie sich erneut. »Ich hätte morgen früh einen riesigen Schrecken bekommen. Ohne meinen Planer bin ich hilflos wie andere Menschen ohne ihr Handy.« Sie lächelte. »Und melden Sie sich wieder, wenn Sie noch Fragen zur Kunst haben. Das Rätselspiel, das Sie da mit Ihrem Freund spielen, interessiert mich. Wer weiß, vielleicht ist das ja etwas für die Museumspädagogik.«

Kökkenmöddinger grinste. Na, immerhin hatte sie ihm die Sache mit dem Spiel abgekauft. »Ahoi!«

## 21. Proberunde

»Hmmmh, also der Sauerbraten … fantastisch!« Kökkenmöddinger wischte sich den Mund mit der Serviette ab. »Bärbel, wenn du Heinz irgendwann nicht mehr willst, stelle ich mich als Ehemann zur Verfügung.«

Bärbel lachte. »Heinz, du hast es gehört. Benimm dich, sonst komme ich vielleicht auf Kökkenmöddingers Angebot zurück.«

»Wahrscheinlich hätte er mich nicht gerettet, wenn er schon deinen Sauerbraten gekannt hätte.« Heinz legte sein Besteck auf den Teller.

»Ich will nicht widersprechen.« Kökkenmöddinger lachte laut. »Du weißt, wenn es ums Essen geht, bin ich kompromisslos korrupt.«

Bärbel begann den Tisch abzuräumen. »Du hast Heinz gerettet. Bei mir bekommst du jederzeit gern Sauerbraten.«

»Wenn das nicht wahre Liebe ist!« Kökkenmöddinger stellte die Teller zusammen und wollte Bärbel beim Abräumen helfen, doch Heinz hielt ihn zurück.

»Ich würde gern …« Er stockte. »Fährst du eine Runde mit mir? Ich habe morgen meine erste Abendschicht. Ich fühle mich nicht wohl bei dem Gedanken …«

Kökkenmöddinger sah seinen Kollegen prüfend an. »Du meinst, du willst ein bisschen üben?«

»Ja, ich würde gern eine Runde drehen.«

»Fahrt ruhig«, sagte Bärbel. »Ihr müsst mir nicht in der Küche im Weg stehen.«

Als sie eine halbe Stunde später in Bühlau an einer Ampel hielten, schnaubte Kökkenmöddinger. Es reichte ihm langsam, dass Heinz die ganze Zeit beharrlich schwieg. Seit sie in sein Taxi –

natürlich ohne Taxischild – eingestiegen waren, hatte er nur ihre Probefahrt in der Zentrale angemeldet und dann keinen Ton mehr gesagt. Kökkenmöddinger hatte zunächst geglaubt, Heinz konzentriere sich völlig auf die Überwindung seiner Furcht. Doch dann wurde das Schweigen immer vorwurfsvoller. Anklage hing in der Luft. Kökkenmöddinger schnaubte erneut. Er konnte dieses kindische Rate-mal-was-ich-habe mit dem unterschwelligen Du-bist-schuld nicht ausstehen. Es verursachte ein schlechtes Gewissen, gegen das er selbst nur ankam, wenn er auf stur stellte. Und wohin führte das? Heinz schwieg, er schwieg. Und die stummen Vorwürfe klatschten ihm wie Ohrfeigen ins Gesicht.

Die Ampel sprang auf Grün. Heinz fuhr an und Kökkenmöddinger herum: »Mir reicht es. Sag endlich, was los ist!«

Heinz lenkte den Wagen auf eine Tankstelle auf der rechten Seite und hielt an. »Ich hole uns mal was zu trinken.«

Kökkenmöddinger sah ihm nach und stellte das Radio an. Radio Elbradar versprach Sonnenschein für die kommenden Tage und Tagestemperaturen von bis zu zwanzig Grad. Die Frauenstimme gehörte nicht Jelena. Als die ersten Klänge einer schaurigen Schnulze erklangen, schaltete er das Radio schnell wieder aus. Wie gern hätte er jetzt mit Jelena zu Hause einen gemütlichen Abend verbracht.

Doch dann dachte er an ihre seltsamen Stimmungen, den stetigen Wechsel zwischen Sympathie und Wegstoßen, eben die Tatsache, dass er nie so recht wusste, wie er bei ihr dran war. Manchmal war es spannend mit Jelena, aber oft war diese Frau auch einfach nur anstrengend.

Heinz nahm wieder neben ihm Platz. Er gab ihm eine der beiden Bierflaschen, die er gekauft hatte. »Prost!«

»Bier? Jetzt?« Kökkenmöddinger sah ihn erstaunt an. »Du fährst doch. Auch wenn es nur eine Proberunde ist. Bier auf dem Bock geht nicht.«

»Ach, was macht schon ein Bierchen«, meinte Heinz leichthin und trank.

»Du hast zum Essen auch schon ein Bier getrunken«, stellte Kökkenmöddinger fest.

»Eben, zum Essen.« Heinz guckte ihn grimmig an. »Sag mal, suchst du eigentlich Streit?«

»Ich?« Kökkenmöddinger runzelte die Stirn. »Wieso denn ich?«

Heinz nahm eine bunte Zeitung vom Rücksitz und hielt sie ihm vor die Nase. Die Wochenendausgabe der *Tagespost*, sie hatte auch bei Jürgen im Wagen gelegen.

»Und?« Er sah Heinz erwartungsvoll an.

»Warum hast du mir nie etwas erzählt?« Heinz nahm einen Schluck aus der Flasche. »Nicht einmal jetzt, als ich überfallen worden bin.« Er schlug die Zeitung auf und reichte Kökkenmöddinger den Beitrag mit dem nachgestellten Foto. Auf der Seite stand neben dem Interview ein weiterer Text.

Kökkenmöddinger atmete tief durch. Sie hatten die ganze alte Geschichte ausgegraben, den Jahre zurückliegenden Überfall. Unter »Tapferer Taxifahrer rettet seinem Kollegen das Leben« prangte außerdem »Retter war selbst ein Opfer«. Er rieb sich die Schläfe, dann las er weiter.

»Tagelang war Taxifahrer Tjelle K. hilflos in einer Industrieruine in Klotzsche festgehalten worden. Die Täter hatten ihn dort ausgesetzt und gefesselt, sein Taxi gestohlen und es als Fluchtwagen für verschiedene schwere Verbrechen genutzt. Als man den fast zerstörten Wagen schließlich fand, fehlte von Tjelle K. jede Spur. Man hatte Tjelle K. zunächst im Verdacht, selbst in die Überfälle verwickelt zu sein und sich abgesetzt zu haben. Die Suche nach ihm hatte man bereits aufgegeben, als eine Gruppe Graffitikünstler das halbtote Opfer in der Ruine fand. Diesem glücklichen Umstand und einer leckenden Wasserleitung, die ihn mit Flüssigkeit versorgte, verdankt Tjelle K. sein Leben. Und auch sein Kollege

Heinz G., dem er dieses Schicksal ersparte. ›Mir hat damals niemand geholfen. Wir müssen die Augen offenhalten. Überall da draußen lauert die Gefahr‹, sagte der tapfere Taxifahrer gegenüber der *Tagespost.*«

»Ha!« Kökkenmöddinger warf die Zeitung auf den Rücksitz. »Das gibt's doch nicht!« Er wusste nicht recht, ob er sich aufregen oder darüber lachen sollte.

Heinz setzte die Flasche ab. »Stimmt das, was die da schreiben?«

Nun nahm auch Kökkenmöddinger einen großen Schluck. »Grundsätzlich ja.« Er dachte an das Schlusszitat. »Was da steht, habe ich natürlich nicht gesagt. Ich habe mit dem Zeitungsheini gar nicht über die Geschichte gesprochen.«

»Ach so.« Heinz starrte aus dem Fenster. »Na dann. Noch 'n Bier?«

»Nein«, entgegnete Kökkenmöddinger. »Und du solltest ...«

»Lass das mal meine Sorge sein.« Heinz stieg aus.

Kökkenmöddinger sah seine fast volle Bierflasche an. »Ich habe noch nie mit jemandem über diese Geschichte gesprochen, außer mit Jelena ...«

Er schreckte auf, als er Heinz mit einem Sixpack in der Hand aus dem Laden der Tankstelle kommen sah. Das war ja sehr viel mehr Bier. Kökkenmöddinger seufzte. Es war eine seltsame Sitte, dass man ausgerechnet an Tankstellen durchgehend Alkohol an Autofahrer verkaufte. Dann stieg er aus, ging um den Wagen herum und setzte sich hinters Steuer.

»Hey ...« Heinz schien protestieren zu wollen, doch in diesem Moment meldete sich die Zentrale.

»Funkspruch an alle«, sagte eine Stimme, die Kökkenmöddinger aufschrecken ließ. Das war nicht Sarah, das war Jürgen: »Hat Paul Paulsen morgen die Frühschicht?«

Heinz sah ihn mit weitaufgerissenen Augen an. »Der interne Notruf. Ein Kollege ist in Schwierigkeiten.«

Schon meldete sich Sarah aus der Zentrale. »Heinz, der Notruf kam von Jürgen. Ihr seid am nächsten dran. Ullersdorfer Landstraße.«

Kökkenmöddinger ließ den Wagen an. »Schnall dich an, Heinz!« Er jagte den Wagen mit quietschenden Reifen von der Tankstelle ein Stück zurück und bog an der Kreuzung rechts in Richtung Ullersdorf ab.

Heinz war einen Moment lang wie erstarrt. Doch Kökkenmöddinger musste sich auf Verkehr und Umgebung konzentrieren. Seine Augen beobachteten den Straßenrand. Hier war nirgends ein Taxi zu sehen. Allerdings lag zur Linken die Dresdner Heide, und jenseits der wenigen Straßenlaternen war sie in undurchdringliches Dunkel gehüllt. Jürgen war doch kaum auf die Idee gekommen, hier irgendwo abzubiegen. Immerhin hatte er offenbar schon während seiner Fahrt den internen Notruf gesendet …

Kökkenmöddinger reduzierte das Tempo, und erste empörte Überholmanöver setzten ein. Er ignorierte Licht- und anderes Hupen.

Heinz öffnete eine Bierflasche. »Ich kann ihn nicht sehen.«

»Mhm«, machte Kökkenmöddinger und schlich unbeirrt weiter über die Landstraße.

Heinz funkte die Zentrale an. »Sarah, woher kam Jürgens letztes Signal?«

»Großerkmannsdorf«, lautete die prompte Antwort. »Im Moment bewegt er sich nicht.«

»Na, dann.« Kökkenmöddinger gab wieder Gas. In Ullersdorf hielt er sich rechts.

»Wir hätten auch geradeaus und dann nach rechts fahren können«, warf Heinz ein.

Als sie gerade über Kleinerkmannsdorf Großerkmannsdorf erreichten, meldete sich Sarah. »Entwarnung! Jürgen hat seinen Fahrgast ohne Zwischenfälle abgeliefert.«

»Ist wohl etwas überarbeitet, der Gute.« Kökkenmöddinger hielt Ausschau nach einem Platz zum Wenden.

»Das war schon der dritte Notruf heute, und immer blinder Alarm«, erklärte Sarah. »Die Nerven liegen irgendwie blank seit letzter Woche.«

Heinz setzte die Flasche ab, während Kökkenmöddinger den Wagen in einer Einfahrt zurücksetzte. »Sei doch froh, dass es blinder Alarm war.«

»Na, wenn Kökki den Zeitungsleuten solche Schauergeschichten erzählt.«

Kökkenmöddinger schnaufte. »Ich habe mich bestimmt nicht darum gerissen. Wer hat mir denn die Leute auf den Hals gehetzt, um Fotos nachzustellen?« Er schüttelte verärgert den Kopf. »Und von mir haben die auch nicht irgendwelche alten Geschichten. Da muss jemand anders geplaudert haben.«

»Ist ja gut. Wir sind eben alle ein bisschen nervös«, lenkte Sarah ein.

»Ich bin nicht nervös.« Heinz rülpste leise.

»Wir fahren zurück.« Kökkenmöddinger unterbrach die Verbindung. »Heinz, du bist besoffen.«

Er fuhr die Landstraße zurück Richtung Bühlau. »War hier nicht irgendwo das Hotel, das einer der Botoxfritzen überfallen wollte?«

Heinz nickte und zeigte auf ein hinter Büschen liegendes Gebäude. Davor lag ein geräumiger und gutbeleuchteter Parkplatz. »Bärbel meint, es müsste das hier sein.«

Kökkenmöddinger reduzierte erneut das Tempo und sah sich um. Dann stutzte er. Da lief jemand eilig über den Parkplatz und verschwand gerade auf dem Weg zum Hotel. Er sah noch einmal hin, doch der Mann war hinter den Büschen verschwunden. Wie seltsam, er hätte schwören können, dass das dieser Kunstmensch gewesen war, dieser Knut Franzen. Er vergaß nie eine Person, die in seinem Taxi gesessen hatte.

»Ich will nach Hause«, maulte Heinz. »Mir ist irgendwie komisch.«

Kökkenmöddinger sah ihn prüfend von der Seite an. »Wenn du in dein Taxi kotzt, machst du die Sauerei selbst weg. Ist das klar?«

Heinz nickte. »Ich will zu Bärbel.«

Kökkenmöddinger fuhr zügig ins Elbtal hinunter. Dabei warf er immer mal wieder einen Blick auf Heinz, der weiter an seiner Bierflasche nuckelte.

»Weißt du, Kökkenmöddinger.« Heinz seufzte. »Das Leben kann so richtig Scheiße sein.«

»Oh ja, ich weiß.« Sie passierten den Schillerplatz. Gerade noch rechtzeitig fiel Kökkenmöddinger ein, dass das Taxischild abmontiert war. Er konnte also nicht über die Haltestellen fahren, sondern musste sich den regulären Weg durch die Seitenstraßen suchen.

»Da denkste, du hast einen tollen Kollegen, einen Freund …« Heinz trank. »Und dann steht so eine Scheiße in der Zeitung …«

»Heinz, das ist Geschmiere«, wiegelte Kökkenmöddinger ab. »Natürlich bin ich dein Freund.«

»Nee, nee, nee.« Heinz wackelte mit dem Kopf. »Ein Freund erzählt einem so was doch. Ein Freund ist doch … ein Freund.«

Kökkenmöddinger sah ihn an. »Heinz, das hat doch jetzt keinen Sinn.« Er lenkte den Wagen durch Striesen bis zur Fetscherstraße.

Heinz trank weiter. »Warum hast du mir nie etwas erzählt?«

»Ich habe niemandem etwas erzählt«, erklärte Kökkenmöddinger. »Niemandem außer Jelena.«

»Deine Dings, deine Mitbewohnerin?« Heinz schien nachzudenken. »Was läuft da eigentlich zwischen euch? Ist sie deine Freundin?«

»Nein, jedenfalls nicht so.« Kökkenmöddinger hielt auf den Großen Garten zu und bog in die Stübelallee ein. Er wollte mit dem betrunkenen Heinz jetzt wirklich nicht über Jelena sprechen.

»Wenn du wirklich mein Freund wärst, müsste ich so was gar nicht fragen.« Heinz klang vorwurfsvoll.

»Heinz, ich bin wirklich dein Freund«, versprach er.

»Du wirst überfallen und erzählst mir nichts, du hast da so ein Ding mit einer Frau und erzählst mir nichts«, jammerte Heinz. »Du bist ein komischer Freund.«

»Ach, Heinz.« Kökkenmöddinger schüttelte den Kopf. Gut, dass der Kollege morgen erst spät Dienst hatte. Er schien volltrunken zu sein.

Als sie am Dynamo-Stadion vorbeifuhren, wurde Heinz noch weinerlicher. »Ich weiß nicht einmal, ob du Fußball magst.«

Kökkenmöddinger schmunzelte. »Siehst du, das weiß ich selbst nicht einmal so richtig.«

Heinz nickte. »Ich kann Fußball nicht ausstehen.«

»Wir sind gleich da.« Er fuhr über die Wiener Straße hinweg in die Südvorstadt. Zwei Straßenecken weiter konnte er Heinz samt seines Taxis abliefern.

»Ich kann das alles nicht ausstehen«, fuhr Heinz fort. »Diesen blöden Beruf. Den ganzen Tag blöde Leute durch diese blöde Stadt fahren.«

»Na, na, das meinst du doch gar nicht so.« Gegenüber des Finanzamts machte Kökkenmöddinger eine Parklücke aus.

Heinz rülpste. »Doch, doch. Das ist alles ganz blöde. Blödes Leben.«

Kökkenmöddinger parkte den Wagen ein und zog den Schlüssel. »Na komm, deine Bärbel wartet sicher schon auf dich.«

»Blödes Leben«, wiederholte Heinz. »Und weißt du was? Bärbel kann manchmal auch ganz blöde sein. Stell dir vor, sie liest Horoskope. Ist das blöde?«

»Natürlich.« Kökkenmöddinger lachte. »Aber lass sie doch, wenn es ihr Spaß macht.« Er half dem Kollegen aus dem Wagen und griff zur letzten Bierflasche. »Die nehme ich mal mit. Du hast wirklich genug.«

Als sie an der Tür ankamen, wurden sie schon von Bärbel erwartet.

»Alles so was von total blöde.« Heinz fiel Kökkenmöddinger um den Hals. »Aber du nicht. Du bist ein Freund.«

»Natürlich.« Kökkenmöddinger schob Heinz sanft zu Bärbel.

»Du bist ein komischer Freund, aber du bist einer.« Heinz stolperte in die Wohnung. »Mir wird so komisch.«

Bärbel schüttelte den Kopf. »Danke, Kökkenmöddinger. Besuchst du uns bald mal wieder?«

»Gern, aber jetzt solltest du dich um deinen Mann kümmern. Der hat bestimmt sechs Bier intus.« Er wandte sich zur Treppe. »Ahoi.«

Kökkenmöddinger steckte sich die Bierflasche in die Innentasche seiner Jacke und machte sich auf den Weg zur nächsten Straßenbahnhaltestelle. Von hier aus war er schnell am Pirnaischen Platz und musste dann nur noch den Bus nehmen.

Die automatische Anzeigetafel kündigte drei Minuten Wartezeit an. Zwei offensichtlich angetrunkene Gestalten lümmelten im Wartehäuschen herum. Kökkenmöddinger zog die Augenbrauen hoch. Sein Bedarf an Betrunkenen war für heute gedeckt.

»Hey, was bist 'n du für einer?« Einer der Typen kam auf Kökkenmöddinger zu. »Haste mal 'ne Zigarette für mich?«

»Nein.« Er sah dem Typen direkt in seine glasigen Augen.

»Willst du mich beleidigen?« Der Typ wirkte aggressiv.

»Hey, macht der Ärger?« Nun kam sein Kumpan ebenfalls herüber.

Kökkenmöddinger streckte sich. Er war fast einen Kopf größer als die beiden.

»Sollen wir ihn verprügeln?« Der Zweite musterte Kökkenmöddinger.

»Meinst du?« Der erste der beiden wirkte unentschlossen. »Verdient hat er es. Er will mir keine Zigarette geben.«

»Hey, warum willst du ihm keine Zigarette geben?«, fragte der Zweite.

Kökkenmöddinger zählte innerlich langsam bis zehn.

»Was macht der? Meditation oder so was?«

Drei, zwei, eins. Er holte tief Luft. »Ich kann euch nur warnen«, knurrte er. »Legt euch nicht mit mir an! Ich kann heute für nichts garantieren!« Kökkenmöddinger schnaubte. Er war so sauer, dass er das Gefühl hatte, Rauchschwaden auszustoßen. Dabei musste er an Jelena denken. Wieso hatte sie wieder angefangen zu rauchen? Das machte ihn wütend. Das und Heinz' sinnlose Trinkerei. »Los, zieht Leine, oder ich vergesse mich!«

Die beiden Betrunkenen starrten ihn an. Dann sahen sie sich gegenseitig an, wandten sich um und verschwanden eilig in der Dunkelheit.

## 22. Gauguin und die anderen ...

»Guten Morgen!« Kökkenmöddinger reichte der frischgeduschten Jelena eine Tasse Kaffee.

»Morgen, danke.«

»Trotz Dusche noch nicht wach?« Er lächelte sie an.

»Ja, du mich auch.« Sie verzog sich Kaffee schlürfend an den Frühstückstisch.

Kökkenmöddinger seufzte. Was hatte sie denn nun wieder? Er setzte sich zu ihr an den Tisch und bestrich eine Scheibe Toast dick mit Butter und Marmelade.

Offenbar verfolgte sie jeden seiner Handgriffe genau, sagte aber nichts.

»Soll ich dir auch einen Toast schmieren?«

Sie schüttelte den Kopf und nippte an ihrer Kaffeetasse.

»Dann eben nicht.« Er widmete sich Toast und Tee. Nein, er würde sie nicht fragen, was los war. Immer diese blöden Schweigespielchen. Wahrscheinlich wusste sie selbst mal wieder nicht, was sie hatte, und es hatte überhaupt nichts mit ihm zu tun. Wie kam er nur immer wieder auf die Idee, Jelenas Stimmungen und Gefühlsanwandlungen lägen an ihm? Nur, weil er sich so auf sie konzentrierte? So bedeutend war er nicht für sie. Er sollte sich selbst nicht so wichtig nehmen.

Kökkenmöddinger biss in seinen Toast und kaute genüsslich.

»Wo warst du gestern eigentlich?« Jelena stellte die Tasse ab. »Ich habe auf dich gewartet.«

Er sah sie erstaunt an. Sie klang vorwurfsvoll und sofort meldete sich sein schlechtes Gewissen. »Waren wir verabredet?«

Jelena zog einen Flunsch. »Müssen wir uns denn immer extra verabreden?«

Kökkenmöddinger runzelte die Stirn. Er sagte besser nichts mehr.

»Hast du mal den Brief von deinem Jochen für mich?«

»Steckt in meiner Jacke.« Er griff zum nächsten Toast. »Ich habe gestern was Interessantes in Erfahrung gebracht. Ein nicht unerheblicher Teil der erwähnten Bilder stammt von Romantikern …«

»Ach? Und wer hat dir das geflüstert?« Jelena wirkte missmutig. »Oder hast du das selbst herausgefunden?«

»Nein, das hat mir die Kuratorin erzählt.« Kökkenmöddinger konnte sich nicht zwischen Wurst und Käse entscheiden. »Du weißt schon, die mit dem Koffer.«

»Na, die hat es dir wohl angetan.« Jelena stand auf. »Ich brauche mehr Kaffee.«

»Wir hatten ein sehr interessantes Gespräch«, erklärte er. »Sie ist vom Fach und kann uns da sicher weiterhelfen. Übrigens hatte sie ihren Kalender liegenlassen, aus dem dann dieser Zettel fiel …«

»Soso, sie schreibt dir also Zettelchen«, unterbrach Jelena ihn. »Und was stand da drauf? Romantisches?«

Er stutzte. Was hatte sie denn nun schon wieder? Er beobachtete, wie Jelena sich langsam am Tisch niederließ. Sie winkelte ein Bein an und zog es unter ihren Hintern. Das sah unbequem aus. »Auf dem Zettel stand *Gauguin!*, und so habe ich mich gestern im Museum einfach mal Gauguin gewidmet. Wusstest du, dass er …?«

»Nein, und es interessiert mich auch nicht besonders.« Jelena umfasste die Tasse mit beiden Händen. »Was hat das denn nun mit Jochens Notizen zu tun?«

»Keine Ahnung.« Er belegte seinen Toast mit Schinken. »Nichts, nehme ich an.«

»Dann hol doch endlich den Brief«, verlangte sie. »Damit wir da mal weiterkommen.«

Kökkenmöddinger stand auf. »Weißt du, dieser Gauguin muss ein anstrengender, aber auch spannender Mensch gewesen sein.« Er ging in den Flur, wo seine Jacke an der Garderobe hing und fischte Jochens Notizen aus der Jackentasche. »Er hat einen großen Teil seines Lebens in der Südsee verbracht und dort diese eigenwilligen Bilder in leuchtenden Farben gemalt.« Er kam zurück an den Tisch und gab Jelena den Zettel. »Auch das Bild, das hier in der Gemäldegalerie hängt. Das mit dem schwierigen Titel … Para, Papua … Parau … Ali? Ich kann mir den Titel nicht merken.«

»Sag doch einfach *Gibt's was Neues*, das ist die Übersetzung.« Jelena entfaltete ungeduldig das Blatt. »Übrigens steht das hier auch in dem Brief. Er fragt eingangs ›Gibt's was Neues‹. Und diese Formulierung passt so gar nicht zu dem ganzen Romantikergesülze.«

Kökkenmöddinger sah sie erstaunt an. »Dann sind es nicht zehn, sondern elf Bildtitel, meinst du?«

»Ja, vermutlich.« Jelena knetete ihre Unterlippen. »Und vermutlich ist mit diesen Bildern irgendetwas faul. Sie zog den Karton zu sich herüber und nahm den Ohrring heraus. »Und mit dieser Kuratorin, die Koffer auf Parkplätzen verschwinden lässt, ist sicher auch etwas faul.«

Er beobachtete Jelenas Finger, die mit dem Ohrring spielten. Er musste an die nervösen Finger der Kuratorin denken. Sie knibbelte sich die Fingerkuppen wund. Warum tat sie das? Eine Marotte? Oder war es eine Übersprunghandlung? Hatte sie ein echtes psychisches Problem wie die Leute, die Fingernägel kauten? »Gib mir mal bitte den Ohrring.«

Er nahm das kleine Schmuckstück entgegen und drehte es hin und her. Natürlich, das war der gleiche Ohrring, den er bei Adelheid Bergmann-Hillmer im Bad hatte liegen sehen. »Du hast recht, mit Adelheid stimmt etwas nicht.«

»Adelheid also?« Jelena runzelte die Stirn.

»Ja, oder Frau Bergmann-Hillmer. Ich habe den zweiten Ohrring gesehen. In ihrem Badezimmer.«

Jelena sah ihn an. »In ihrem Badezimmer, soso.«

»Ja.« Kökkenmöddinger betrachtete noch immer den Ohrring.

»Was tust du denn in Adelheids Kuratorinnen-Badezimmer?«

Er winkte ab. »Na, was man in einem Badezimmer eben so tut.« Er legte den Ohrring auf den Tisch und rieb sich das Kinn. »Hmmh …«

»Ach, und was tut man im Badezimmer einer wildfremden Frau?«, fragte Jelena spitz.

»Ich habe dir doch erzählt, dass sie ihren Kalender vergessen hatte«, erklärte Kökkenmöddinger irritiert. »Und das war eine gute Gelegenheit, bei ihr vorbeizuschauen …«

»Schon gut.« Jelena nahm einen Schluck Kaffee und sah an ihm vorbei. »Mir doch egal, in wessen Bade- und sonstigen Zimmern du dich am Wochenende so herumtreibst!«

Kökkenmöddinger schmunzelte. War Jelena etwa eifersüchtig? Er konnte nicht umhin, ihr Schmollen ein wenig zu genießen. Obwohl es kindisch war. »Warum hast du eigentlich gestern auf mich gewartet? Du hättest mich anrufen können.«

»Ich wollte nicht stören.« Jelena stand auf, schnappte sich ihre Tasche und begann, mit energischen Bewegungen allerhand Papiere und Stifte einzusammeln und hineinzustecken.

Er beobachtete sie. »Du hättest mich nicht gestört, du störst mich doch nie.«

»Na, dann.« Sie stand mit gepackter Tasche vor ihm und fuhr ihm mit der Hand durch die Haare. »Ich habe eine Überraschung für dich. Hol mich heute zum Feierabend im Sender ab, ja?«

Vor Schichtbeginn hatte Kökkenmöddinger noch einen Abstecher zum Albertinum gemacht. Dort hatte er jedoch – mit dem einsamen Ohrring in der Hand – vor verschlossenen Türen gestanden.

Montags war das Museum nicht geöffnet. So weit hätte er zwar selbst denken können, doch seine geistige Aufmerksamkeit war heute meist bei Jelena. Schon lange hatte er sich nicht mehr so auf seinen Feierabend gefreut. Er stand mit seinem Taxi in der Nähe des Postplatzes und schaute auf die Uhr. In einer halben Stunde war es so weit. Heute wollte er Jelena keinesfalls warten lassen …

Das mit den Ohrringen war schon ein eigenartiger Zufall. Oder auch nicht? Vielleicht hatte die Kuratorin ihn auch nur bei einer ihrer Kunstpausen verloren. Und Jochen hatte ihn dann irgendwo in den Sälen des Albertinums gefunden. Wenn er schon alle dieser Bilder in seinem Brief nannte, musste er ja dort gewesen sein, um zu recherchieren. Hatte Stellvertreter-Klaus aus der Chefredaktion nicht von Kunstmafia und internationalen Verbrechen geschwafelt? Er hatte zwar alles als Verschwörungstheorien abgetan, aber Jochen hatte tatsächlich eine Spur verfolgt. Das war sicher.

Trotzdem: Dass dieser Ohrring bei Jochens restlichen Unterlagen gelegen hatte, hieß noch lange nicht, dass er Adelheid Bergmann-Hillmer jemals begegnet war. Im Gegenteil: Wenn er sie persönlich gekannt hätte, wäre der Ohrring vermutlich gar nicht erst zwischen seinen Unterlagen gelandet …

»Hallo, sind Sie frei?« Die Beifahrertür wurde aufgerissen.

Kökkenmöddinger schreckte auf und sah in das fragende Gesicht eines Mannes. »Ähm, hallo. Vor mir wartet noch ein Kollege. Es geht eigentlich der Reihe nach«, erklärte er.

»Ich weiß.« Der Mann nickte. »Aber mit Verlaub, das Taxi Ihres Kollegen müffelt. Und außerdem sind Sie mir sympathischer.«

Kökkenmöddinger seufzte. »Wohin soll's denn gehen?«

Der Mann nahm auf dem Beifahrersitz Platz. »Nach Radebeul.«

Kökkenmöddinger verkniff sich einen weiteren Seufzer. Der Fahrgast konnte schließlich nichts für sein ungünstiges Timing.

»Ich bin froh, endlich nach Hause zu kommen«, plauderte der Mann. »Immer diese Überstunden.«

»Ja, das kenne ich.« Kökkenmöddinger gab Gas, fuhr über den Post-, dann den Theaterplatz auf die Augustusbrücke. Der Weg über die Leipziger Straße und Meißner Landstraße war zwar nicht der kürzeste, aber immer noch weniger stark befahren als die Straßen, die zu den Autobahnen führten.

»Sie fahren aber einen heißen Reifen«, stellte der Fahrgast fest.

»Ist Ihnen das zu schnell?« Kökkenmöddinger drosselte sogleich das Tempo. »Entschuldigung.«

»Nein, nein.« Der Mann lachte. »Überhaupt nicht. Bei Ihnen fühlt man sich doch sehr sicher.«

»Ach so?« Kökkenmöddinger grinste. Es gab wirklich komische Leute.

»Ja.« Der Mann sah ihn an. »Ich kenne Sie aus der Zeitung. Sie sind doch ein echter Held.«

Mit quietschenden Reifen hielt Kökkenmöddinger eine Stunde später vor einem großen Gebäude in der Innenstadt, in dem unter anderem Studios und Redaktionen von Radio Elbradar untergebracht waren.

Als er ausstieg, kam Jelena ihm schon entgegengelaufen. »Na endlich! Wo steckst du denn so lange? Ich habe schon seit einer halben Stunde Feierabend.«

»Ich weiß.« Er lächelte schulbewusst und montierte mit einigen wenigen Handgriffen das Taxischild vom Dach. »Ich leider nicht. Hast du meine SMS nicht …«

»Was machst du denn da? Fahr los!«, unterbrach sie ihn und verschwand im Auto.

Er setzte sich hinters Steuer und sah sie neugierig an.

»Worauf wartest du?« Jelena wirkte angespannt. »Los! Sonst kommen wir tatsächlich noch zu spät.«

Er ließ den Motor an. »Wo soll es hingehen?«

»Das sage ich dir gleich. Erst mal zum Schillerplatz und übers Blaue Wunder auf die andere Elbseite.« Dann verstummte sie und blickte aus dem Fenster.

Kökkenmöddinger lenkte grinsend den Wagen durch die Stadt. Er war unglaublich gespannt, was sie vorhatte. Und Jelenas anhaltendes Schweigen verstärkte seine Neugier nur.

»Du verrätst mir nichts, was?«, wagte er sich vor, als sie am Standesamt vorbei auf den Schillerplatz zufuhren und sich bei der langen Linksabbieger-Schlange anstellen mussten.

Sie blickte unverwandt aus dem Fenster. »Nee, ist doch eine Überraschung.«

»Na gut.« Er schnaufte.

»Mach dir keine Sorgen.« Jetzt grinste Jelena ihn an. »Es gibt ausreichend zu essen.«

Er lachte. »Da bin ich schon mal beruhigt.«

Langsam schoben sie sich im Karossengeschlängel über die Kreuzung und die alte Loschwitzer Brücke.

»Da vorn links hoch«, verlangte Jelena und wühlte in ihrer Tasche.

Kökkenmöddinger fuhr die Grundstraße hinauf und dachte kurz an Heinz. Hoffentlich packte er heute seine Abendschicht.

»Jetzt rechts und dann gleich wieder links.« Jelena hatte offenbar gefunden, was sie suchte: ihr Handy. Sie wischte und tippte auf dem Display herum.

Er gab Gas. Hier war er gestern erst mit Heinz unterwegs gewesen.

»Hey, stopp!«, rief Jelena plötzlich. »Fahr mal dort auf den Parkplatz.«

Er bremste, setzte den Blinker und steuerte den Wagen in eine der Parkbuchten. »Der gehört aber zu einem Hotel.«

»Genau.« Jelena löste den Sicherheitsgurt. »Da wollen wir ja auch hin.« Sie stieg aus.

»Du willst mit mir ins Hotel? Gefällt dir unsere Wohnung nicht mehr?« Kökkenmöddinger verließ ebenfalls das Auto. »Wir haben immerhin zwei schnuckelige Schlafräume, und das dritte Zimmer ist derzeit doch auch frei …«

»Spinner.« Sie winkte. »Komm endlich, wir sind spät dran.«

Kurz vor dem Hoteleingang hatte Kökkenmöddinger Jelena fast eingeholt. Er konnte sich noch immer keinen Reim darauf machen, was sie vorhatte. Allerdings wünschte er sich, er hätte die Klappe gehalten. Sie musste ihn ja für einen dieser typischen Idioten halten, die nur Sex im Kopf hatten. Nun ja. Er ertappte sich dabei, ihr auf den Hintern zu starren, als sie jetzt durch die kleine Halle gingen. Er war einer dieser typischen Idioten – er war ein Mann.

Sie betraten ein kleines Restaurant, in dem Jelena offenbar einen Tisch bestellt hatte. Vielleicht hatte sie ja wirklich vor, erst mit ihm zu essen und dann in ein Hotelzimmer zu verschwinden. Es war eine zu hübsche Idee, um sein Gehirn davon abzubringen.

»Trinken wir einen Wein zum Essen?« Sie blätterte in der Karte.

»Das kommt darauf an, ob ich noch fahren muss.« Kökkenmöddinger schielte über den Rand der Karte hinweg, konnte jedoch keine Reaktion erkennen.

Es gab ein reichhaltiges Angebot, das ihm sonst sicherlich das Wasser im Mund hätte zusammenlaufen lassen. Doch im Moment war sein Mund trocken, und er konnte sich so gar nicht auf Menüs und Gerichte konzentrieren. Was wollte Jelena hier? Sie wollte doch sicher nicht nur zu Abend essen. So außergewöhnlich wirkte das Lokal nicht.

Als der Kellner nach ihren Wünschen fragte, hatte Kökkenmöddinger noch immer nichts ausgewählt.

»Wir nehmen eine Flasche von dem Bordeaux und eine Flasche Wasser«, sagte Jelena bestimmt. »Mit dem Essen warten wir noch.«

Kökkenmöddinger wunderte sich, sagte aber nichts. Er versuchte erneut, sich in die Karte zu vertiefen, als Jelena plötzlich aufsprang und ihn zusammenzucken ließ.

»Es ist wirklich toll, dass Sie das mit unserem Treffen einrichten konnten, Herr Franzen!« Jelena schüttelte einem Mann die Hand, den Kökkenmöddinger als den Kunstexperten erkannte, mit dem er vor kurzem die lange Fahrt nach München gemacht hatte.

Er erhob sich ebenfalls.

Knut Franzen wirkte überrascht. »Sie? Herr ...«

»Kökkenmöddinger.« Er schüttelte dem Bekannten die Hand.

»Das nenne ich mal einen Zufall.« Knut Franzen schien sich nicht sehr zu wundern oder für Hintergründe zu interessieren. Er nahm den angebotenen Platz am Tisch ein und wandte sich wieder Jelena zu. »Frau Jankow, ich bin froh, dass es noch geklappt hat. Ich bin eben erst eingetroffen.«

Kökkenmöddinger stutzte. Hatte er den Mann nicht gestern Abend erst im Vorbeifahren hier über den Parkplatz laufen sehen? Nun ja, vielleicht hatte er sich getäuscht.

»Sehr schön.« Jelena strahlte den Kunstfachmann an und orderte weitere Gläser für den neuen Gast.

»Frau Jankow, was kann ich für Sie tun?«, fragte Franzen. »Am Telefon klang das ja alles sehr dringend.«

»Nun, als ich gehört habe, dass Sie die meisten Ausstellungen mit Dresdner Exponaten organisieren, hatte ich eine Idee«, erklärte Jelena.

Kökkenmöddinger horchte auf. Was hatte sie vor?

»Wissen Sie, Herr Franzen, unsere gemeinsame Sendung ...« Sie zögerte. »Sie hat mit doch, nein, Sie haben mich sehr beeindruckt. Und ich habe mir überlegt ...« Jelena ließ den Satz in der Luft hängen.

»Ja?« Franzen schien neugierig zu sein. Kökkenmöddinger konnte es ihm nicht verdenken, er wurde selbst langsam ungeduldig.

»Ich würde gern eine Serie über den Kunstbetrieb machen«, sagte Jelena. »Ganz besonders über Ihre Arbeit.«

»Ach?«, entfuhr es Kökkenmöddinger.

Der Kellner erschien und kredenzte nun auch Knut Franzen Wein und Wasser.

Sie prosteten sich zu.

»Eine ganz wunderbare Idee«, lobte der Kunstmensch. »Ich stehe Ihnen natürlich im Rahmen meiner knapp bemessenen Zeit und bescheidenen Kenntnisse zur Verfügung. Ich fürchte nur, dass ich nicht so wichtig bin, wie Sie sich das wünschen.«

»Nicht doch«, wehrte Jelena ab. »Ich habe das doch genau recherchiert. Sie sind ganz und gar wichtig, der Dreh- und Angelpunkt sozusagen. Stellen Sie Ihr Licht nicht unter den Scheffel, lieber Herr Franzen.«

Kökkenmöddinger schmunzelte. So schmeichelnd erlebte man Jelena selten. Sie war sonst doch eher frech. Ganz offensichtlich führte sie etwas im Schilde.

Knut Franzen schien für solcherlei Komplimente durchaus empfänglich. »Es ist schön, auch einmal Würdigung zu erfahren, wenn man die ganze Zeit nur die Fäden im Hintergrund zieht«, gab er zu. »Was möchten Sie denn nun von mir wissen?«

»Zunächst einmal, was Sie gern essen möchten«, mischte sich Kökkenmöddinger ein und reichte ihm die Speisekarte. Da ganz offensichtlich dieses Treffen die ominöse Überraschung war, half gegen die emotionale Enttäuschung nur ein wirklich gutes Essen. Allerdings interessierte es ihn brennend, was Jelena im Schilde führte.

Franzen blätterte in der Karte. »Ich nehme den Rehrücken.«

Jelena nickte. »Gute Wahl. Ich schwanke noch zwischen Wild und Lamm.«

Kökkenmöddinger klappte die Karte zu, als der Kellner an den Tisch trat. »Die Herrschaften haben gewählt?«

»Ja.« Jelena deutete auf die Karte. »Wir nehmen zweimal den Rehrücken und …« Sie sah Kökkenmöddinger fragend an.

»Tafelspitz bitte.« Er warf Jelena einen eindringlichen Blick zu, dem sie auswich.

Sie erhob erneut das Glas. »Also, Herr Franzen, noch einmal vielen Dank für Ihre Bereitschaft!«

Kökkenmöddinger trank und beobachtete den sichtlich gebauchpinselten Kunstmenschen aus den Augenwinkeln.

»Haben Sie in den vergangenen Monaten viele Kunstwerke aus Dresdner Museen als Leihgaben betreut?«, fragte Jelena.

»Ja.« Er nickte. »Herr Kökkenmöddinger hat mich sogar bei einem der Transporte unterstützt. Welches Exponat war es noch gleich ...?«

»*Prozession im Nebel*«, ergänzte Kökkenmöddinger. »Von Ernst Ferdinand Oehme, einem Schüler Caspar David Friedrichs. Romantiker, nicht wahr?«

»Genau.« Knut Franzen lächelte, und Jelena sah Kökkenmöddinger stirnrunzelnd an.

»Werden Bilder von Caspar David Friedrich oft zu Ausstellungszwecken verliehen?«, hakte Kökkenmöddinger nach. »Die Galerie im Albertinum soll ein ganz besonderes Bild von ihm haben.«

Jetzt sah Jelena ihn böse an.

»Oh ja, *Zwei Männer in Betrachtung des Mondes* wird gern gezeigt«, erklärte Franzen. »Man hat in Dresden überhaupt viele Schätze, die die Welt sehen möchte.«

»Großartig«, ließ sich Jelena vernehmen. »Da können Sie ...«

»Warum kommt die Welt dann nicht hierher und sieht sich die Schätze an?«, unterbrach Kökkenmöddinger sie. »Dresden hat doch noch so viel mehr zu bieten.«

»Jede Ausstellung hat ihr eigenes Konzept«, erklärte der Experte. »Die Galerie Neue Meister dagegen ist ein Haus mit einer festen Sammlung. Sie präsentiert Gemälde aus bestimmten Epochen.« Er nahm einen Schluck Wasser. »Sie tut das sehr eindrucksvoll, verstehen Sie mich da bitte nicht falsch. Aber Kunst lebt eben von Kontexten.«

»Sehen Sie, und genau das interessiert mich besonders«, gab Jelena vor und trat unter dem Tisch nach Kökkenmöddingers Fuß, so dass er beschloss, sie erstmal gewähren zu lassen.

»Welche Kunstwerke haben Sie denn als Leihgaben bisher so betreut?«, bohrte sie weiter. »Außer den Romantikern.«

»Also, die Romantiker sind immer wieder ein Thema, da hat Herr Kökkenmöddinger recht. Caspar David Friedrich, Ernst Ferdinand Oehme, Carl Gustav Carus, auch spätere wie Ludwig Richter.«

Jelena nickte, und Kökkenmöddinger erinnerte sich, dass alle diese Namen auch in den Notizen von Jochen auftauchten. Gedanklich hakte er die Aufzählung der Bilder ab.

»Allerdings sind derzeit besonders die Künstler des zwanzigsten Jahrhunderts gefragt. Dix oder Slevogt sind auch beim weniger kunstgebildeten Publikum bekannt.«

»Klimt?«, warf Kökkenmöddinger ein und biss sich sogleich auf die Unterlippe.

»Unbedingt. Jahrhundertwende, Jugendstil, das schwappt öffentlichkeitswirksam bereits in den Bereich Design.« Franzen trommelte mit den Fingern auf den Tisch. »Und Klimt muss man natürlich mehr dem zwanzigsten Jahrhundert zuordnen.«

»Welche Bilder von ihm haben Sie denn als Leihgabe vermittelt?« Jelena nahm einen Schluck Wein.

»Buchenwald«, sagte Franzen.

Kökkenmöddinger zuckte bei dem Titel zusammen, musste er doch gleich an das Konzentrationslager bei Weimar denken, obwohl das Bild natürlich nichts damit zu tun hatte. Schon als er im Albertinum vor dem Bild mit den schillernden Bäumen gestanden hatte, war er bei dem Bildtitel erschrocken. Dabei war das Bild auf die Jahrhundertwende datiert und der Maler gleich nach dem Ersten Weltkrieg verstorben.

»Klimts Bild geht diese Woche in eine Ausstellung in Südengland«, berichtete Franzen. »Gemeinsam mit dem Gauguin.«

»Ach?« Jelena sah Kökkenmöddinger mit hochgezogenen Brauen an. »Dieses Bild mit den plaudernden Südseefrauen?«

»*Parau Api*«, ergänzte Kökkenmöddinger. »*Gibt's was Neues*, richtig?«

»Genau.« Knut Franzen nickte. »Erstaunlich, wie gut Sie sich offenbar im Albertinum auskennen.«

»Ich habe mich natürlich vorbereitet«, erklärte Jelena und fügte mit einem vielsagenden Blick auf Kökkenmöddinger hinzu: »Und der Herr Taxifahrer hat neuerdings seine Liebe zur Kunst und zu gewissen Kontakten entdeckt.«

Kökkenmöddinger schmunzelte zufrieden. Jelena zickte eben doch ein bisschen wegen seiner neuer Bekannten. »Darf ich eine Frage stellen?«

»Nur zu«, forderte der Kunstexperte auf, und Jelena verzog leicht angewidert das Gesicht.

»Wie passen Klimt und Gauguin gemeinsam in eine Ausstellung? Ich meine, jenseits der Galerie Neue Meister.«

»Ausgesprochen gut.« Der Fachmann klang jovial. »Sie waren beide im Kunstbetrieb zu Lebzeiten akademisch ausgegrenzt. Sie waren beide biografisch unangepasst. Sie wurden wahrgenommen, hatten aber keinen akademischen Erfolg. Gustav Klimt wurde ganze vier Mal als Professor abgelehnt. Sie hatten wilde und brüchige Biographien.«

»Ach, und das reicht, um in der Kunst zum Thema zu werden?« Jelena war sichtlich verstimmt.

»Natürlich nicht.« Jetzt wirkte Franzen irritiert. »Sie hatten beide einen sehr eigenwilligen Stil. Die Bilder sind ungewöhnlich und einem breiten Publikum durchaus ein Begriff. Die Nähe zum Design, wie ich schon sagte.«

»Sie waren ihrer Zeit voraus«, konstatierte Kökkenmöddinger. »Wie Nietzsche.«

»Ein kühner Vergleich.« Franzen lachte. »Aber die Philosophie ist Ihr Fachgebiet, wenn ich mich recht erinnere.«

Der Kellner trat mit zwei Tellern an den Tisch und servierte die Rehrücken.

»Und Sie sind meiner Erinnerung nach auch Experte für Fälschungen«, sagte Kökkenmöddinger. »Werden auch derart populäre Gemälde gefälscht?«

Der Kellner servierte den Tafelspitz. »Wohl bekomm's!«

»Es wird so ziemlich alles gefälscht, was Geld einbringen kann«, erklärte Franzen. »Besonders amerikanische Sammler zahlen Unsummen für europäische Kulturgeschichte im Original.«

»Sie meinen, amerikanische Privatsammler horten wertvolle Kunstwerke im Geheimen, nur um sie zu besitzen?« Jelena griff zu Messer und Gabel. »Was haben sie denn davon?«

Knut Franzen schien zu zögern. »Was hat der Mensch davon, etwas zu besitzen, nur weil es einen großen Wert besitzt?«

»Sie können ja nicht einmal bei Freunden und Geschäftspartner damit protzen.« Jelena schien laut zu denken.

Knut Franzen säbelte am Fleisch auf seinem Teller herum. »Die menschliche Natur ist unergründlich ...«

Kökkenmöddinger kaute und schluckte. »Unergründlich? Nein, sie ist einfach ... Die menschliche Natur ist simpel. Denken Sie nur an die Liebe!«

»Ausgerechnet die Liebe ist simpel?« Jelena sah ihn mit großen Augen an.

Kökkenmöddinger nahm einen Schluck Wein. »Ja, denn sie wird immer wieder mit Besitzansprüchen gleichgesetzt. Der Mensch will sich in der Liebe stets versichern, er will sich der Liebe des Anderen vergewissern. Das schein einfach dazuzugehören. Ebenso wie diese manischen Kunstsammler ihre Errungenschaften verstecken und kontrollieren. Wie so viele Menschen ihre Geliebten, denn sie wollen nicht teilen. Sie überwachen eifersüchtig, was diese tun. In gewisser Weise sperren sie die Lieben auch weg.«

»Mhm«, machte der Kunstexperte.

Jelena blickte Kökkenmöddinger erwartungsvoll an.

»Hintergrund ist immer nur Angst. Wir wollen etwas besitzen, wir wollen es vor allem anderen behüten. Und eigentlich zerstören wir damit mehr als wir bewahren, und wir erzeugen neue Ängste. Die Angst, entdeckt zu werden, die Angst, übertrumpft zu werden, die Angst, nicht mehr wichtig zu sein.«

»Das ist ein interessanter Gedankengang.« Knut Franzen kreuzte das Besteck auf dem Teller. »Sie meinen, Kunst und Liebe, Angst und Macht, das hängt alles zusammen?«

Kökkenmöddinger nickte. »So in etwa. Kunst und Liebe erzeugen Angst und verführen zu Machtansprüchen. Wenn ich ein besonderes Kunstwerk nicht der Allgemeinheit zur Verfügung stellen, sondern für mich allein haben will, dann ist der Machtanspruch dem der Liebe sehr ähnlich. Ich möchte nicht, dass sich andere am Objekt oder eben Subjekt meiner Begierde erfreuen.«

Jelena schob den noch halbvollen Teller ein Stück von sich weg. »Das ist ein blöder Vergleich! Bei einem Kunstwerk muss ich doch nicht befürchten, dass es einem anderen ... Betrachter den Vorzug gibt.«

Kökkenmöddinger sah sie an. »Wieso muss ich denn überhaupt etwas Derartiges befürchten? Zwischenmenschlichkeiten sind doch immer einzigartig. Weil ich jemanden liebe, heißt das doch nicht, dass ich nicht auch andere Menschen lieben kann – und umgekehrt. Jeder kann verschiedene Menschen lieben ...«

Knut Franzen lachte auf. »Na, erzählen Sie das mal meiner Frau!«

Jelena verdrehte die Augen und winkte nach dem Kellner. »Bringen Sie uns noch eine Flasche von dem Bordeaux!«

Kökkenmöddinger deckte Jelena zu. Sie schnarchte leise und wirkte trotzig wie ein kleines Mädchen, das gegen seinen eigenen Willen eingeschlafen war.

Nach dem Gespräch mit Knut Franzen hatten sie noch eine Liste zusammengestellt, auf der einige der von Jochen vermerkten

Kunstwerke vorkamen. Der Kunstexperte hatte sogar noch einige weitere Gemälde erwähnt, die er als Leihgaben an andere Museen und Galerien vermittelt hatte. Der Mann war offenbar gut im Geschäft. Trotzdem kam er Kökkenmöddinger irgendwie eigenartig vor. Vielleicht konnte er über die Kuratorin mehr erfahren. Sie musste doch eng mit Franzen und anderen Leuten wie ihm zusammenarbeiten.

Er zog den Ohrring aus der Tasche und steckte ihn gleich wieder zurück.

Dann warf er erneut einen Blick auf Jelena. Seine Hand wanderte automatisch auf das Kissen und strich ihr über den Kopf. Sie zuckte zusammen, seufzte im Schlaf und kuschelte sich tiefer in die Kissen.

Diese Frau hatte so viele Gesichter, dass ihm allein bei dem Gedanken daran ganz schwindelig wurde. Er war gerührt von ihrer Überraschung, auch wenn er etwas anderes erwartet hatte. Das Gespräch mit dem Kunstfachmann hatte einige Erkenntnisse geliefert. Jelena hatte ihm gegenüber zwar nichts weiter dazu gesagt, aber Kökkenmöddinger war sich sicher, dass sie nicht im Traum eine Serie über den Kunstbetrieb plante.

# 23. Auf Held abonniert

»Botoxbande schlägt wieder zu. Der Terror geht weiter«, las Kökkenmöddinger. So unseriös er die *Tagespost* auch fand – und zu allem Überfluss musste er dabei an Stellvertreter-Klaus denken und an die Fotografiererei mit seiner Chefin, der sogenannten »Zicke« –, der Artikel weckte sein Interesse. »In den späten Abendstunden schlugen die Giftspritzengangster wieder zu. Opfer war diesmal der Inhaber einer Striesener Pizzeria. Luigi M. hatte gerade seinen letzten Gast verabschiedet, um sich an die Tagesabrechnung zu machen, als der Täter zuschlug: Er bedrohte Luigi M. mit einer riesigen Spritze. Der Wirt wehrte sich, doch der Täter stach zu und injizierte dem hilflosen Opfer das gefährliche Gift.« Kökkenmöddinger schnaufte. Pizzeria? Luigi M.? War das sein Lieblingsitaliener? Eilig verfolgte er weiter den Text: »Mitarbeiterin Sylvia B. fand ihren Chef erst nach dem Überfall. Er war zusammengebrochen. Alles war voller Blut. Die Kasse war leer. Die junge Frau rief den Rettungswagen, der den Schwerverletzten ins Krankenhaus brachte. Die Polizei ermittelt. Luigi M. hatte keinen Schutzengel wie der Taxifahrer Heinz G., der vergangene Woche von seinem couragierten Kollegen beschützt werden konnte. Die *Tagespost* berichtete über den tapferen Taxifahrer Tjelle K.«

Kökkenmöddinger schüttelte den Kopf. Man hatte Luigi überfallen. Man hatte ihn gefunden, und alles war voller Blut … Wenn das stimmte, was in dem Artikel stand, war das doch unlogisch. Jemand findet ihn, alles ist voller Blut, und dann ist die Rede von einer Giftspritze. War es hier vielleicht doch die Zeitung, die aus brutalen Überfällen nun eine Giftspritzenserie machte?

Da gab es auch noch einen Extrabeitrag über die Gefährlichkeit von Botox. Er sah genauer hin: Ein Chemiker wurde als Experte für das Nervengift Botulinumtoxin herangezogen und schilderte die »brisante Gefahr« des Giftes, das in geringen Mengen und sehr stark verdünnt in der Kosmetikbehandlung von Falten eingesetzt wurde. Er überflog den ganzen chemischen Kleinkram bis zum Ende des Expertenwissens: »Als biochemische Waffe wurde Botox bereits 1930 unter anderem auch von den Nazis produziert. Mit einem Gramm dieses Giftes kann man bereits hunderttausend Menschen töten. Und da das Gift an der Luft schnell wieder unschädlich wird, könnte man vergiftete Regionen bereits nach zwei Tagen wieder gefahrlos betreten. Laut der völkerrechtliche Biowaffenkonvention ist der Einsatz von Botox in Krisenfällen allerdings verboten.« Kökkenmöddinger zog die Augenbrauen hoch. Völkerrechtliche Konventionen also … Wenn das keine Verharmlosung war. Aber die *Tagespost* wäre nicht die *Tagespost*, wenn sie nicht noch einen anderen Fachmann zu Wort kommen ließe. Ein höchst unsympathischer Politiker, dessen Namen Kökkenmöddinger noch nie gehört hatte, schwadronierte über die Gefahr von Botox unter der Überschrift: »Wehret den Anfängen des Bioterrorismus.«

Er legte verärgert die Zeitung zur Seite, ließ den Wagen an und rückte am Taxistand nach.

Prompt näherte sich eine Dame seinem Taxi. Er stieg aus und ging um den Wagen herum, um ihr die Tür zu öffnen. »Guten Morgen. Wohin darf ich Sie bringen?«

Sie musterte ihn von oben bis unten und lächelte. »Sie sind doch der Held, der seinen Kollegen gerettet hat«, stellte sie fest. »Ich kenne Sie aus der Zeitung.«

Kökkenmöddinger grinste schief. Erstaunlich, wie viele Menschen dieses Revolverblatt lasen. »Nun … ja.«

»Eigentlich wollte ich nur zur S-Bahn, um nach Pirna zu fahren«, erklärte sie. »Aber wenn Sie am Steuer sitzen …« Sie musterte ihn erneut von oben bis unten. »Wissen Sie was, fahren Sie mich doch bitte direkt nach Pirna, ja?«

»Sehr gern.« Kökkenmöddinger schloss die Beifahrertür hinter ihr. Immerhin schien sich dieser Zeitungsartikel vom Wochenende positiv auf sein Geschäft auszuwirken.

Seine Mittagspause verlegte Kökkenmöddinger in die Dresdner Innenstadt. Wie gut, dass in der Nähe des Neumarkts eigentlich immer Taxen gebraucht wurden. Er parkte den Wagen, nahm das Schild ab und ließ sich seine Pause von der Zentrale bestätigen. Dann machte er sich auf den Weg ins Albertinum, um an der Kasse um ein kurzes Gespräch mit der Kuratorin zu bitten.

Nachdenklich betrachtete er die Kunstbände, die in dem kleinen Buchladen neben dem Kassenschalter auslagen und musste unwillkürlich an Knut Franzen denken. Ob viele der abgebildeten Kunstwerke in den hochwertigen Bänden gar keine Originale waren?

Kökkenmöddinger spielte gerade mit dem Gedanken, nachzufragen, ob es ein Buch über berühmte Fälschungen der Kunstgeschichte gab, als Adelheid Bergmann-Hillmer forschen Schrittes auf ihn zukam. Sie sah wie immer wie aus dem Ei gepellt aus. Heute trug sie ein dunkelgraues, sehr schlicht geschnittenes Kostüm mit einer leuchtend blauen Bluse.

»Herr Doktor Kökkenmöddinger, wie schön.« Sie reichte ihm die Hand. »Was verschafft mir die Ehre?«

Er schüttelte ihre Hand und fühlte sofort die Pflaster an ihren Fingerspitzen. »Hallo! Bitte lassen Sie den Doktor doch weg.« Dann zog er den Ohrring aus der Jackentasche. »Ich glaube, der gehört Ihnen …«

Sie schien innerlich zusammenzuzucken, als er ihr den Ohrring vor die Nase hielt. Dann wurden ihre Augen groß. »Woher wollen Sie das wissen?«

»Nun, ich habe zumindest bei meinem Besuch bei Ihnen einen ebensolchen Ohrring im Bad liegen sehen.« Kökkenmöddinger beobachtete die Kuratorin gespannt.

Ihre Augen leuchteten auf. »Wo haben Sie den denn her? Ich habe ihn schon vermisst. Sie müssen wissen, ich hänge sehr an diesem Ohrring.«

»Und der Ohrring offenbar an Ihnen. Jedenfalls jetzt wieder.« Kökkenmöddinger schmunzelte. »Sie müssen ihn verloren haben. Und mir kam er bekannt vor. Ich nehme an, es sind recht abenteuerliche Umwege, auf denen das kleine Schmuckstück zu Ihnen zurückfinden wollte.« Er dachte an sein Gespräch mit Jelena und ihre kühnen Behauptungen über die Besitzerin des Ohrrings. Er hielt ihre Ausführungen zwar für leere Vermutungen, war nun aber doch neugierig. »Darf ich fragen, ob diese Ohrringe ein Geschenk sind?«

Adelheid Bergmann-Hillmer spielte mit dem Ohrring zwischen dem rechten verpflasterten Daumen und dem rechten verpflasterten Zeigefinger. Sie nickte lächelnd.

»Von Ihrem Mann, nicht wahr?«, fragte er.

Die Kuratorin sah ihn irritiert an, errötete und richtete den Blick schnell auf ihre Finger. »Sagen wir mal so: von einem Mann.« Sie zupfte sich mit der linken Hand am Ohrläppchen. »Aber genug von mir. Wie geht es Ihnen, Sie Held? Ich habe erst aus der Zeitung erfahren, was Sie für ein toller Kerl sind.«

Kökkenmöddinger lächelte etwas verlegen.

»Sie hätten mir ruhig sagen können, dass Sie Taxi fahren.« Sie ließ den Ohrring in der Tasche ihrer Kostümjacke verschwinden.

»Warum? Brauchen Sie mal wieder ein Taxi für den Transport von Kunstwerken?«, fragte Kökkenmöddinger.

»Wie bitte?« Sie wirkte irritiert.

»Nun ja«, holte er zu einer Erklärung aus. »Ich habe unlängst ein Bild aus Ihrer Galerie transportiert, mit Herrn Franzen, dem Kunsthistoriker und Ausstellungsexperten.«

»Franzen?« Die Kuratorin schaute ihn aus großen Augen an.

»Ja, Knut Franzen«, sagte Kökkenmöddinger. »Er organisiert doch die Leihgaben für andere Ausstellungen. Ich dachte, Sie würden zusammenarbeiten.«

Die Kuratorin schüttelte den Kopf. »Nein, also der Name sagt mir nichts. Aber das muss nichts heißen. Ich treffe so viele Leute. Es sind ja nicht alle so markant charmant wie Sie.« Sie lächelte süffisant, und Kökkenmöddinger befürchtete einen Moment lang, zu erröten.

»Es tut mir leid, Herr Kökkenmöddinger, aber ich bin etwas in Eile.« Sie warf einen Blick auf ihre Uhr. »Sie glauben ja gar nicht, was für eine Freude Sie mir mit diesem Ohrring gemacht haben.«

»Das freut mich natürlich.« Er schmunzelte.

»Was halten Sie davon, mich in den nächsten Tagen zu besuchen?«, fragte sie. »Ich genieße die intelligenten Gespräche mit Ihnen. Außerdem haben Sie etwas gut bei mir.« Sie schien kurz zu überlegen. »Ich lade Sie zum Essen ein. Morgen Abend?«

Kökkenmöddinger staunte. »Oh, sehr gern …«

»So gegen acht Uhr? Abgemacht?« Sie nickte ihm zu.

»Gut.«

Sie strahlte ihn an. »Also morgen um acht.« Sie wandte sich zum Gehen, hielt jedoch in der Bewegung inne. »Sie mögen doch Fisch?«

»Ich liebe Fisch«, gab er zu.

»Na dann, bis dann.« Sie winkte kurz und verschwand durch eine dem Personal vorbehaltene Seitentür.

Kökkenmöddinger sah ihr nach. Das war jetzt doch überraschend. Etwas verwirrt lenkte er seine Schritte aus dem Gebäude und ging zu seinem Taxi.

Als er das Radio einschaltete, wurde die Beifahrertür geöffnet. Plötzlich saß Jelena neben ihm.

»Hallo Held.« Sie grinste breit.

»Du?« Kökkenmöddinger lächelte. »Hallo. Ich habe Pause.«

»Dachte ich mir«, sagte sie. »Komm, wir gehen ein Stück. Es ist doch weit und breit kein Fahrgast ins Sicht.« Sie stiegen aus, und Kökkenmöddinger folgte Jelena die Stufen hinauf zur Brühlschen Terrasse.

»Ist das nicht ein herrliches Wetterchen?« Sie drehte sich im Kreis und sah dann hinunter auf die Elbe.

»Ja.« Er blinzelte in die Sonne.

Jelena hakte sich bei ihm unter und zog ihn mit sich. »Und? Konntest du mit dem, was dieser Franzen erzählt hat, etwas anfangen?«

»Ich weiß nicht recht«, gab Kökkenmöddinger zu.

Sie schlenderten zu dem Stück Grünanlage am Ende der Brühlschen Terrasse. Unwillkürlich sah Kökkenmöddinger hinüber zum vorderen, größeren Eingang des Albertinums.

»Sag mal, machst du nun Pause, oder beschattest du schon wieder das Museum?« Jelenas Blick schien seinem zu folgen.

Ein Lieferwagen hielt vor dem Portal.

Kökkenmöddinger sah Knut Franzen aus dem Gebäude kommen und trat einen Schritt zurück. Nun erschien auch Adelheid Bergmann-Hillmer. »Moment«, zischte er Jelena zu. »Schau doch mal!«

Sie konnten beobachten, wie die Kuratorin und der Kunstexperte aufeinander einsprachen. Die Frau wirkte aufgebracht, und auch Knut Franzen war offenbar verärgert.

»Was ist das denn?«, fragte Jelena. »Haben die Zoff?«

»Sieht so aus«, meinte Kökkenmöddinger. »Komisch. Sie hat mir eben noch erzählt, dass sie Knut Franzen gar nicht kennen würde.«

»Das sieht aber ganz anders aus. Die gehen sich gleich an die Gurgel.« Jelena zog ihn weiter. »Lass uns mal näher rangehen.«

Knut Franzen machte eine abwehrende Handbewegung und stieg auf den Beifahrersitz des Lieferwagens. Dann fuhr das Fahrzeug rückwärts.

»Mist, sie sieht uns gleich«, zischte Kökkenmöddinger.

Doch da war Adelheid Bergmann-Hillmer schon auf sie aufmerksam geworden und schaute zu ihnen herüber. »Und jetzt?«

Jelena schnappte sich seinen Jackenkragen und zog ihn an

sich. Dann küsste sie ihn und legte die Arme um seinen Hals. Ihr Kuss wurde noch intensiver.

Es gelang ihm schnell, seine Überraschung zu überwinden. Er umarmte sie ebenfalls und überließ sich gern ihrem Kuss.

Doch plötzlich schubste Jelena ihn weg. »Ist gut, sie ist schon weg.«

»Na, dann können wir ja in Ruhe weitermachen«, schlug Kökkenmöddinger vor und hielt sie fest.

Sie befreite sich aus seiner Umarmung. »Nicht doch, das war doch nur Tarnung.«

# 24. Ich weiß, dass ich nichts weiß …

»Du hast ihr also den Ohrring gebracht, und sie hat dich daraufhin zum Essen eingeladen«, fasste Jelena Kökkenmöddingers Bericht zusammen. »Sie steht auf dich.«

Er lächelte ein wenig geschmeichelt. »Meinst du wirklich?«

»Nein.« Jelena griff zur Karaffe und füllte Rotwein in die beiden Gläser. »Sie ist die Frau, die vorgibt, Knut Franzen nicht zu kennen, streitet jedoch auf offener Straße mit ihm. Sie ist die Frau, der dieser Ohrring gehört, und es ist doch offensichtlich, dass sich dieser nicht zufällig zwischen Jochens Unterlagen befunden hat. Sie ist die Kuratorin, die verantwortlich ist für die Galerie, deren Gemälde in Jochens verschlüsselten Notizen auftauchen.« Sie sah ihn an. »Mein lieber Kökki, mit der Alten ist etwas faul!«

Er seufzte. »Aber wenn sie so viel zu verbergen hat, wäre es doch widersinnig, mich zum Essen einzuladen.«

»Vielleicht will sie wissen, was du weißt?«, schlug Jelena vor.

Er schüttelte mürrisch den Kopf. »Nein. Sie sollte mich doch lieber loswerden, anstatt den Kontakt zu suchen.«

»Dich loswerden?« Jelena lachte auf. »Wenn du dich irgendwo festbeißt, bist du doch anhänglicher als ein Blutegel.«

»Charmanter Vergleich.« Er griff zum Glas und prostete ihr zu.

»Die Frau ist doch nicht blöd.« Jelena trank. »Vermutlich ist sie es gewohnt, Männer im Zweifelsfalle lieber um den Finger zu wickeln, als vor den Kopf zu stoßen.«

Kökkenmöddinger schluckte. »Du meinst, sie will mich unter Kontrolle behalten.« Er winkte der Kellnerin. »Da unterschätzt sie aber meine Beharrlichkeit gewaltig.«

Jelena schmunzelte. »Ja, in der Hinsicht haben sich schon ganz andere Leute gründlich verschätzt.«

Die Kellnerin kam an den Tisch.

»Was nimmst du?«, fragte Kökkenmöddinger. »Penne al Gorgonzola?«

»Nein, die Antipasti-Platte«, entgegnete Jelena.

Die Kellnerin nickte. »Und Sie, Herr Kökkenmöddinger?«

Er musterte sie erstaunt. »Sie kennen mich?«

Sie nickte. »Natürlich. Ich nehme an, die Pizza Mafiosa, extragroß?«

»Genau.« Er sah sich in dem kleinen Lokal um. »Nicht viel los heute, was?« Sonst bekam man hier ohne Reservierung kaum noch einen Platz.

»Ja.« Sie machte ein betrübtes Gesicht. »Haben Sie die Zeitung gelesen?«

»Ja.« Kökkenmöddinger sah sie aufmerksam an. »Können wir uns kurz unterhalten? Sie sind doch Sylvia?«

Sie nickte. »Ich gebe nur schnell Ihre Bestellung weiter.«

Sie verschwand, und Jelena zog die Augenbrauchen hoch. »Gibt es etwas, das ich wissen sollte?«

»Abwarten.« Kökkenmöddinger drehte sein Weinglas zwischen den Fingern. »Ich weiß es selbst nicht so recht.«

Nun erschien die Kellnerin wieder am Tisch. »Sie, Herr Kökkenmöddinger, Sie hätten wir als Gast gebraucht.« Sie nahm Platz und sah ihn treuherzig an.

»Nicht doch. Ich kann doch nicht jeden Abend hier essen.« Er tätschelte ihren Arm. »Nun erzählen Sie mal, was wirklich passiert ist. Dieses Revolverblatt schreibt ja viel, wenn die Seiten voll werden müssen. Und glauben Sie bloß nicht alles, was über mich in dieser Zeitung stand.«

»Ach, dann stimmt es gar nicht, dass Sie den Überfall auf Ihren Kollegen verhindert haben?« Sylvia sah ihn aus großen Augen an.

»Doch, schon«, räumte Kökkenmöddinger ein. »Aber ich war einfach nur zur rechten Zeit am rechten Ort.«

»Tja, ich leider nicht.« Sie sah auf ihre Fingerspitzen. »Als ich aus dem Weinkeller heraufkam, war alles schon passiert.«

Kökkenmöddinger bemerkte Jelenas fragenden Blick und zwinkerte ihr zu. »Da haben Sie vermutlich Glück gehabt.« Er tätschelte erneut den Arm der Kellnerin. »Machen Sie sich keine Vorwürfe.«

Sie schluchzte leise. »Und als ich ihn da so liegen sah … Ich dachte erst, Luigi wäre … er wäre tot.«

»Nicht doch. Unser Luigi ist ein zäher Bursche«, versuchte Kökkenmöddinger sie zu trösten. »Hat man ihn zusammengeschlagen?«

»Ich weiß es nicht.« Sie schniefte leise. »Ich habe niemanden gesehen. Da war nur überall Blut, und er lag mittendrin. Dass die Kasse leer war, habe ich erst viel später bemerkt.« Die Erinnerung an den Vorfall setzte ihr sichtlich zu.

»Meinen Sie nicht, dass Sie in Ihrem Zustand besser zu Hause bleiben und sich erholen sollten?«, mischte Jelena sich ein und warf Kökkenmöddinger einen tadelnden Blick zu.

»Ach, wissen Sie …« Die Kellnerin nahm eine Papierserviette aus dem Spender und tupfte um ihre Augen herum. »Das Restaurant muss doch weiterlaufen, gerade jetzt.« Sie schnäuzte kräftig in die Serviette. »Der Chef ist im Krankenhaus und niemand weiß so recht weiter.«

»Geht es ihm schon besser?«, fragte Kökkenmöddinger. »Hat er Ihnen die Führung des Restaurants übertragen?«

»Nein, oder besser, ich weiß es nicht.« Sie schnäuzte sich noch einmal die Nase. »Luisa sagte am Telefon nur, sie würde sich um alles kümmern und wir sollten einfach alle weitermachen.«

»Luisa?« Kökkenmöddinger wunderte sich. Luigi hatte noch nie von einer Frau oder Freundin gesprochen. Aber das musste natürlich nichts heißen. Man kannte sich, sprach hin und wieder ein paar Worte miteinander. Meist war die Pizzeria so voll, dass ohnehin kaum Zeit zum Reden blieb.

»Ja, sie ist seine Schwester«, erklärte Sylvia. »Und jetzt wohl erst einmal hier die Chefin.«

»Arbeitet sie denn hier im Restaurant?« Jelena sah sich um.

»Nein, sie hat mehrere Restaurants in Berlin«, gab die Kellnerin Auskunft. »Aber sie will in den nächsten Tagen herkommen.«

»Sagen Sie, Sylvia, was hat es denn mit dieser Giftspritze auf sich?«, begehrte Kökkenmöddinger zu wissen. »Wurde Luigi nun zusammengeschlagen oder vergiftet?«

»Ich weiß es nicht.« Die Kellnerin klang matt. »Vielleicht hat eine leere Spritze neben ihm gelegen, vielleicht auch nicht. Es ging alles so schnell.«

Jelena leerte den Rest Rotwein aus der Karaffe in die Gläser. »Dann haben Sie den Täter also gar nicht gesehen?«

»Nein.« Sylvia erhob sich, als ein paar neue Gäste das Lokal betraten. »Ich bringe Ihnen noch eine.« Sie nahm die leere Karaffe und verschwand.

»Luigi wurde also überfallen.« Jelena griff zum Glas. »Und?«

»Was und?« Kökkenmöddinger sah sich im Lokal um. »Für eine Journalistin bist du erstaunlich schlecht informiert.«

Sie schnaubte. »Ich hatte heute meinen freien Tag. Wenn ich schon nicht in den Sender muss, werde ich mir in meiner Freizeit sicher nicht auch noch solche … Zeitungen reinziehen.« Sie deutete auf einen Stapel mit Zeitschriften und Boulevardblättern, der auf der Theke stand. »Woher hast du deine Informationen? Aus der *Tagespost*?«

»Ja.« Kökkenmöddinger beugte sich über den Tisch. »Seit ich selbst Thema war und falsch zitiert wurde, bekomme ich so langsam ein Gefühl für den Wahrheitsgehalt dieser Artikel.«

»Ach so?« Jelena grinste. »Und was heißt das?«

»Nun ja, immerhin existieren die Personen, die in der Zeitung erwähnt werden, und etwa die Hälfte der Fakten tangieren zumindest die Realität. Allerdings …« Er hielt inne, denn Sylvia brachte Antipasti und Pizza.

Kökkenmöddinger säbelte sogleich freudig auf seine Mafiosa ein.

»Allerdings?« Jelena schob sich eine gefüllte Peperoni in den Mund.

»Allerdings hat die *Tagespost* eine Botoxbande ins Leben gerufen und jede Menge Informationen über das Nervengift zusammengetragen, bis hin zum Bioterrorismus.« Kökkenmöddinger kaute. »Hältst du es für möglich, dass die jeden Überfall ihrem Lieblingsaufmacherthema anpassen?«

Jelena runzelte die Stirn. »Möglich ist das natürlich schon. Möglich ist aber auch, dass sie unvollständige Informationen haben und sie halbwegs plausibel verknüpfen, um schnell etwas zu veröffentlichen. Nicht jeder liest Texte schließlich so aufmerksam wie du.«

»Verstehe. Nichts ist so alt wie die Zeitung von gestern.« Kökkenmöddinger schnaufte.

Sylvia brachte die neue Karaffe Rotwein und schenkte nach. Dann legte sie Kökkenmöddinger einen Zettel hin. »Versuchen Sie, mit ihm zu sprechen«, sagte sie. »Das sind Station und Zimmernummer. Luigi liegt in der Uniklinik.«

Jelena griff nach dem Zettel. »Unfallchirurgie. Nun ja, du kannst es ja versuchen. Allerdings werden sie dir den italienischen Verwandten wohl kaum abkaufen, großer Wikinger.«

# 25. Einladungen ...

Mit gerunzelter Stirn wog Kökkenmöddinger das Kuvert in der Hand. Dieser Brief wirkte nicht nur offiziell, er war es auch. Das sächsische Landeswappen zierte den Umschlag. Sollte er den Umschlag öffnen?

Kökkenmöddinger seufzte. Natürlich sollte er den Umschlag öffnen und sehen, was die Polizeibehörde von ihm wollte. Die Frage war nur: Sollte er ihn jetzt, noch vor Schichtbeginn öffnen? Oder sollte er ihn lieber liegenlassen nach dem Motto »Was ich nicht weiß, macht mich nicht heiß«?

»Unerfreuliche Post?« Jelena kam aus dem Bad gewirbelt und nahm ihm das Kuvert aus der Hand. »Sieht ja spannend aus. Willst du ihn nicht aufmachen?« Sie warf den Umschlag auf den Tisch.

Kökkenmöddinger zögerte. »Ich weiß nicht so recht, ob ich wissen will, was da drin steht.«

»Du hast Schiss«, stellte sie fest und goss Kaffee in ihre Tasse. »Vermutlich bekommst du irgend so ein Heldenutensil, einen Orden für Zivilcourage oder so.«

Kökkenmöddinger verzog das Gesicht.

»Nun mach schon«, drängelte Jelena. »Du bist doch sonst immer so neu- und wissbegierig.« Sie griff nach dem Brief. »Oder soll ich ...?«

Er nippte an seinem Tee und nickte. »Ja, mach mal.«

Jelena bohrte einen Spalt in die Ecke des Kuverts. Dann nahm sie ein Messer vom Tisch und schlitzte das Kuvert damit auf. Sie nahm den Brief heraus und ließ den Umschlag achtlos fallen.

»Soso«, las sie grinsend. »Ja, ja. Na, wer hätte das gedacht.«

»Nun sag schon, was drinsteht«, verlangte er.

»Oje, oje.« Jelena schüttelte den Kopf. »Also, Sachen gibt es. Nein, nein, nein ...«

»Los jetzt!« Kökkenmöddinger fuchtelte mit der Hand herum. »Gib her!«

»Nicht doch.« Sie hielt das Blatt Papier in die Höhe und lachte. »Müssen wir Ihnen leider mitteilen, dass wir Sie verhaften ...«

Er schnaufte. »Das ist nicht witzig.«

»Meine Güte, hast du schlechte Laune«, maulte Jelena und legte den Brief auf den Tisch. »Es ist nur eine Vorladung.«

»Eine Vorladung?« Kökkenmöddinger griff alarmiert nach dem Schriftstück.

»Na klar, als Held bist du doch auch Zeuge.« Jelena trank Kaffee. »Was ist los mit dir? Du bist doch sonst immer so ein gelassener Philosoph.«

Er überflog das Schreiben. Das Raubdezernat der Dresdner Polizei lud ihn zu einer Vernehmung vor. Kurz, knapp und geradezu unverschämt sachlich. »Bei Verhinderung setzen Sie uns umgehend in Kenntnis«, las er laut. »Man könnte meinen, ich hätte Heinz überfallen.«

Jelena grinste. »Sei doch nicht so empfindlich. Was ist denn los mit dir?« Sie sah ihn forschend an. »Schleicht dir die Sache von damals noch nach? Ist es das?«

»Ach was!«, sagte Kökkenmöddinger gereizt, stand auf und holte das Telefon von der Station. Dann tippte er die Nummer ein, die als Durchwahl auf dem Briefbogen stand. Er achtete nicht wirklich darauf, wer sich am anderen Apparat meldete. »Kökkenmöddinger hier. Ich habe da Post von Ihnen ...«

»Das Aktenzeichen ...« Die männliche Stimme klang ungerührt.

»Bitte«, raunzte Kökkenmöddinger.

»Bitte?« Der Beamte schien ihn nicht zu verstehen.

»Ein Bitte wäre angebracht«, erklärte er. »Das Aktenzeichen, bitte.« Er hielt sich das Papier vor die Nase und las die lange Kombination aus Buchstaben und Zahlen vor, die dort angegeben war. »Bitte!«

»Moment, ich verbinde.« Klack.

»Ich dachte, das sei eine Durchwahl.« Kökkenmöddinger schnaufte.

»Hast du mal auf die Uhr geschaut?«, fragte Jelena. »Die sind bestimmt noch gar nicht zum Dienst angetreten.«

»Pokkers!«, schimpfte er.

»Raubdezernat zwei, Apparat Möller«, meldete sich eine weibliche Stimme. »Guten Morgen.«

»Kökkenmöddinger, guten Morgen. Sie haben mir eine Vorladung geschickt.«

»Das Aktenzeichen bitte«, verlangte sie.

Erneut leierte Kökkenmöddinger die Buchstaben-Zahlen-Reihe herunter.

»Tjelle Rasmus Kökkenmöddinger?«, fragte die Frau.

»Ja doch.« Er knetete das Schriftstück zwischen den Fingern. »Warum bekomme ich eine Vor-Ladung? Bin ich jetzt verdächtig, oder was?«

Jelena grinste in ihre Kaffeetasse.

»Sie sind ein Zeuge«, erklärte die Frau. »Wir möchten Sie erneut vernehmen. Deshalb bekommen Sie eine Vorladung. Passt Ihnen der Termin nicht?«

»Doch, doch«, sagte er. »Aber diese Vorladung hat mich stutzig gemacht. Das klingt, als hätte ich etwas verbrochen.«

Jetzt lachte die Frau. »Nein, nein. Das ist quasi eine Einladung. Nur bei uns und bei Gericht heißt eine Einladung eben Vorladung.«

»Bei Gericht?« Kökkenmöddinger sah, dass Jelena nun breit grinste.

»Im Amtsverfahren eben«, erwiderte die Beamtin. »Also werden Sie zum vorgeschlagenen Termin bei uns sein?«

Er bejahte und musste nun selbst schmunzeln.

»Ach, eine Frage noch.« Die Frau vom Raubdezernat raschelte mit Papier. »Wären Sie auch bereit zu einer anonymen Gegenüberstellung?«

Kökkenmöddinger horchte auf. »Sie haben schon jemanden festgenommen?«

»Nein«, gab sie Auskunft. »Aber bis zu Ihrer Vernehmung bestimmt.«

Pünktlich zum Schichtwechsel übergab Kökkenmöddinger das Taxi vor der Schranke zum Gelände der Uniklinik an einen Kollegen. Wie praktisch, dass der Kollege bereit war, direkt hier zu übernehmen. So hatte er die Möglichkeit, noch kurz in der Unfallchirurgie vorbeizuschauen. Denn auch die aktuellen Pressemeldungen hatten bisher keine neuen Erkenntnisse zur Botoxbande geliefert. Auch Jelena hatte nichts weiter in Erfahrung bringen können.

Mit einem kleinen Blumenstrauß in der Hand lief er quer über das Gelände zum Hauptportal, um von dort an Haus Nummer 19 verwiesen zu.

»Ist hier gleich nebenan«, hörte er den freundlichen Pfleger vom Empfang noch sagen und machte sich auf den Weg. Das erste Nebenan allerdings entpuppte sich als Haus Nummer 30, das nächste als Haus Nummer 59, dann stand er vor Haus Nummer 11, gleich neben Nummer 84.

Kökkenmöddinger kratzte sich am Kopf. Hatte in der Mathematik in den vergangenen Jahren ein Paradigmenwechsel stattgefunden? Er fuhr zwar häufiger Patienten zur Uniklinik, jedoch nur zum Eingang oder vor die Kliniken auf dem südlichen Teil des Geländes, wo die niedergelassenen Ärzte praktizierten. Er lief weiter, passierte Haus Nummer 15, dann 22 und landete in allzu vorfreudiger Erwartung vor Nummer 53 … Da, Haus Nummer 20! Da konnte die 19 nicht weit sein. An der Kreuzung entdeckte er einen Lageplan. Es war gleich dort vorn rechts … Kökkenmöddinger lief hinüber und betrat Haus Nummer 19, direkt gegenüber dem Hauptportal. Ach, nee. Grinsend betrat er das Gebäude, fand erfreulicherweise direkt die Station und meldete sich ganz regelkonform bei der Stationsschwester, die ihm den Weg zu Luigis Zimmer wies.

»Da wird sich Herr Manzini aber freuen.« Die Schwester öffnete die Tür zum Krankenzimmer und nahm ihm die Blumen ab. »Ich stelle die mal in eine Vase.«

Kökkenmöddinger trat ein und blickte sich scheu um. Krankenzimmer schüchterten ihn immer etwas ein. Außerdem haftete der Situation, einen Bekannten zu besuchen, der hilflos im Bett lag, etwas unfreiwillig Intimes an. Doch Luigi schien das nicht im Geringsten zu stören.

»Kökkenmöddinger, Amico!« Er richtete sich mühsam im Bett auf, hielt sich die Seite und stöhnte.

»Hallo Luigi.« Er sah sich erneut um. Immerhin waren die beiden anderen Betten leer. Dann musterte er Luigi. Er sah verwegen aus mit dem Verband um den Kopf. »Du siehst aus wie ein Pirat.«

»Ah, ist nichts am Kopf. Nur eine kleine Wunde«, winkte Luigi ab. »Der Wikinger besucht den Piraten.« Er schien sich das Lachen zu verkneifen. »Scusi, aber meine Rippen … Zwei sind kaputt. Lachen ist sehr schmerzhaft. Puh. Bring mich nicht zum Lachen!«

»Ich gebe mir Mühe.« Kökkenmöddinger zog sich einen Stuhl heran, als die Schwester hereinkam und die Blumen auf den Tisch stellte.

»Oh, vielen Dank.« Luigi nickte Kökkenmöddinger zu. »Blumen machen gute Laune, ohne dabei lustig zu sein.« Er zwinkerte.

»Wie ich sehe, bist du schon wieder fast der Alte«, stellte Kökkenmöddinger fest. »Ich komme gleich zur Sache.«

»Oho, eine Sache! Welche Sache?«

»Erzähl mir von dem Überfall!«, verlangte Kökkenmöddinger. »Die Zeitungen schreiben doch nur Mist. War es ein Vermummter? Einer mit Mütze, Kapuzen und so weiter?«

»Nein, nein.« Luigi schüttelte energisch den Kopf und fasste sich prompt an die Stirn. »Aua, porca miseria, ich vergesse ihn immer, diesen Kopf, bis er schmerzt.«

»Wie ist das Ganze abgelaufen?«, bohrte er weiter. »Kam einer herein und hat dich zusammengeschlagen? Oder waren es mehrere?«

»Oh, es war ein sehr schöner Abend«, berichtete Luigi. »Volles Haus, sehr nette Gäste. Alle ganz friedlich. Keine einzige Pizza angebrannt. Und selbst ein paar Kinder …«

»Luigi«, unterbrach ihn Kökkenmöddinger. »Du weißt, dass ich normalerweise nur beim Essen ungeduldig werde …«

»Ah, du hast Hunger? Ich habe da bestimmt …« Er begann, in seinem Nachttisch zu kramen.

»Nein, nein. Lass das!« Kökkenmöddinger hob abwehrend die Hand. »Ich will nur sagen: Ich bin etwas in Eile, weil ich nachher noch eine Verabredung habe. Deshalb komm bitte schnell zum Wesentlichen. Wer hat dich wann und wie überfallen? Und vor allem: womit?«

»Eine Verabredung?« Luigi grinste. »Mit einer Frau?«

»Wieso fragst du?« Kökkenmöddinger war irritiert, vermutlich, weil Luigi recht hatte. Er schmunzelte.

»Was soll jemanden wie dich aus der Ruhe bringen, wenn nicht eine Frau?«, verkündete Luigi. »Erzähl mir von ihr!«

»Nicht doch. Nicht jetzt«, entgegnete Kökkenmöddinger. »Also, der Überfall!«

»Na gut.« Der Italiener seufzte. »Also, der Abend war toll. Und dann war da dieser letzte Gast … Er wollte noch ein Bier.«

»Und du hast es ihm gegeben?«

»Naturalmente.« Luigi stöhnte. »Es war ein sympathischer Typ. Kein Säufer oder so. Ich dachte, er hat Ärger mit seiner Frau.« Er seufzte. »Dann musste er zum Auto, um seine Portemonnaie zu holen …«

»Und du bist nicht misstrauisch geworden?«, fragte Kökkenmöddinger. »Er hätte doch türmen können?«

»Nein, nein. Ich sagte doch: Ein ganz sympathischer Typ. Er kam gleich zurück und bezahlte auch sein Bier.« Luigi fasste sich an den Kopf und verzog das Gesicht. »Und als die Kasse offen war, hatte er plötzlich eine dicke Spritze in seiner Hand.« Luigi zeigte eine imaginäre Spritze von der Größe einer Salatgurke, und Kökkenmöddinger grinste. Er selbst hatte eine Spritze vor Augen gehabt, die etwa halb so groß gewesen war.

Luigi zeigte auf seinen linken Arm. »Er wollte meine Einnahmen, und ich habe vor Schreck die Hände gehoben. Ich habe schreckliche Angst vor Spritzen. Und er hat zugestochen! Mamma mia, was für Schmerzen! Dabei hätte ich ihm alles gegeben. Alles!«

Nun musste Kökkenmöddinger doch lächeln.

»Nach kurzer Zeit war meine ganze linke Seite wie eingeschlafen und ich konnte mich nicht mehr halten. Ich bin gestürzt ...«

»Dann hast du dir beim Sturz deine Verletzungen zugezogen?«, fragte Kökkenmöddinger.

Luigi nickte eifrig. »Si, si.«

»Und der Täter? Was hat er gemacht? Wie sah er aus?«

»Er hat das Geld genommen ... und ein paar Flaschen Wein. Ziemlich billige Sorten. Keine Ahnung. Das hat Sylvia gesagt.« Luigi schien sich nur vage zu erinnern.

Kökkenmöddinger griff sich an die Stirn. »Mensch, aber du hast ihn doch gesehen! Wie sah der Typ aus?«

»Sympathisch ... Ein Mann, der abends noch ein Bier trinkt.« Er zuckte die Achseln. »Vielleicht so alt wie ich, vielleicht so alt wie du ...«

»Luigi, wir sind im gleichen Alter.« Kökkenmöddinger schüttelte den Kopf.

»Dann vielleicht in unserem Alter«, sagte Luigi. »Ein bisschen größer als ich, ein bisschen kleiner als du. Ein totaler Durchschnittstyp.«

»Ach, Luigi ...« Kökkenmöddinger seufzte. »Du könntest dich schon mal ein bisschen anstrengen.«

»Scusi!« Er ruderte mit den Armen, stöhnte auf und hielt sich die Seite. »Ich weiß es nicht mehr. Ich war wie gelähmt.«

»Weißt du, was er dir gespritzt hat?«

Luigi schüttelte den Kopf und jammerte.

Kökkenmöddinger überlegte. Warum war dieser Mann ein so großes Risiko eingegangen? Er musste doch damit rechnen, dass Luigi ihn wieder erkannte. Wieder einmal tauchten die Bilder von damals vor seinem inneren Auge auf. In der einsamen Gefangenschaft war seine größte Angst nicht die vor dem Verhungern oder Verdursten gewesen. Seine größte Angst war die vor den Entführern, deren Gesichter er kannte. Er hatte damit gerechnet, dass sie ihn töten würden, um nicht identifiziert zu werden. Aber vermutlich behielt Jelena mal wieder recht: Er unterstellte diesen kriminellen Existenzen zu viel logische Kompetenz.

Die Schwester betrat mit einem Tablett das Zimmer. »So, meine Herren, das war's für heute.«

In der Wohnung von Adelheid Bergmann-Hillmer duftete es verlockend nach einer irritierenden Mischung aus Fisch, Kaffee und Zimt. Der mitgebrachte Strauß bunter Gerbera passte hervorragend auf den Tisch, auf dem bereits ein Weißwein in einem Kühler stand und runde Käsehäufchen auf den Verzehr warteten. Flackernde Kerzen tauchten alles in heimeliges Licht.

Hyggelig, dachte Kökkenmöddinger. Das war ein dänisches Wort für eine umfassende Atmosphäre, die man im Deutschen nur mit einem ganzen Arsenal an Vokabeln umschreiben konnte … von angenehm, geborgen, gemütlich bis hin zu lieblich, sorgfältig, niedlich. Doch das traf es alles nicht. Es war eben hyggelig; ein Sprachphilosoph hätte vermutlich wohlbefindlich daraus gemacht.

Die Gastgeberin hatte gerade Musik ausgewählt, und eine soulige Frauenstimme erfüllte den Raum. Woher kannte er diese Musik?

»Mögen Sie Hanne Boel?«, fragte die Kuratorin.

»Wen?« Kökkenmöddinger schnupperte. Er konnte sich keinen Reim auf diese eigenwillige, aber charmante Duftmischung machen. Duftkerzen schieden bei einer Frau wie Adelheid auf jeden Fall aus.

»Die Sängerin …« Sie lächelte. »Hanne Boel ist eine Landsmännin von Ihnen. Ich höre sie sehr gern.«

»Oh ja, sehr schön.« Er kannte die Sängerin bestimmt. Doch jetzt hatte er Hunger.

»Öffnen Sie bitte schon mal den Wein? Ich muss noch schnell den Lachs anbraten.«

Kökkenmöddinger kümmerte sich um die Weinflasche. Lachs also. Das war gut. Damit konnte man nicht viel falsch machen.

Sie stellte eine Schüssel voller Salatblätter auf den Tisch. »Ich hoffe, Sie verzeihen den Stilbruch, aber beim Dressing habe ich auf Dijonsenf zurückgegriffen.«

Er lachte. »Bei gutem Essen verzeihe ich fast alles, solange nur viel davon vorhanden ist.«

Sie lachte ebenfalls. In der Küche zischte das heiße Fett. »Oh, der Lachs.«

Kökkenmöddinger prüfte die Temperatur des Rieslings und stellte die Flasche zurück in den Kühler. Der brauchte noch einen Moment.

»Haben Sie den Gauguin heute erfolgreich auf die Reise geschickt?«, fragte er, als sie nun mit zwei Tellern voller Lachsscheiben, umrahmt von heller Sauce, an den Tisch trat. Woher kam nur dieser dezente Kaffeeduft?

»Den Gauguin?« Sie stellte die Teller ab. »Nein. Ich habe beschlossen, das selbst in die Hand zu nehmen.« Sie wandte sich ab. »Moment, ich stelle nur den Nachtisch noch in den Ofen. Dann …«

Sie verschwand erneut, und Kökkenmöddinger dachte an die eigenartige Szene vor dem Albertinum. Sie hatte Knut Franzen offenbar tatsächlich von seinem Auftrag entbunden.

»So bitte.« Adelheid Bergmann-Hillmer nahm am Tisch Platz.

Auch Kökkenmöddinger setzte sich und fächelte sich den Duft zu. Kaffee mischte sich mit einem Hauch von Zitrone und … Safran. »Verraten Sie mir, was das ist?«

»Probieren Sie.« Sie griff zum Besteck.

»Velbekomme … guten Appetit.« Er kostete den Lachs und ließ ihn sich auf der Zunge zergehen. »Das schmeckt …«

»Ja?« Sie sah ihn an.

»Grandios.« Er seufzte. »Was haben Sie nur mit diesem Lachs gemacht?«

Sie nahm die Flasche aus dem Kühler, goss zunächst sich einen Schluck ein, füllte dann sein Glas und schließlich ihres. »Zum Wohl.«

Kökkenmöddinger erhob sein Glas. »Auf die Freundschaft!«

Sie lachte. »Der Lachs ist in einer Kaffeemarinade gebeizt.«

»Fantastisch.« Kökkenmöddinger fuhr sich mit der Zunge über die Lippen. »Ob der Lachs bei Lebzeiten von diesem Nirwana auch nur etwas geahnt hat?«

Sie lachte und nahm eines der Käsehäufchen.

»Sagen Sie …« Kökkenmöddinger beobachtete, wie sie die Beilage neben dem Lachs arrangierte und dann zur Gabel griff. »Und den Gauguin bringen Sie jetzt selbst nach England? Zusammen mit Klimts *Buchenwald*?«

Die Kuratorin sah ihn aus großen Augen an. »Woher …?« Das Wort hing ebenso in der Luft wie ihre mit Lachs gefüllte Gabel. Sie räusperte sich und legte die Gabel zurück auf den Teller. Dann nahm sie die Weinflasche und füllte die halbvollen Gläser auf. »Ich meine, woher wissen Sie denn von dieser Ausstellung?«

Kökkenmöddinger schob sich noch einen Bissen in den Mund und kaute genüsslich. »Herr Franzen hat mir davon erzählt. Und er hat mir auch erklärt, dass Gauguin und Klimt quasi biografisch gut in eine gemeinsame Ausstellung passen.«

Adelheid Bergmann-Hillmer zeigte keinerlei Regung.

»Aber Knut Franzen kennen Sie ja gar nicht, richtig?«, legte er nach. »Vielleicht sollte ich Sie beide mal miteinander bekannt machen …«

»Ach, den Knut Franzen meinen Sie!« Die Kuratorin nahm ihr Besteck wieder auf. »Doch, doch, den kenne ich natürlich. Flüchtig.«

»Er scheint ein Experte für Originale zu sein«, sagte Kökkenmöddinger. »Oder waren es Fälschungen? Jedenfalls bin ich erstaunt, wie kriminell es offenbar auf dem Kunstmarkt zugeht.«

»Nun ja, es soll da in der Tat einen illegalen Markt geben.« Sie nippte am Riesling. »Allerdings ist die Fälschung von Kunstwerken eine ganz besonders anspruchsvolle Kunst. Sie erfordert mehr Geschick, Kenntnisse und Disziplin, als die Kunst selbst.«

Kökkenmöddinger fokussierte ihre Fingerspitzen. Der rechte Zeigefinger bearbeitete den verpflasterten Daumen. »Sie meinen, wenn es wirklich intelligente und talentierte Verbrecher gibt, dann sind das Kunstfälscher?«, fragte er.

»Ja, so könnte man es wohl sehen.« Sie hüstelte. »Aber in unserem beschaulichen Dresden können Sie da ganz unbesorgt sein.«

»Ich bin nicht besorgt.« Er lachte. »Ich könnte ein Original sicher nicht von einer Fälschung unterscheiden. Ich freue mich auch über ein schönes buntes Bild, wenn es gefälscht ist.« Kökkenmöddinger nahm einen Schluck Riesling. »Ich dachte nur, Sie würden sich aufgrund solcher Befürchtungen lieber selbst um die Bilder kümmern, die als Leihgaben in andere Ausstellungen gehen.«

Adelheid Bergmann-Hillmer hustete und schnappte nach Luft. Sie hatte sich offenbar verschluckt.

Kökkenmöddinger sprang auf, lief in die Küche und schnappte sich das erstbeste Glas. Während er Leitungswasser hineinlaufen ließ, nahm er den süßen, fast weihnachtlichen Zimtduft noch stärker als zuvor wahr. Er eilte zurück zum Tisch und reichte der Kuratorin das Wasser.

Sie trank in hastigen Schlucken.

»Geht es wieder?« Er setzte sich.

Sie schaute ihn an und einen Moment lang wirkte es, als ob sie etwas fragen wollte. Sie schien innerlich mit sich zu ringen, entschied sich dann aber offenbar fürs Schweigen. Nun gut. Kökkenmöddinger bediente sich an den Käsehäufchen und ließ sich Schimmelkäse, Radieschen und Schnittlauch auf der Zunge zergehen. Diese Smørrebrød-Variante war ausgesprochen delikat.

Dann wandte er sich wieder der schweigenden Kuratorin zu. »Sie tragen sie.«

»Was?« Sie sah kurz auf.

»Sie tragen die Ohrringe. Das ist schön. Sie stehen Ihnen ausgezeichnet«, stellte er fest.

Jetzt lächelte Adelheid Bergmann-Hillmer. »Ich bin auch sehr glücklich, dass die beiden wieder zusammen sind.«

Kökkenmöddinger lächelte. »Wissen Sie denn noch, wo Sie den Ohrring verloren haben?«

»Ich nehme doch an, im Museum, wo Sie ihn gefunden haben«, entgegnete sie.

Er schüttelte den Kopf. »Ich habe den Ohrring gar nicht im Museum gefunden …«

»Sondern wo?« Sie kniff die Augen zusammen und sah ihn durchdringend an.

»Zwischen den Rechercheunterlagen eines Zeitungsjournalisten«, erklärte er. »Jochen Wegbaum. Kennen Sie ihn?«

»Nie gehört.« Sie griff zum Weinglas. »Für welche Zeitung arbeitet er?«

»Für keine mehr.« Kökkenmöddinger kreuzte das Besteck auf dem Teller. »Jochen ist tot.«

»Bitte?« Sie leerte ihr Weinglas in einem Zug. Dann sah sie ihn wieder durchdringend an. »Herr Kökkenmöddinger, nun mal heraus mit der Sprache! Wer sind Sie eigentlich? Ein verdeckter Ermittler, oder so was?«

Er lehnte sich schmunzelnd zurück. »Gäbe es denn bei Ihnen etwas zu ermitteln, Frau Bergmann-Hillmer?«

Sein Schmunzeln gefror, als er sah, wie sich ihre Augen mit Tränen füllten und sich ihre Gesichtszüge verzerrten.

»Nicht doch«, stammelte Kökkenmöddinger. »So war es doch nicht gemeint.«

Doch er schien sie nicht mehr zu erreichen. Ein Schluchzen schüttelte sie und die Tränen liefen hemmungslos.

Er starrte sie an. Dann nahm er eine Serviette und reichte sie ihr. »Ich, ähm, es tut mir leid ...« Hilflos beobachtete er, wie sie sich die Serviette vors Gesicht presste und weiter schluchzte.

»Kann ich irgendetwas tun?« Kökkenmöddinger hatte sich schon lange nicht mehr so hilflos gefühlt.

Die Kuratorin schniefte. »Es geht ... gleich ... wieder.« Dann wurde sie erneut von einem Schluchzen geschüttelt.

In diesem Moment stieg Kökkenmöddinger ein beißender Geruch in die Nase. Da brannte etwas an.

»Die ... Zimt ... Schnecken«, japste Adelheid Bergmann-Hillmer hinter ihrer Serviette hervor.

Er lief in die Küche und war froh, etwas tun zu können. Topflappen. Wo waren hier Topflappen? Er sah sich um, griff nach zwei Küchenhandtüchern und öffnete den Backofen. Schnell zog er das Backblech heraus und legte es auf dem Ceranfeld ab. Dann schaltete er den Ofen aus. Auf dem Blech lagen dunkle Teigklumpen. Wie schade! Er liebte Zimtschnecken.

Als Kökkenmöddinger an den Tisch zurückkehrte, hatte sich die Kuratorin zum Glück etwas beruhigt. Sie schenkte erneut Wein nach und nahm einen großen Schluck.

»Sie sollten nicht so viel trinken«, hörte Kökkenmöddinger sich sagen. Warum tat er das? Er sollte einfach die Klappe halten.

Sie winkte ab. »Zu spät. Außerdem traue ich mich so wenigstens, Ihnen die ganze Geschichte zu erzählen.«

## 26. Klartext?

»Jelena!« Kökkenmöddinger rüttelte an ihrer Schulter. »Du musst aufwachen!«

Sie blinzelte in die frühe Morgensonne. »Kökki? Was ist los? Brennt es?«

»Schlimmer! Werd endlich wach! Wir müssen etwas unternehmen!«

Jelena setzte sich im Bett auf. »Was ist denn los? Und wie spät ist es überhaupt?«

»Noch ganz früh, aber höchste Zeit«, erklärte er. »Ich bin gerade nach Hause gekommen, von Adelheid.«

Jelena stöhnte. »Weckst du etwa ausgerechnet mich, um mir von deiner neuen Flamme vorzuschwärmen.« Sie reckte sich. »Wenn du dich an sie ranschmeißt, musst du selbst zusehen, wie du damit klarkommst. Ich bin doch nicht dein ...«

»Halt, stopp!« Kökkenmöddinger griff nach ihrem Arm. »Es geht nicht um Beziehungskram. Es geht um Jochen, seine Story, die Fälschungen ... Adelheid wird erpresst.«

»Sie hängt also mit drin. Das habe ich mir gedacht.« Jelena schwang sich aus dem Bett. »Deine komische Kuratorin mit dem Koffer, die Leute anbrüllt, die sie angeblich nicht kennt.« Sie verzog das Gesicht. »Und nun hat sie dir wohl irgendeine wilde Geschichte aufgetischt, damit du Ruhe gibst.« Sie zupfte ihr knappes T-Shirt zurecht.

»Sehe ich so aus, als ob ich Ruhe geben würde?«, fragte Kökkenmöddinger gereizt.

Sie fuhr sich durch die Haare. »Ich finde, du siehst aus, als ob du gerade gehörig verarscht wirst.«

»Fragt sich nur, von wem.« So zickig hatte er Jelena noch nie erlebt. Sie war tatsächlich eifersüchtig. Er konnte sich ein Grinsen der Genugtuung kaum verkneifen. »Nun hör dir die Geschichte doch erst einmal an, bevor du Adelheid verteufelst.«

»Gut, dann aber beim Frühstück.« Sie warf sich eine Strickjacke über. »Wenn du mich schon vor dem Wecken überfällst, will ich wenigstens etwas davon haben.«

Eine Viertelstunde und eine heiße Dusche später setzte sich Kökkenmöddinger mit frischsortierten Gedanken zu Jelena an den Frühstückstisch.

»Also, es ist so«, hob er an.

Jelena schob ihm ein Stück Toast in den Mund.

»Jetzt lass doch mal!«, wehrte er ab und legte die Scheibe auf den Teller. »Also, Adelheid hat einen Neffen, der bei ihr wohnt. Er studiert hier in Dresden.«

»Wow. Das tun fast vierzigtausend Leute hier in Dresden.« Jelena schlürfte Kaffee.

»Er heißt Achim«, fuhr Kökkenmöddinger fort. »Und er ist etwas sonderbar.«

»Ich möchte wetten, von den knapp vierzigtausend Studenten sind etwa zwanzigtausend etwas sonderbar.« Jelena verdrehte die Augen.

»Jetzt hör doch mal auf!«, verlangte er barsch. »Dieser Achim wurde entführt.«

»Echt?« Jelena stellte abrupt die Tasse ab.

»Ja, man hat ihn entführt, um seine Tante unter Druck zu setzen«, erklärte Kökkenmöddinger.

»Der Koffer auf dem Parkplatz ...« Jelena schien zu überlegen. »War das eine Lösegeldübergabe?«

»Nein.« Er zog den Beutel aus der Teetasse und warf ihn achtlos auf den Teller. »In dem Koffer waren Sachen für Achim. Sie hat diesem Kontaktmann die Sachen für Achim mitgegeben. Er ist schon länger in der Hand seiner Entführer.«

»Sagt Adelheid«, konstatierte Jelena.

»Ja, sicher.« Er runzelte die Stirn. »Warum sollte sie lügen?«

»Weil sie mehr zu verbergen hat«, antwortete Jelena ungerührt. »Aber erzähl erst mal weiter. Was will man denn von der Dame?«

»Sie soll Kunstfälschungen im großen Stil decken.« Kökkenmöddinger nippte an seinem Tee. »Es geht um Bilder, die als Leihgaben verschickt werden und dann zurückkommen …«

»Als Fälschung!«, ergänzte sie.

»Genau.« Er nickte. »Während die Originale aus dem Albertinum in anderen Museen oder Galerien hängen, werden einige gegen Fälschungen eingetauscht.«

Jelena stützte die Ellenbogen auf den Tisch. Aber was wird dann aus den Originalen? Diese Bilder sind doch so bekannt, dass man sie kaum bei Sotheby's oder Christie's versteigern kann.«

»Das weiß Adelheid nicht«, sagte er. »Ich musste allerdings an das denken, was Knut Franzen uns erzählt hat.«

Jelena runzelte die Stirn. »Der erzählt immer sooo viel. Was genau meinst du denn?«

»Er hat doch von amerikanischen Kunstsammlern gesprochen, die ein Vermögen für ein echtes Gemälde zahlen, nur um es in ihrem Besitz zu wissen.«

»Aber so wie Franzen die beschrieben hat, sind das doch keine Kenner«, erinnerte sich Jelena. »Da könnte man denen doch viel leichter die Kopien unterjubeln.«

Kökkenmöddinger runzelte die Stirn. »Ich vermute, sie lassen die Kunstwerke von Experten prüfen …«

»Dann sollte diese Kunstmafia solche Experten kaufen. Das ist doch sicher viel einfacher, als hier umständlich Kuratorinnen unter Druck zu setzen.«

»Sie haben es wohl zunächst mit Geld versucht«, sagte Kökkenmöddinger. »Sie haben ihr sogar viel Geld geboten, doch sie hat immer wieder abgelehnt.«

»Wie ehrenwert!« Jelena zog die Augenbrauen hoch. »Und deshalb setzt sie also das Leben ihres Neffen aufs Spiel.«

»Sie konnte doch nicht ahnen, dass es so weit kommen würde«, warf er ein. Allerdings teilte er Jelenas Bedenken durchaus. Auf Geld ließ sich Adelheid nicht ein, aber auf diese weitaus schlimmeren Bedingungen schon. Sie hätte die Bestechungsgelder nehmen und zur Polizei gehen können …

»Wieso hat sie sich eigentlich nicht auf das Geldangebot eingelassen und ist zur Polizei gegangen?«, fragte Jelena prompt. »Das wäre doch naheliegend. Und überhaupt … Was sagt die Polizei denn zu der Sache? Normalerweise fackeln die bei Entführung und Erpressung doch nicht lange?«

»Sie will keine Polizei einschalten.« Kökkenmöddinger nippte am heißen Tee. »Sie hat Angst, also Angst um ihren Neffen. Sie kümmert sich um den Jungen, seit sein Vater, also ihr Bruder tödlich verunglückt ist beim Klettern – übrigens gemeinsam mit Adelheids Mann. Sie ist Witwe.«

»Mein Gott, das ist ja eine rührende Geschichte.« Jelena seufzte demonstrativ. »Wenn du mich fragst, etwas zu rührend, um wahr zu sein.«

»Findest du?« Kökkenmöddinger war irritiert.

»Ja, es klingt ein bisschen frisiert, wie eine *Tagespost*-Posse, nachdem Klaus sie überarbeitet hat.« Jelena grinste spöttisch. »Du bist eben zu gutgläubig. Was mich allerdings stutzig macht, sind die Recherchen von diesem Jochen. Irgendetwas ist da dran, wenn du mich fragst.«

»Mhm …« Kökkenmöddinger knabberte jetzt doch an seinem Toast.

»Und was ist los zwischen deiner komischen Kuratorin und unserem Kunst-Knut?«, wollte Jelena wissen.

»Ich weiß nicht so recht.« Auch ihm kam das Ganze recht seltsam vor. »Sie hat zugegeben, dass sie sich kennen. Ich nehme an, sie will ihn loswerden, damit er nicht dazwischenfunkt.«

Jelena sah ihn an. »Oder der Typ hat auch seine Finger im Spiel. Er scheint ja ein Experte für Fälschungen zu sein, und er kennt sich offenbar mit dem illegalen Kunsthandel in Übersee aus.«

Kökkenmöddinger überlegte. »Aber würde er dann so herumtönen?«

»Unwahrscheinlich.« Jelena nahm einen Schluck Kaffee. »Obwohl … Er ist ein Mann. Die sind manchmal so …«

»Was soll denn das jetzt heißen?«

»Na, dass es da Exemplare gibt, die sich nicht unbedingt intelligent verhalten, wenn sich eine Gelegenheit zum Prahlen ergibt.« Sie grinste.

»Jedenfalls müssen wir dringend etwas unternehmen!« Kökkenmöddinger dachte an seine Gefangenschaft in der Industrieruine und all die Bilder, die ihn bis heute immer wieder einholten.

»Wir?«, fragte Jelena.

»Ja. Wir. Ich brauche deine Hilfe.« Kökkenmöddinger seufzte. »Wir müssen diesen Achim da rausholen.«

»Und was ist mit der Polizei?«, hakte sie nach.

»Du hast doch selbst gesagt: Die fackeln nicht lange. Das ist zu gefährlich. Und wenn das mit den Fälschungen bis zur Presse durchsickert, haben wir einen Riesenskandal.« Kökkenmöddinger rieb sich das Kinn. »Dann ist Achim so gut wie tot.«

Jelena löffelte nachdenklich etwas Joghurt. »Wenn ich allerdings an Jochen Wegbaum denke … Meinst du, der Neffe kommt da lebend raus? Ich meine, wenn diese krude Geschichte überhaupt stimmt …«

»Natürlich stimmt sie. Und uns fällt etwas ein«, verkündete er im Brustton der Überzeugung. »Und dann ist Achim in Sicherheit, du bekommst die ganze Story exklusiv, und Jochen, der ist zumindest rehabilitiert.«

»Ach, Kökki!« Jelena lächelte. »Du träumst mal wieder von einer besseren Welt.«

Er stand auf. »Ich träume nicht nur. Ich tue etwas dafür.«

Hinter dem Hauptbahnhof lenkte Kökkenmöddinger das Taxi an den Fahrbahnrand der Bayrischen Straße. Seit die Fernreisebusse hier hielten, herrschte fast rund um die Uhr Platzmangel.

»Und die meisten Leute finden das nicht einmal schlimm. Sie bemerken es erst gar nicht.« Sein Fahrgast kramte Geld aus seinem Portemonnaie.

»Quittung?«, fragte Kökkenmöddinger.

»Ja, bitte.« Er bezahlte und gab ein großzügiges Trinkgeld.

Kökkenmöddinger schmunzelte. Das hatte er sich allerdings auch verdient. Immerhin hörte er sich seit einer Dreiviertelstunde Schimpftiraden über Medien und Volksverdummung an. Er füllte den Quittungsvordruck aus und reichte ihn dem Kunden.

»Wissen Sie, was ich mich oft frage?« Er öffnete die Beifahrertür. »Ich frage mich ernsthaft, ob all diese Menschen in den Fernsehshows, in den elektronischen Netzwerken, im Radio und auf der Leinwand … Ich frage mich, ob diese Personen überhaupt real existieren.«

»Das ist in der Tat eine spannende Frage«, gab Kökkenmöddinger zu.

»Man könnte doch komplette Existenzen virtuell erfinden.« Der Fahrgast sah auf seine Uhr. »Mein Zug! Ich muss mich beeilen. War sehr nett, mit Ihnen zu plaudern. Tschüs!« Er stieg aus und warf die Tür zu.

»Ahoi.« Kökkenmöddinger sah ihm nach, wie er zwischen den Menschen im Eingang zur Bahnhofshalle verschwand. Ganze Existenzen erfinden … sie rein virtuell erschaffen. Sein Gehirn begann zu kribbeln.

In diesem Moment wurde die Beifahrertür aufgerissen. »Da bist du ja!«

»Heinz?« Kökkenmöddinger zuckte zusammen, als der Kollege sich auf den Sitz schwang. »Hast du mir aufgelauert?«

»Ja, klar. Wir haben gleich Schichtende.« Erst jetzt bemerkte Kökkenmöddinger, dass sein Kollege einen Pappordner bei sich hatte, den er aufschlug. »Ich habe mich noch ein bisschen weiter umgeschaut. Also, billig ist das Zeug ja nicht.«

»Welches Zeug?« Kökkenmöddinger sah sich um. Man hielt sein Taxi offenbar für belegt.

»Dieses Nervengift. Botulinumtoxin.« Heinz zog Notizzettel und Ausdrucke aus seinem Ordner. »Es wird aus einem bestimmten Bakterium gewonnen, dem Clostridium botulinum. Das kackt das Gift quasi aus.«

»Wie bitte?« Kökkenmöddinger sah ihn erstaunt an. Durch seine Gedanken krabbelten immer noch virtuelle Existenzen.

»Nun ja, unter bestimmten Bedingungen – keine Luft, keine Hitze – scheiden diese Bakterien Gift aus. Und in Pharmafabriken wird dann mit kostspieligem Aufwand Botox produziert. Kulturen vermehrt, jede Menge chemische Bearbeitungen, und das ist alles von der Außenwelt total abgeschottet.«

Kökkenmöddinger rieb sich die Stirn. »Ich habe in der Zeitung gelesen, dass Botox auch als Biowaffe entwickelt wurde.«

Heinz nickte eifrig. »Dazu habe ich auch etwas gefunden: Die Pharmafirmen, die Botox herstellen, müssen das Kriegswaffenkontrollgesetz berücksichtigen. Die können das also nicht einfach so verteilen.« Er zeigte auf ein vollgekritzeltes Blatt Papier. »Das Medikament wurde übrigens bis vor ein paar Jahren ausschließlich von einem amerikanischen Konzern hergestellt. Inzwischen gibt es aber auch in England und Deutschland jeweils einen Hersteller …«

»Das wären ja nur drei Botox-Fabrikanten«, sagte Kökkenmöddinger. »Das kann ich nicht glauben.«

»Natürlich gibt es Nachbauten aus Fernost.« Heinz zeigte ihm einen Ausdruck, den ein Amtslogo des Bundeskriminalamtes zierte. »Asiatische Produkte bekommst du hier nur auf dem Schwarzmarkt. Soll saumäßig gefährlich sein, das Zeug.«

»Wie gut, dass ich zu meinen Falten stehe.« Kökkenmöddinger lachte.

»Ja, du lachst …« Heinz wurde von Kökkenmöddingers Handy unterbrochen.

»Moment.« Auf dem Display stand Jelenas Name. Kökkenmöddinger nahm den Anruf entgegen.

»Hast du Feierabend?«, fragte sie unvermittelt.

Er nickte. »Ja, ist gleich so weit.«

»Sehr gut. Dann musst du sofort herkommen«, schnaufte Jelena.

»Wo bist du denn? Und was ist überhaupt los?« Er konnte nicht umhin, sich sofort Sorgen zu machen.

Jelena klang gehetzt. »Komm in die Galerie Neue Meister! Deine komische Kuratorin flippt irgendwie aus!«

Eine halbe Stunde später eilte Kökkenmöddinger durch den hinteren Eingang des Albertinums in den Lichthof. Von weitem sah er Jelena winken und hielt inne.

Sie stand mit Knut Franzen und Adelheid in einer Ecke. Die Kuratorin gestikulierte wild, und auch der Kunstexperte wirkte aufgebracht. Offenbar waren sie sich nur dahingehend einig, nicht allzu viel Aufmerksamkeit auf sich zu ziehen. Die Stimmen blieben gedämpft, doch Dank der speziellen Akustik des Lichthofes konnte Kökkenmöddinger sie dennoch verstehen.

»Sie werden sich hier nicht auf meine Kosten vor der Presse profilieren, Franzen!«, zischte Adelheid.

»Warum denn auf Ihre Kosten?«, hielt Knut Franzen dagegen. »Ich möchte Frau Jankow doch nur gern einige Bilder zeigen, die ich bereits auf Ausstellungen vermittelt habe.«

»Ich will aber nicht, dass die Presse in meiner Galerie herumschnüffelt.« Die Kuratorin verschränkte die Arme vor der Brust. »So was muss mit der Öffentlichkeitsarbeit abgestimmt werden. Wir gehören zu den Staatlichen Sammlungen. Da gibt es eine Pressestelle und offizielle Wege, die einzuhalten sind.«

»Darum geht es doch gar nicht, Frau Bergmann-Hillmer«, erklärte Jelena. »Ich bin nicht wirklich als Journalistin hier. Das ist mehr privat.«

»Genau«, sagte Franzen. »Sie können Frau Jankow doch nicht den Zugang zum Museum verweigern, weil sie Journalistin ist.«

Adelheid schüttelte den Kopf. »Nein. Herr Franzen, Sie sind hier nicht privat. Sie arbeiten für uns. Und da kann ich Ihnen sehr wohl untersagen, Journalisten durch die Gemäldesammlung zu führen.«

»Frau Bergmann-Hillmer, es geht dabei wirklich um etwas anderes, um so eine Art Freundschaftsdienst«, setzte Jelena erneut an. »Sie kennen doch Herrn Kökkenmöddinger.«

»Was hat der jetzt damit zutun?« Die Kuratorin schien zu zögern. »Und was geht es Sie an, wen ich kenne?«

»Wie gut kennen Sie ihn denn?«, wollte Jelena wissen.

»Warum sollte ich Ihnen das unter die Nase reiben?«, entgegnete Adelheid.

»Weil er es uns sowieso erzählt.« In Jelenas Stimme schwang Triumph. »Er ist nämlich hier.« Sie winkte ihm zu.

Kökkenmöddinger lief durch die Halle zu den Dreien hinüber.

»Warum hetzen Sie mir hier die Presse auf den Hals?«, empfing sie ihn übellaunig.

»Adelheid, das ist doch nicht die Presse«, beschwichtigte Kökkenmöddinger. Er begrüßte Knut Franzen. »Das ist meine Freundin Jelena.«

Jelena grinste. »Ja, ich bin eine ziemlich gute Freundin von Kökki.«

»Ach, so ist das.« Die Kuratorin sah Kökkenmöddinger an. »Und was heißt das?«

»Dass sie aus reinem Kunstinteresse hier ist, so wie ich«, erklärte Kökkenmöddinger.

»Na, das ist ja schön.« Adelheid kniff die Lippen zusammen. »Dann will ich niemanden aufhalten.« Sie wandte sich an Franzen. »Aber Sie haben hier nichts mehr verloren. Ich dachte, wir hätten das geklärt. Ich kümmere mich in Zukunft selbst um die Leihgaben für die externen Ausstellungen.«

»Ist das Ihr letztes Wort?« Knut Franzen wirkte beleidigt.

Die Kuratorin zog die Augenbrauen hoch. »Allerdings.«

# 27. Künstliche Entbindung

»Seit wann ist Ihr Neffe denn in den Händen der Entführer?«, fragte Jelena.

Sie saßen im Wohnzimmer der Kuratorin, die gerade damit beschäftigt war, Tee einzuschenken. »Genau genommen ist er seit zwei Wochen verschwunden. Allerdings wollte er eine Reise unternehmen. Dieser Mensch, dieser ... Er hat sich erst vor einer Woche bei mir gemeldet.«

»Zwei Wochen!« Kökkenmöddinger schnaufte.

»Welcher Mensch?«, hakte Jelena nach.

»Dieser Mann, der schon vorher versucht hat, mich zu bestechen«, erklärte die Kuratorin. »Erst hat er mir Geld geboten, ohne zu sagen, worum es geht. Dann hat er mir noch mehr Geld angeboten. Und erst als ich zum dritten Mal diese sogenannte Zusammenarbeit ablehnte, wurde er unangenehm. Den Rest kennen Sie ja.«

»Moment mal!« Jelena sah Kökkenmöddinger an, dann wandte sie sich wieder an Adelheid. »Warum sind Sie denn nicht zur Polizei gegangen, Frau Bergmann-Hillmer? Wenn Sie zum Schein auf die Bestechung eingegangen wären, hätte man diese Leute doch sofort überführen können.«

»Sie haben natürlich recht.« Adelheid knibbelte an ihren Fingerkuppen. »Ich habe einfach zu lange überlegt. Und dann hatten sie auch schon Achim.« Sie seufzte schwer. »Und nun weiß ich nicht, was ich machen soll. Ich spiele mit, weil mir nichts anderes übrig bleibt. Irgendwann muss es ja vorbei sein.«

Kökkenmöddinger stellte seine Tasse scheppernd ab. »So lange können wir nicht warten. Wir müssen Ihren Neffen befreien. Je länger es dauert, desto mehr schwinden seine Chancen, da halbwegs gesund wieder herauszukommen.«

»Ist dir deine Heldennummer zu Kopf gestiegen?«, fragte Jelena. »Wir müssten an die Hintermänner herankommen. Das scheint doch eine Art Kunstmafia zu sein, die dahintersteckt. Wie willst du das bewerkstelligen?« Sie sah Adelheid an. »Und Sie hatten bisher immer nur mit demselben Mann Kontakt? Kennen Sie ihn?«

»Ja, es war immer derselbe.« Die Kuratorin wich ihrem Blick aus. Und nein, ich kenne ihn nicht.« Sie wischte sich die Augen. »Ich habe furchtbare Angst, dass die Fälschungen auffliegen, bevor Achim in Sicherheit ist.«

»Das verstehe ich.« Kökkenmöddinger nickte. »Allerdings ist er ein wichtiger Zeuge. Sobald er frei ist, könnten Sie den ganzen Schwindel auffliegen lassen. Ich fürchte, diese Möglichkeit werden diese Verbrecher ohnedies nicht riskieren.«

»Sie meinen, die werden ihn sowieso töten?« Adelheids Stimme krächzte.

»Ich will Ihnen nicht noch mehr Angst machen, meine Liebe, aber wir sollten den Tatsachen ins Auge sehen. Es kann nicht glimpflich ausgehen, wenn wir nicht schnell etwas unternehmen.« Er musterte Jelena, die skeptisch dreinblickte.

»Verlangen Sie ein Lebenszeichen«, schlug Jelena vor. »Sie müssen Ihnen beweisen, dass Ihr Neffe noch lebt. Sonst können Sie den ganzen Coup doch sofort zum Platzen bringen.«

»Ich glaube auch nicht, dass er schon tot ist«, sagte Kökkenmöddinger. »Das wäre zu gefährlich für das gesamte Unterfangen.« Er überlegte. »Diese Leute müssen verdammt nah an Ihnen dran sein …«

»Genau.« Jelena nickte. »Das heißt auch, dass wir ganz unauffällig vorgehen müssen.«

»Womit? Ich meine, wie?« Die Kuratorin wirkte verwirrt. Glauben Sie mir, ich zermartere mir schon die ganze Zeit das Hirn nach einer Lösung, oder auch nur nach dem Ansatz einer Lösung.« Sie stützte den Kopf in die Hände. »Doch das Einzige, was mir bisher einfiel, war auszuharren und die Situation zu vertuschen.«

»Reagieren Sie deshalb so allergisch auf Knut Franzen?« Kökkenmöddinger sah Jelena an.

Die Griff seinen Gedanken auf. »Sie müssen Franzen von den Kunstwerken fernhalten, damit er die Fälschungen nicht bemerkt!«

Die Kuratorin sah auf und lächelte schwach. »Ja. Das lief bisher sogar recht gut. Ich habe ihn organisieren und auswählen lassen. Natürlich nur die Originale. Um den Rücktransport habe ich mich dann selbst gekümmert.«

»Und warum gibt es jetzt Probleme?«, fragte Kökkenmöddinger. »Hat er etwas bemerkt?«

»Warum wollen Sie Franzen ausgerechnet jetzt loswerden?«, setzte Jelena hinzu.

»Diese Leute haben bestimmte Bilder bestellt.« Adelheid seufzte. »Es wird schwieriger. Ich war froh, diese Ausstellung in Südengland gefunden zu haben, die sowohl Klimt als auch Gauguin gebrauchen können. Das Risiko ist geringer, wenn man gleich zwei Bilder … eintauschen kann.«

»Schluss jetzt damit!« Kökkenmöddinger hieb verärgert auf den Tisch. Ihm reichte es. »Wir können nicht warten, bis diese Mafia sämtliche Kunstwerke durch Fälschungen ersetzt hat.«

»Ich wusste gar nicht, dass du so ein Kunstliebhaber bist«, warf Jelena mit spöttischem Unterton ein. »Hast du etwa eine der Fälschungen als solche erkannt?«

»Nein, natürlich nicht. Aber es ist nur eine Frage der Zeit, bis eine der Fälschungen entdeckt wird.« Er schnaufte. »Mir selbst sind diese Bilder allesamt herzlich egal!«

»Wirklich?« Die Kuratorin sah ihn mit erstauntem Blick an. »Aber …«

»Nichts aber!« Er schlug erneut auf den Tisch. »Ihr Neffe muss befreit werden, und dieser ganze Schwindel muss ein Ende haben. Wir müssen diesen Leuten eine Falle stellen.«

»Und wie?« Jelena sah ihn an. »Verfolgen wir diesen Kontaktmann?«

»Das wäre auch eine Möglichkeit«, sagte Kökkenmöddinger. »Aber es wäre auch ziemlich gefährlich. Für Achim und auch für Adelheid. Vor allem, wenn wir uns nicht absichern.«

»Keine Polizei!«, rief die Kuratorin dazwischen.

»Nein, keine Polizei.« Kökkenmöddinger rieb sich die Schläfe. Er spürte wieder ganz deutlich das Kribbeln unter der Kopfhaut. »Wir müssen sie mit ihren eigenen Waffen schlagen ...«

»Wir entführen den Kontaktmann?« Jelene legte die Stirn in Falten. »Also ich weiß nicht ...«

»Quatsch«, unterbrach Kökkenmöddinger sie. »Wir brauchen ein neues Objekt für sie. Ein neues Kunstwerk für die Gangster. Irgendetwas, das ihre Hintermänner unbedingt haben wollen. Etwas, das sie unvorsichtig werden lässt.«

»Und dann?«, fragte Jelena.

»Dann stellen wir ihnen die Falle.« In Kökkenmöddingers Kopf tummelten sich Gedankenfetzen zu nicht realen Existenzen und ihrer Medienpräsenz. Eine wichtige Person erfinden ... So etwas musste doch zu schaffen sein. Er lehnte sich zurück.

»Du meinst, wir schmuggeln selbst eine Fälschung ein?« Jelena klang nun aufgeregt. »Wir jubeln ihnen etwas unter, das wir dann zurückverfolgen können ... Dafür brauchen wir allerdings Verbündete.«

»Ja, vor allem brauchen wir Knut Franzen.« Kökkenmöddinger dachte an die von Franzen erwähnten internationalen Sammler. »Der muss mitmachen.«

»Ausgeschlossen«, protestierte die Kuratorin.

»Es tut mir leid, liebe Adelheid«, sagte Kökkenmöddinger bestimmt. »Aber es wird nicht anders gehen. Sie werden sich in dieser Situation damit arrangieren müssen.«

»Aber das geht doch nicht«, jammerte Adelheid.

»Warum denn nicht?«, mischte sich Jelena ein. »Steckt Franzen mit den Verbrechern unter einer Decke, oder vermuten Sie so etwas?«

»Franzen?« Adelheid schaute sie aus roten Augen an. »So weit habe ich noch gar nicht gedacht. Aber möglich wäre es natürlich schon …«

»Papperlapapp«, ging Kökkenmöddinger dazwischen. »Franzen ist vertrauenswürdig. Das muss er auch sein, wenn mein Plan funktionieren soll.«

»Und was ist das für ein Plan?«, bohrte Jelena nach.

Kökkenmöddinger legte den Finger auf die Lippen und schüttelte fast unmerklich den Kopf. »Nicht jetzt«, flüsterte er. Er musste erst noch darüber nachdenken. Und die Kuratorin machte bereits einen so verwirrten Eindruck, dass er ihre Nerven nicht noch weiter strapazieren wollte. Auch sie musste nach außen hin normal funktionieren, wenn alles klappen sollte.

Kökkenmöddinger erhob sich. »Jelena, wir müssen nach Hause.«

Auch Jelena stand auf. »Gut. Ich bin startklar.«

»Ich glaube, heute Abend zieht bei uns noch jemand ins Gästezimmer ein.« Er schmunzelte und reichte der Kuratorin die Hand zum Abschied.

»Sie …« Adelheid sah von Jelena zu Kökkenmöddinger. »Sie leben zusammen?«

Jelena nickte. »Leben ist vielleicht etwas weit gefasst. Wir teilen uns eine Wohnung.«

Kökkenmöddinger lächelte. »Genau, ich wohne zusammen mit Jelena und dem dritten Zimmer.«

Sie verabschiedeten sich und fuhren schweigend im Aufzug hinunter. Kökkenmöddinger bemerkte, dass es Jelena schwerfiel, nicht nachzufragen. Sie kämpfte mit sich, bis sie das Auto erreichten.

»Und du vertraust also diesem Franzen voll und ganz?«, platzte sie heraus.

»Nein, nicht wirklich«, gab Kökkenmöddinger zu. »Doch irgendwo müssen wir mit einem Vertrauensvorschuss anfangen, wenn wir das Ganze so durchziehen wollen.«

Jelena fuhr sich durch die Haare. »In ihn ist dieses Vertrauen sicherlich besser investiert als in Adelheid.«

»Das glaube ich nicht. Ich denke, dass du sie einfach nur nicht magst.«

»Das stimmt.« Jelena verzog das Gesicht. »Sie ist eine unangenehme Person.«

»Das finde ich nicht.« Kökkenmöddinger sah sie an. »Magst du sie vielleicht nur nicht, weil ich sie mag? Liegt es daran?«

»Nein.« Jelena schüttelte den Kopf. »Mich wundert es nicht einmal, dass du sie magst, denn zu dir ist sie wirklich nett. Du solltest nur wissen, dass das bei ihr nicht Standard ist. Zu andere ist sie alles andere als nett.«

»Das ist Blödsinn«, sagte Kökkenmöddinger. »Ich habe mich übrigens längst für morgen mit Knut Franzen verabredet.«

»Ach?« Jelena wirkte überrascht.

Er nickte. »Ja, ich konnte doch nicht riskieren, dass er vorzeitig abreist.«

»Und was hast du für einen Plan? Los, erzähl schon!«, drängelte Jelena.

Kökkenmöddinger startete den Wagen. »Ich muss noch eine Nacht darüber schlafen.«

»Da ist er ja, der Kökkenmöddinger«, hörte er einen Mann sagen.

»Ja, ja, unser Kökkenmöddinger.« Das war doch Adelheids Stimme.

Er spitzte die Ohren.

»Sind wir vollzählig?«, fragte Jelena.

»Ja, wir können loslegen.«

Heinz? Kökkenmöddinger stutzte. War Heinz zu Besuch gekommen?

Jetzt erst bemerkte er, dass ganz viele Leute um ihn herum versammelt waren. Sogar Bärbel …

»Die Verhandlung ist eröffnet«, sagte sie. »Jeder darf seine Anklage vorbringen.«

Das Gesicht seines Kollegen Jürgen tauchte vor ihm auf. »Kökkenmöddinger ist habgierig und geizig. Er trinkt mir immer meinen Kaffee weg.«

»Und zornig wird er schnell, richtig rachsüchtig«, sagte Adelheid. »Er will unbedingt seine eigenen Erlebnisse rächen. Er will gar nicht meinen Achim retten.«

»Maßlos gierig ist er«, höhnte Heinz. »Sinnlose Völlerei, er frisst sich überall durch.«

»Ein arroganter Typ«, befand Knut Franzen. »Er maßt sich allzu viel Wissen an.«

»Dabei ist er nur ein Taxifahrer«, rief Luigi. »Und er ist zu träge, um sich selbst Essen zu machen.«

»Und furchtbar wollüstig ist er«, schimpfte Jelena. Sie trug ihren Bademantel falsch herum. »Kökkenmöddinger hat immer nur Sex im Kopf.«

»Das stimmt.« Stellvertreter-Klaus stand mit mahnend erhobenem Zeigefinger vor ihm. »Und dann ist er immerzu eifersüchtig auf Jelenas Männer!«

Kökkenmöddinger duckte sich unwillkürlich unter all den Vorwürfen.

»So ein feiger kleiner Sünder!«, riefen Jelena und Adelheid im Chor.

Plötzlich schwebte der tote Jochen durch den Raum und summte leise: »Er ist ein Lügner und Betrüger!«

»Lügner, Lügner, Lügner!«, riefen die Stimmen durcheinander.

»Das Urteil lautet …« Bärbel schlug mit einer Bratpfanne auf den Tisch. »Sauerbraten.«

Kökkenmöddinger fuhr hoch und fand sich zwischen seinen

Kissen wieder. Er schaltete die Nachttischlampe ein und erkannte auf dem Ziffernblatt seines Weckers, dass es noch vor sechs Uhr früh war. Er fuhr sich mit der Hand übers Gesicht, schüttelte sich und schmunzelte. Was für ein bescheuerter Traum!

Allerdings inspirierte ihn Bärbels Urteil. Er stieg aus dem Bett und tapste in die Küche, um gleich mal nachzusehen, was der Kühlschrank Sündiges zu bieten hatte. Er nahm ein Stück Käse, einen Pudding und ein paar Würstchen heraus, arrangierte alles auf einem Teller, kramte Besteck hervor und ließ sich am Esstisch im Wohnzimmer nieder.

Der Laptop war noch an, und nach einer leichten Bewegung der Mouse zeigte der Bildschirm die Seiten, die Kökkenmöddinger zuletzt am Abend besucht hatte. Er hatte sich über beliebte Motive in der Malerei informiert und war bei den sieben Todsünden hängengeblieben. Fasziniert hatte ihn vor allem das Werk von Hieronymus Bosch. Auch Dix hatte die Todsünden als Motiv gewählt. Kökkenmöddinger biss in ein Würstchen, kaute und schob ein Stück Gouda nach. Kein Wunder, dass er von einem Sündentribunal geträumt hatte. Allerdings hatte sich mit dem toten Jochen und der Lüge eine zusätzliche Sünde in seinen Traum geschlichen.

»Guten Morgen.« Jelena tauchte hinter ihm auf und strich ihm flüchtig über den Nacken. »Was schaust du dir denn da an? Hieronymus Bosch? Der gehört aber nicht zu den Neuen, sondern zu den Alten Meistern.«

Er drehte sich mit dem Stuhl zu ihr um. »Sag mal, was hältst du von dem Titel *Die achte Todsünde*?«

Knut Franzen schmunzelte. »Wirklich sehr nett. Jetzt werde ich schon wieder zum Essen eingeladen.«

Kökkenmöddinger klappte die Speisekarte zu. »Ich empfehle die Pizza Mafiosa.«

Auch der Kunstexperte legte die Karte zur Seite. »Mafiosa klingt ja richtig gefährlich.«

»Damit sind wir gleich beim Thema.« Kökkenmöddinger wollte keine Zeit verlieren. »Es geht um kriminelle Machenschaften rund um die Kunst, namentlich die Galerie Neue Meister. Und ich mache es kurz: Wir brauchen Ihre Unterstützung.«

»Hoppla!« Knut Franzen lachte. »Kriminelles in der Kunst? Ist etwas abhandengekommen? Oder wurden Sie bei einem Gemäldetransport im Taxi überfallen?«

Kökkenmöddinger schnaufte. »Das ist kein Scherz! Wir brauchen tatsächlich Ihre Hilfe. Es ist ernst. Jemand wurde entführt.«

Die Miene des Kunstkenners verfinsterte sich. »Und wer ist wir?«

»Kökkenmöddinger, mein Freund!« Luigi trat an den Tisch. Er trug nur noch ein Pflaster an der Stirn, wirkte jedoch noch immer recht mitgenommen. »Wie geht es dir?«

»Wie geht es dir? Solltest du nicht noch eine Weile das Bett hüten statt zu arbeiten?«

»Ich arbeite gar nicht«, sagte Luigi. »Ich kontrolliere nur die Arbeit meiner Mitarbeiter.« Jetzt sah er Knut Franzen an.

»Das ist übrigens Herr Franzen«, stellte Kökkenmöddinger vor. »Ein Kunstkenner und Feinschmecker.«

Luigi starrte Franzen an.

»Knut Franzen ist ein Freund, der mir in einer sehr kniffligen Angelegenheiten helfen wird«, fuhr Kökkenmöddinger fort. »Das werden Sie doch, Herr Franzen, nicht wahr?«

Der Kunstexperte schien sich unbehaglich zu fühlen. Er wich Luigis starrem Blick aus. »Das werde ich.«

»Ein Freund also?« Luigi sah Franzen noch immer unverwandt an. »Bist du da sicher, Kökkenmöddinger?«

Er beobachtete den Wirt. Kannte er Franzen? Aber woher sollten die beiden sich kennen? »Luigi, wir nehmen zweimal die Pizza Mafiosa.«

Luigis Blick verfinsterte sich.

»Nein, ich möchte die Antipasti«, sagte Knut Franzen.

»Soso.« Luigi betrachtete den Kunstexperten mit gerunzelter Stirn.

»Luigi, gib bitte die Bestellung weiter«, verlangte Kökkenmöddinger freundlich, aber bestimmt. »Wir haben etwas zu besprechen. Vertraulich.«

Luigi wandte sich ab. »Sylvia, zweimal Mafiosa!«

»Nein, für Herrn Franzen bitte die Antipasti«, korrigierte Kökkenmöddinger.

Luigi winkte ab.

»Was hat der Mann denn?«, fragte Knut Franzen.

Kökkenmöddinger sah Luigi nach. »Tut mir leid. Sonst benimmt er sich nicht so eigenartig. Aber er ist vor kurzem überfallen worden. Ich denke, das wirkt noch nach.«

»Überfallen?« Der Kunstkenner schüttelte den Kopf. »Sind Sie wirklich Taxifahrer? Um Sie herum lauert ja regelrecht das Verbrechen.«

Kökkenmöddinger seufzte. »Momentan habe ich ebenfalls diesen Eindruck. Doch ich kann Sie beruhigen. Ich bin ausschließlich Taxifahrer.«

»Sie müssen es am besten wissen.« Er nahm einen Schluck Wasser. »Dann erzählen Sie mal, was ich für Sie tun soll.«

»Es geht um Kunst, Fälschungen und um eine Zwangslage.« Kökkenmöddinger blieb vorsichtig. »Adelheid Bergmann-Hillmer braucht dringend Unterstützung. Sie wird erpresst. Man hat ihren Neffen entführt.«

»Die Kuratorin?« Der Kunstexperte schnaubte. »Verstehen Sie mich bitte nicht falsch. Ihnen helfe ich natürlich gern. Aber diese Bergmann-Hillmer ist eine wirklich unangenehme Person.«

»Finden Sie?« Kökkenmöddinger wunderte sich. Der Kunstexperte benutzte fast die gleiche Formulierung wie Jelena am Abend zuvor.

»Sie müssen sie nicht verteidigen«, erklärte Franzen lächelnd. »Dass Sie diese Frau mögen, wundert mich nicht. Ihnen gegenüber verhält sie sich wohl charmanter. Allerdings geht sie sonst wahrlich anders mit ihren Mitmenschen um.«

Kökkenmöddinger runzelte die Stirn. »Ich denke, das darf man nicht so eng sehen. Sie ist zurzeit im Stress. Sie steht schließlich unter enormem Druck. Aber das können Sie natürlich nicht wissen.«

»Nein, davon weiß ich nichts, das ist richtig«, sagte Knut Franzen. »Aber ich kenne diese Frau schon recht lange. Wir kannten uns schon, als sie noch eine rein kommerziell ausgerichtete Galerie im Rheinland leitete.«

»Sie helfen uns trotzdem?«, vergewisserte sich Kökkenmöddinger.

»Das habe ich doch gesagt.« Der Kunstexperte nickte. »Ihnen helfe ich gern. Außerdem muss ich zugeben, dass sich Ihre Ideen sehr abenteuerlich anhören. Ich bin neugierig.«

»Sagt Ihnen der Name Kasimir Gschwendtner etwas?« Kökkenmöddinger beobachtete Franzen genau.

»Nie gehört«, entgegnete er. »Wer ist das?«

»Sein Künstlername ist Kaser Mir«, legte Kökkenmöddinger nach.

»Ein Künstler also …« Der Kunstexperte schüttelte den Kopf. »Auch der Name sagt mir nichts.«

»Dann müssen wir das ändern«, erklärte Kökkenmöddinger. »Können Sie mich heute Abend zu Hause besuchen? Mich und Frau Jankow? Dann stelle ich Ihnen Kaser Mir vor.«

Knut Franzen wirkte verblüfft. »Ja, gern, wenn ich Ihnen damit helfen kann.«

»Guten Appetit!« Sylvia servierte lächelnd zweimal Pizza Mafiosa.

# 28. Sündenfall

»Was, bitte schön, machst du da?« Jelena stand in der Tür und blickte in das dritte Zimmer.

Als Kökkenmöddinger sich umsah, musste er beim Anblick des Ambientes selbst schmunzeln. Auf Tisch, Stuhl, Sessel, Regal und dem Fußboden standen und lagen Farbtöpfe, Klebe- und Lösungsmittel, Pinsel, Tuben und Werkzeuge. Er kniete auf dem Gästebett vor einem zwei mal ein Meter großen mit Leinwand bespannten Holzrahmen, der an der Wand lehnte. Immerhin war die Grundierung schnell getrocknet, und nun zierte eine große liegende Acht in leuchtendem Lila die Leinwand.

»Die Acht.« Kökkenmöddinger deutete auf das im Werden begriffene Bild. »Liegend ist sie auch das mathematische Zeichen für unendlich.«

»Unendlich also?« Jelena bahnte sich zwischen Tuben und Tiegeln einen Weg zu ihm. »Du willst das also wirklich durchziehen …« Es war mehr eine Feststellung als eine Frage.

Er nickte. »Gut, dass du da bist.« Er nahm den bespannten Rahmen vom Bett und lehnte ihn an den Schrank. Dann breitete er ein Handtuch auf dem Bett aus. »Leg dich hin!«

»Nee, mein Lieber, so nicht.« Jelena verschränkte die Arme. »Im Übrigen habe ich so gar keine Lust.«

»Nicht doch.« Kökkenmöddinger grinste breit. »Da soll mal jemand sagen, wir Männer würden immer nur an Sex denken. Du denkst an die falsche Todsünde. Ich bin schon eine Stufe weiter.« Er reichte ihr einen Cremetopf. »Nun leg dich schon hin und creme dir gründlich das Gesicht ein.«

Während Jelena achselzuckend tat, worum er sie gebeten hatte, weichte Kökkenmöddinger einige Gipsbinden aus der Apotheke in Wasser ein.

»So, und nun Augen zu und stillhalten.« Er legte ihr die erste Schicht der Binden aufs Gesicht.

»Ich, kalt«, maulte Jelena.

»Jetzt nicht mehr reden«, verlangte Kökkenmöddinger und drückte vorsichtig eine weitere Schicht auf. »Bekommst du genug Luft?«

»Mhmm«, machte Jelena.

»Gut.« Er trug die dritte und letzte Schicht auf, modellierte dabei die Augenbrauen und Nase etwas, so dass der Abdruck markanter wurde.

Dann betrachtete er zufrieden sein Werk. »So, jetzt musst du etwa ein halbe Stunde so bleiben.«

»Mhmm«, machte es unter der Maske.

Kökkenmöddinger wertete das als Zustimmung, griff zu Pinsel und Farbe und malte mit zügigen Bewegungen eine stilisierte Wendeltreppe rechts neben die Acht auf die Leinwand. »Schwindelig wie Schwindel«, murmelte er.

Danach begann er, Farben in verschiedenen Braun- und Olivtönen zu mischen und ließ aus der linken oberen Ecke der Leinwand ein Tarnmuster unregelmäßig bis zur Mitte des Bildes wachsen.

»Mhmm, mhmm«, machte Jelena und ruderte mit den Armen.

»Ja, ja, Moment noch.« Kökkenmöddinger pauste die Zeichnung eines Gehirns mitten auf das Bild und zog die äußeren Linien mit einem dicken weichen Bleistift nach. Nun setzte er einen Radiergummi an, radierte einen Teil der angedeuteten Hirnwindungen aus, bestrich eine Seite des Radiergummis mit Alleskleber und drückte den Gummi fest auf die Leinwand. Es funktionierte. Der Radiergummi hielt.

»Mhmm!« Jelena klang jetzt fordernder. »Mhmm!«

Also löste er vorsichtig die bereits erstarrte Gipsmaske.

Jelena fuhr sich mit den Händen durchs Gesicht. »Das juckt ja fürchterlich.«

»Ja, aber es hat sich gelohnt.« Er präsentierte ihr das halbfeuchte Gebilde, bevor er es zum Trocknen auf den Tisch legte.

»Wow!« Jelena betrachtete die Leinwand. »Originell.«

»Ja, ich habe die Lüge visualisiert.« Er lachte. »Aber jetzt muss ich mir die Hände waschen.« Kökkenmöddinger verschwand ins Bad und griff zu einem Stück Seife, um sich die Hände gründlich mit Schmiermittel einzuseifen. Er spülte sich die Hände ab und legte die Seife mit einem Küchentuch trocken. Dann trug er sie ins dritte Zimmer, griff zum Schraubenzieher und ritzte das Wort *Intrige* hinein. Hoffentlich hielt der starke Alleskleber auch das Stück Seife auf der Leinwand.

Nanu? Wo war Jelena denn hin? Er sah sich um, als sie in der Tür erschien. In der Hand hielt sie ein kleines Gefäß mit schwarzer Flüssigkeit und eine Feder.

»Während du dir die Hände in Unschuld gewaschen hast, fiel mir auf, dass man bei der Lüge immer etwas zu vertuschen hat.« Sie tunkte die Feder in die schwarze Tusche und begann, Wörter an den oberen Rand der Leinwand zu kritzeln.

»Lie, mensonge, mentira, bugia«, las Kökkenmöddinger. »Was ist das?«

»Na, Lügein allen möglichen Sprachen«, erklärte Jelena und ergänzte weitere Wörter in exotischen Schriftzeichen, die sowohl kyrillische als auch arabische und asiatische Zeichen umfassten.

Kökkenmöddinger klebte mit sanftem Druck die Seife neben die stilisierte Wendel-Schwindel-Treppe, trat einen Schritt zurück und betrachtete zufrieden ihr Werk. »Unverkennbar: *Die achte Todsünde.*«

Die Türklingel schrillte.

»Das wird der Kunst-Knut sein. Öffnest du bitte? Ich mache hier noch klar Schiff.« Kökkenmöddinger räumte eilig Pinsel, Farben, Tuben und Töpfe in eine Kiste.

Als Knut Franzen den zwölften Stock erreichte, waren die Spuren des Herstellungsprozesses beseitigt. Nur das fast fertige Bild lehnte am Schrank im dritten Zimmer, während Kökkenmöddinger bereits den Rotwein entkorkte und die Gläser auf den Tisch stellte.

Jelena führte den Kunstexperten herein.

»So, nun bin ich aber neugierig«, begrüßte ihn Franzen. »Zu diesem Gschwendtner habe ich absolut keine Informationen gefunden. Gschwendtner war doch der Name, oder?«

»Ja.« Kökkenmöddinger nickte. »Kasimir Gschwendtner. Oder eben Kaser Mir.« Er grinste. »Bisher findet man noch nichts über ihn. Doch das wird sich über Nacht schlagartig ändern.« Er zwinkerte Jelena zu. »Mit Ihrer und unserer Hilfe wird Kaser Mir morgen als Komet am Künstlerhimmel erscheinen.«

Am frühen Morgen war es endlich so weit. Kaser Mir hatte – zumindest virtuell – Gestalt angenommen. Und auch die Gipsmaske war trocken und konnte am Bild angebracht werden.

»Gute Arbeit«, lobte Kökkenmöddinger, als er auf die Website sah, die Jelena über Nacht gebastelt hatte.

»Sehr glaubwürdig«, ergänze Knut Franzen schmunzelnd und deutete auf die Fotocollagen, die Ausstellungen in allen möglichen internationalen Galerien suggerierten.

Jelena grinste. »Nun ja, presserechtlich sicher nicht ganz einwandfrei, aber der Zweck heiligt in diesem Fall die Mittel.«

»Ja, ja, wo gehobelt wird, da fallen Späne«, sagte Franzen.

»Nicht doch, die Skulpturen von Kaser Mir lassen wir weg, wir brauchen nur Gemälde.« Kökkenmöddinger lachte herzhaft.

Knut Franzen fischte sich den Ausdruck einer Pressemitteilung aus dem Drucker. »Kaser Mir ist also Thema unseres Interviews, Frau Jankow?«

»Genau.« Jelena nahm einen Schluck Wein. Sie hatten mittlerweile die dritte Flasche geöffnet, den Alkohol über Nacht allerdings mit reichlich Wasser und Kaffee verdünnt. »Meine Kollegen werden sich anschließend auf Sie stürzen.«

»Das ist der Plan.« Kökkenmöddinger gähnte verhalten.

»Jetzt muss nur noch die Kuratorin mitspielen«, gab Franzen zu bedenken.

»Das wird sie«, versprach Kökkenmöddinger. »Wir tun es schließlich für sie.«

»Und für Jochen«, fügte Jelena hinzu.

»Jochen?« Der Kunstexperte sah Kökkenmöddinger fragend an. »Wer ist das denn nun wieder?«

»Ein Freund von mir, der jetzt tot ist.« Kökkenmöddinger fuhr sich mit der Hand über das Gesicht. »Eine lange Geschichte.«

Jelena drehte sich um. »Erzähl die Geschichte ruhig. Ich schicke dann schon mal die Pressemitteilungen raus. Und danach gibt es Frühstück.«

»Es ist kurz vor zehn, beeilt euch«, sagte Jelena, als Kökkenmöddinger und Knut Franzen die Leinwand in den Lichthof trugen.

Dort wurden sie und *Die achte Todsünde* schon von Adelheid Bergmann-Hillmer und einer Staffelei erwartet. Vorsichtig hievten sie das Artefakt darauf. Die Gipsmaske hatte Jelena unterhalb des teilweise ausradierten Gehirns angebracht, so dass sie den Betrachter aus leeren Höhlen anzustarren schien.

Kökkenmöddinger trat ein paar Schritte zurück und betrachtete *Die Lüge*. Die Kuratorin stand daneben und knibbelte an ihren Fingerspitzen. Sie wirkte mehr als nervös.

»Die Ersten warten schon am Georg-Treu-Platz.« Knut Franzen reckte sich. »Die vielen Kameras lassen vermuten, dass eine ganze Menge Presseleute dabei sind.«

Auch Jelena versucht jetzt einen Blick durch die gläsernen Türen zu erhaschen. »Ja, ich kenne einige Gesichter. Und da ist sogar Klaus persönlich, mit einem Fotografen.«

»Klaus?« Kökkenmöddingers Miene verfinsterte sich. Diesen Stellvertreter-Klaus konnte er nur schwer ertragen. Außerdem machte ihm die Sache mit dem Fotografen Sorge. Die halbe Redaktion dieser Zeitung kannte ihn ja als den »tapferen Taxifahrer«. »Wenn die *Tagespost* hier in großer Besetzung anrückt, sollte ich mich besser zurückziehen. Wer weiß, was die sich sonst noch so zusammenreimen.«

Jelena lachte. »Womöglich stoßen diese Spinner dann noch auf die Wahrheit hinter dieser Lüge ...«

»Wir werden Ihren Kaser Mir schon ins rechte Licht rücken«, versprach Franzen mit einem Seitenblick auf Adelheid. »Das werden wir doch, nicht wahr?«

Die Kuratorin lächelte etwas gezwungen. »Natürlich. Und vielen lieben Dank für alles.« Sie senkte den Blick. »Entschuldigung, aber ich bin etwas aufgeregt.«

»Machen Sie sich keine Gedanken«, sagte Knut Franzen. »Die Leute kommen doch wegen des großzügigen Geschenks von Kaser Mir an die Gemäldegalerie. Sie kommen nicht, um die ganze Ausstellung zu besuchen. Und selbst, wenn sie es tun. Ich habe mir die betreffenden Gemälde inzwischen eingehend angeschaut. Die Fälschung sind so gut, dass Sie wirklich ganz beruhigt sein können.«

Kökkenmöddinger nickte. »Wenn Sie das sagen, bin ich ebenfalls beruhigt.« Er sah, dass Museumsmitarbeiter sich anschickten, die Türen zu öffnen. »Zeit für mich, zu verschwinden. Viel Glück!«

Er verließ das Albertinum in Richtung Brühlsche Terrasse. Draußen atmete er tief durch und gähnte herzhaft. Nach dieser Nacht und dem frühen Frühstück brauchte er jetzt erst einmal richtig etwas zu essen.

Kökkenmöddinger öffnete die Wohnungstür. Jelena war offenbar noch bei der Arbeit.

Er war froh, dass er heute Abend seine Schicht etwas früher als üblich beenden konnte. Die Müdigkeit zerrte erheblich an seinen Lidern. Doch das kannte er noch aus seiner Zeit der schlaflosen Nächte damals nach dem Überfall.

Natürlich hatte er am Nachmittag aufmerksam Radio gehört und online die Meldungen verfolgt. Sogar zwei seiner Fahrgäste hatten ihn auf die neue Errungenschaft der Galerie Neue Meister angesprochen. Wenn das so weiterginge, würde sich bald kein Kulturmensch mehr trauen, den Namen Kaser Mir nicht zu kennen. Jetzt mussten nur noch diese Fälscher, oder besser gesagt, deren Auftraggeber und Hintermänner auf Kaser Mir anspringen.

Kökkenmöddinger war in dieser Hinsicht optimistisch, nachdem das Bild überall erwähnt wurde: »Künstler stiftet der Galerie Alte Meister sein neuestes Werk.« oder »*Die achte Todsünde – Lüge* – ein Geschenk von Kaser Mir an das Dresdner Albertinum«.

Besonders gut gefiel Kökkenmöddinger das Zitat aus einem Interview mit der Kuratorin, das auch von überregionalen Medien aufgegriffen wurde. Auf Jelenas Frage, warum man erst so kurzfristig von diesem Bild erfahren habe, hatte Adelheid geantwortet: »Wir mussten diese großartige Neuigkeit aus Sicherheitsgründen bis zum Schluss geheim halten. Kaser Mirs Werke sind ein internationaler Geheimtipp und werden mit Unsummen auf Insidermärkten gehandelt. Wir sind unglaublich glücklich, dass der Künstler ausgerechnet unsere Institution als Gunstempfänger gewählt hat.«

Er hatte dieses Zitat jetzt mehrfach gelesen und musste dennoch immer wieder darüber schmunzeln. Was für ein riesiger amüsanter Schwindel! Wenn nur der ernste Hintergrund nicht gewesen wäre …

Wo blieb eigentlich Jelena? Er sah auf die Uhr. Es war bereits kurz vor Mitternacht, und sie musste doch auch furchtbar müde sein.

Kökkenmöddinger wählte Jelenas Handynummer. Doch das Einzige, was er zu hören bekam, war die Ansage ihrer Mailbox.

Er stellte das Radio an. Vielleicht hatte sie ja noch Dienst im Studio. Doch auf Radio Elbradar lief längst die allabendlichen Oldies-Sendung, die für gewöhnlich Musikredakteure im Wechsel moderierten. Trotzdem lauschte Kökkenmöddinger noch einige Minuten lang angespannt dem Gedudel. Vielleicht … Aber am Mikrofon war nur eine Männerstimme.

Er drehte dem Radio den Ton ab und wählte erneut Jelenas Nummer. Gerade, als sich die Mailbox einschaltete, hörte Kökkenmöddinger den Schlüssel in der Wohnungstür.

Er drückte das Telefonat weg und eilte zur Tür. »Jelena!« Erleichtert breitete er die Arme zur Umarmung aus, doch Jelena duckte sich weg.

»Hast du eingekauft?« Sie lief in die Küche und gab sich die Antwort gleich selbst. »Super! Essen und Trinken würdest du wahrscheinlich nie vergessen!«

»Wo hast du gesteckt?« Kökkenmöddinger beobachtete, wie sie einige Kekse verspeiste. »Ich habe mir schon Sorgen gemacht.«

»Die machen ich mir inzwischen auch.« Sie goss Saft in ein Glas. »Diese ganze Geschichte wird immer eigenartiger.« Sie setzte das Glas an und leerte es in einem Zug.

»Wie meinst du das?« Er sah sie aufmerksam an. »Wenn ich das heute richtig verfolgt habe, läuft es doch gut mit der plötzlichen Popularität von unserem neuen Stern am Künstlerhimmel.«

»Ja, das schon.« Jelena lief aus der Küche durchs Wohnzimmer und öffnete die Balkontür.

Kökkenmöddinger folgte ihr nach draußen und beobachtete missbilligend, wie sie eine Schachtel Zigaretten zückte.

»Ich habe deine komische Kuratorin heute Abend nach Hause gebracht.« Jelena fummelte eine Zigarette aus der Packung.

»Dann warst du noch bei Adelheid?« Kökkenmöddinger wusste nicht recht, ob er darüber erleichtert sein sollte. Es hörte sich zwar harmlos an, doch Jelena war sichtlich aufgebracht.

Sie schüttelte den Kopf und zündete ihre Zigarette an. »Diese Frau war abweisend, wie immer. Zumindest zu mir ist sie immer so, wenn du nicht dabei bist. Jelena inhalierte und ließ den Rauch durch die Nase entweichen. »Außerdem hat sie behauptet, sie bekäme noch Besuch von einer alten Schulfreundin.«

Kökkenmöddinger beobachtete ihren abweisenden Gesichtsausdruck und entschied sich, erst einmal nichts zu sagen.

»Das war natürlich gelogen«, berichtete sie. »Adelheid hat sich so seltsam verhalten, dass ich mir das sofort gedacht habe.«

Jelena lehnte sich an die Balkonbrüstung und sah hinaus in den Nachthimmel. Unwillkürlich stellte er sich neben sie. Immerhin ging es dahinter zwölf Stockwerke in den Abgrund. »Und?«

»Ich habe vor dem Haus gewartet, und ich hatte recht«, sagte Jelena. »Ein paar Minuten, nachdem ich sie abgesetzt hatte, kam sie wieder heraus – diesmal in Jeans und Turnschuhen. Erst dachte ich, sie wolle joggen gehen. Aber sie hatte irgendwelche Ordner unter dem Arm und stieg in ihr Auto.«

Kökkenmöddinger kniff die Augen zusammen, um Sterne und Lichter am Himmel voneinander unterscheiden zu können.

»Ich bin ihr gefolgt«, fuhr Jelena fort. »Was meinst du, wohin sie gefahren ist?« Sie nahm einen tiefen Zug.

»Zu dem Parkplatz an der Autobahn?«, fragte er gespannt.

Jelena nickte, wandte sich um und drückte die Kippe in den Aschenbecher.

»Hast du gesehen, mit wem sie sich getroffen hat?« Kökkenmöddinger staunte, als sich Jelena die nächste Zigarette aus der Schachtel angelte.

»Nicht genau.« Sie zündete den Glimmstängel an. »Es war irgendein Mann, jedenfalls der Statur nach. Groß und kräftig. Sie haben kurz miteinander gesprochen, vielleicht Unterlagen ausgetauscht. Es ging ziemlich schnell, und außerdem wurde es bereits dunkel.«

»Und?«, drängelte Kökkenmöddinger. »Was ist dann passiert? Ist sie wieder nach Hause gefahren?«

»Nein«, sagte sie. »Oder anders: Ich weiß es nicht. Ich bin dem Kontaktmann gefolgt.«

Er sah sie erschrocken an. »Was? Allein?«

»Ja, ich habe mich an diesen Wagen geheftet.« Sie zog an ihrer Zigarette und ein Grinsen huschte über ihr Gesicht. »Ich habe die Autonummer notiert. Es war eine dunkle Limousine, wirkte ziemlich schick.«

Kökkenmöddinger atmete tief durch. »Wohin ist er gefahren?«

»Du kennst doch dieses Industriegelände oben im Norden in Richtung Flughafen.« Jelena blies Rauch in die Nachtluft. »Diese Gegend, in der die Ami-Firmen stehen ...«

Er nickte.

»Da haben sie schon wieder irgendeinen neuen Komplex gebaut«, berichtete sie. »Ein großes unüberschaubares Gelände. Und darauf ist der Wagen dann verschwunden. Ich konnte nicht viel erkennen, ist ja alles abgeriegelt. Aber da scheint hinter den Neubauhallen noch ein altes Gebäude zu stehen.«

Kökkenmöddinger schnaufte. »Du hast dich hoffentlich schnell wieder aus dem Staub gemacht. Oder hat dich jemand gesehen?«

»Genau das weiß ich nicht so genau.« Jelena zog noch einmal an der Zigarette und drückte sie dann halbgeraucht in den Aschenbecher. »Mir kam es so vor, als ob mir jemand gefolgt wäre.«

Kökkenmöddinger starrte sie an. »Hast du jemanden gesehen oder sogar erkannt?«

Jelena schüttelte den Kopf und atmete tief durch. »Ich bin noch eine geraume Zeitlang durch die Stadt gekurvt, bis ich mir sicher war, niemanden mehr hinter mir zu haben. Aber vielleicht habe ich mir das auch nur eingebildet.« Sie lachte leise. »Vielleicht bekomme ich von dieser Detektivspielerei langsam eine Meise.«

»Warum tust du so was?« Kökkenmöddingers Stimme wurde sanft. »Das ist doch gefährlich.« Am liebsten hätte er Jelena in den Arm genommen, traute sich jedoch nicht.

»Ich schlage vor, dass du morgen früh dort vorbeifährst und dich ein bisschen umsiehst«, sagte Jelena. »Vielleicht entdeckst du ja etwas Interessantes.«

Er seufzte. »Das geht leider nicht. Ich habe noch vor Schichtbeginn diese Vernehmung bei der Polizei.« Er sah sie an. »Ich hatte eigentlich gehofft, dass du mich begleitest.«

»Tut mir leid, ich muss arbeiten.« Sie verzog das Gesicht. »Ich muss zu einer Pressekonferenz. Irgend so ein langweiliger Wirtschaftskram. Vermutlich ein Werbekunde.«

# 29. Klugscheißerei ...

»Sind Sie bereit?«, fragte die Polizistin, die seine Personalien aufgenommen und ihn dann in diesen Raum begleitet hatte.

»Sicher doch.« Vor einem großen Fenster öffnete sich ein Vorhang, und der Blick in das benachbarte Zimmer wurde frei. Fünf Männer standen dort in einer Reihe. Sie trugen allesamt dunkle Kleidung, Jacken und hielten jeder eine Mütze in der Hand.

»Sehen Sie sic alle genau an«, verlangte die Polizistin. »Und lassen Sie sich Zeit.«

Kökkenmöddinger tat wie ihm geheißen. Der erste Mann war lang und sehr hager. Er hatte mindestens seine Größe und schied damit aus dem Kreis der Verdächtigen aus. Der zweite hatte zwar die passende größer, war jedoch eindeutig zu stämmig. Nein, der Mann, den er festgehalten und gegen Heinz' Taxi gedrückt hatte, war mit Sicherheit nicht so dick gewesen. Die nächsten beiden waren vom Typ her ähnlich: durchschnittliche Größe, schlank, aber zu alt. Sie wirkten außerdem zu selbstbewusst, um hier als Verdächtige vorgeführt zu werden. Kökkenmöddinger vermutete, dass es sich bei diesen beiden Männern um Kripobeamte handelte. Und der letzte der fünf Männer war klein und schmächtig. Der hätte nicht einmal über das Autodach hinüberschauen können und wäre ihm in dieser Situation auch sicher nicht entkommen.

»Könnten die Herren mal bitte die Mützen aufsetzen und die Kapuzen?«, fragte er die Polizistin.

Sie gab das Kommando per Mikrofon in den Nebenraum weiter.

Kurz darauf standen alle mit Mütze und Kapuze im Raum.

»Mmh«, machte Kökkenmöddinger. »Also, Nummer 1 und Nummer 5 scheiden schon mal aus.«

»Gut.« Die Polizistin machte sich Notizen.

»Die anderen drei müsste ich mal von hinten sehen.«

»Nummer 2, 3 und 4 vortreten und umdrehen!«, kommandierte sie.

Kökkenmöddinger missfiel der barsche Tonfall. Er betrachtete eingehend die drei dargebotenen Rückseiten. Der Dicke war auch von hinten zu dick. Er hatte ein viel zu breites Kreuz. Das hätte er sich gemerkt. Und die beiden älteren Herren? Er war sich schon nicht mehr ganz so sicher. Vielleicht spielten ihm Wahrnehmung und Erinnerung ja auch einen Streich …

»Ich kann es nicht sagen.« Kökkenmöddinger schloss kurz die Augen und sah erneut hin. »Ich kann nicht ausschließen, dass der Täter darunter ist, aber ich kann es auch nicht mit Sicherheit sagen.«

»In Ordnung.« Die Polizistin machte ungerührt Notizen. »Dann bitte hier unterschreiben.«

Kökkenmöddinger setzte seine Unterschrift unter das Formular.

»Warten Sie dann bitte draußen, mein Kollege wird Sie gleich zur Vernehmung abholen.«

Er ging hinaus in den Flur, wo schon mehrere Menschen auf Stühlen saßen und an Wänden lehnten und warteten. Irgendwie hing ein Hauch von schlechtem Gewissen in der Luft. Oder war es nur der Geruch von Angstschweiß? Das musste wohl so sein bei der Polizei. Kökkenmöddinger ließ sich auf einem ächzenden Plastikstuhl nieder und musterte die Anwesenden. Es war nicht auszumachen, aus welchen Gründen sie hier waren, doch er nahm an, dass es wie bei ihm in den meisten Fällen um Zeugenaussagen bezüglich dieser Giftspritzenbande ging. Da man für die Gegenüberstellung recht unterschiedliche Typen ausgewählt hatte, ging Kökkenmöddinger davon aus, dass es sich um mehrere Täter handeln musste.

Plötzlich stand Heinz vor ihm. »Morgen, Kökkenmöddinger.«

»Ahoi, Heinz.«

»Du bist auch vorgeladen worden?«, fragte der Kollege.

Kökkenmöddinger nickte. »Ich war gerade bei der Gegenüberstellung …«

»Und? Hast du ihn erkannt?« Heinz wirkte aufgeregt.

»Nein, konnte ich doch gar nicht.« Er winkte ab. »Ich habe ihn doch nur von hinten gesehen.«

»Was muss man da drinnen denn machen? Wie läuft das da drin denn so ab?« Heinz trat von einem Bein aufs andere.

»Ach, nichts Besonderes.« Kökkenmöddinger lächelte. »Nicht wie im Fernsehkrimi. Du gehst rein, schaust dir die Leute an …

»Herr Tjelle Rasmus Kökkenmöddinger?« Ein nicht mehr ganz junger Mann in Zivil erschien neben Heinz.

»Ja?«, meldete sich Kökkenmöddinger.

»Kommen Sie bitte mit in den Vernehmungsraum?«

Kökkenmöddinger erhob sich und klopfte Heinz auf die Schulter. »Du machst das schon, bis später.«

»Nehmen Sie bitte Platz. Mein Name ist Möller. Kriminalhauptkommissar Möller vom Raubdezernat.« Der Kripobeamte setzte sich. »Sie hatten meinen Kollegen ja nach dem Überfall den Ablauf geschildert. Ist Ihnen in der Zwischenzeit noch etwas dazu eingefallen?«

»Nein.« Kökkenmöddinger ließ sich auf den Besucherstuhl sinken. »Am Ablauf hat sich nichts geändert. Ich sah das Taxi, den Mann an der Fahrertür, hielt an, packte zu, doch leider hatte er die Spritze nur geleert und nicht fallenlassen. Der Täter ist also mitsamt der Waffe getürmt.«

»Und Sie sind sich ganz sicher, dass es bei der Waffe um eine Spritze gehandelt hat?«, fragte der Kommissar.

Kökkenmöddinger sah ihn an. »Natürlich. Heinz hat die Spritze doch auch gesehen.«

»Nun ja.« Der Kommissar stützte die Ellenbogen auf den Schreibtisch. »Seit einiger Zeit geistern ja diese Giftspritzengeschichten durch die Medien. Vielleicht trübt das gelegentlich die

Wahrnehmung, also vielleicht hat Sie das ein Stückweit beeinflusst.«

»Meinen Sie etwa, ich spinne?«, fragte Kökkenmöddinger.

»Verstehen Sie mich bitte nicht falsch.« Möller rang mit seinen Fingern. »Aber Sie haben eine aktenkundige Vorgeschichte. Sie wurden vor Jahren selbst im Taxi überfallen, dann verschleppt ...«

»Und deshalb kann ich eine Spritze nicht von einem Gummiknüppel oder Messer unterscheiden, oder was?«, ging Kökkenmöddinger dazwischen.

»Ich meine das grundlegender«, erklärte Möller. »Sie haben dieses traumatische Ereignis durchlebt. Sie waren selbst Gewaltopfer. Sie haben sogar in Ihrem Beruf weitergemacht ... Ist es nicht möglich, dass Sie Überfälle oder Verbrechen auch dort sehen, wo gar keine sind?«

»Wie bitte?« Kökkenmöddinger sah ihn mit hochgezogenen Brauen an. »Sie meinen, ich habe mir den Überfall auf Heinz ausgedacht und mir den Hergang aus der Zeitung zusammengereimt?«

»So würde ich das nicht sagen.« Der Kommissar zögerte offenbar.

»Dann lassen Sie es!«, verlangte Kökkenmöddinger verärgert. »Wenn Sie meinen, dass ich einen Knall seit dem Überfall auf mich habe, dann muss ich Sie enttäuschen. Den Knall hatte ich bereits vorher. Ich vergesse nie ein Gesicht, das ich gesehen habe.« Er nickte dem Kommissar zu. »Deshalb konnte diese Gegenüberstellung nichts bringen. Ich stand ja die ganze Zeit hinter dem Täter und habe ihn festgehalten. Der würde mich ebenso wenig erkennen wie ich ihn. Sie sollten vielleicht mal das eigene Vorgehen bei den Ermittlungen überdenken, statt die Zeugen für irre zu erklären.«

Kommissar Möller klopfte mit dem Kugelschreiber auf den Tisch. »Herr Kökkenmöddinger, nichts für ungut, aber Sie sind schon ein ziemlicher Klugscheißer ...«

»Wenn ich Ihrer Aussage jetzt korrigieren würde, wäre Sie das wohl als Bestätigung auffassen.« Kökkenmöddinger grinste. »Den Gefallen tue ich Ihnen nicht.«

Das Telefon klingelte. Der Beamte murmelte eine Entschuldigung und nahm das Gespräch entgegen. »Wirklich?« Er nickte. »Das ist großartig.« Er legte auf. »Sie können gehen. Der Fall hat sich erledigt. Wir haben ihn.«

»Wirklich?« Kökkenmöddinger sah ihn ungläubig an. »Sie haben den Täter, der meinen Kollegen überfallen hat?«

»Den auch. Wir haben den Täter, der seit Wochen mit der Giftspritze durch Dresden rennt und Leute überfällt.« Möller stand auf, ging um den Schreibtisch herum und öffnete die Bürotür. »Damit sind wir durch. Sie können gehen, Herr Kökkenmöddinger.«

»Es soll nur *ein* Täter gewesen sein?« Kökkenmöddinger stand auf und schüttelte den Kopf. »Das glauben Sie doch selbst nicht. Das kann überhaupt nicht sein!«

»Auf Wiedersehen, Herr Kökkenmöddinger!«, sagte Möller mit Nachdruck.

Kökkenmöddinger grinste. »Ja, ja, ich gehe ja schon. Aber Sie werden noch sehen, dass ich recht habe …«

Kurz darauf wurde die Tür hinter ihm knallend zugeworfen.

Auf dem Gang entdeckte er diesmal nicht Heinz, sondern einen anderen alten Bekannten, den Pizzeriabesitzer Luigi. Er redete lautstark und unter Zuhilfenahme nahezu aller Gliedmaßen auf die Polizistin ein, die für die Gegenüberstellungen zuständig war.

»Sie müssen mir glauben!«, verlangte Luigi.

»Herr Manzini, ich glaube Ihnen ja.« Die Polizistin klang gereizt. »Dennoch haben Sie jetzt bei drei Gegenüberstellungen drei unterschiedliche Männer des Überfalls beschuldigt. Deshalb noch einmal meine Frage an Sie: Bleiben Sie dabei, an jenem Abend in Ihrer Pizzeria von einem Einzeltäter überfallen worden zu sein? Oder waren es vielleicht doch mehrere Täter?«

»Nicht doch, es war einer!«, rief Luigi. »Der dritte Mann eben. Erst sah der eine ihm ähnlich, denn er ist ein sympathischer Typ, und mein Räuber war ein sympathischer Typ! Aber der zweite sah ihm noch ähnlicher, auch ein sehr sympathischer Typ. Und dann war es eben der dritte! Ganz sympathischer Typ! Warum wollen Sie das nicht verstehen?«

Kökkenmöddinger schmunzelte. Er hatte schon bei seinem letzten Besuch in Luigis Pizzeria den Eindruck gehabt, dass Luigi fast bei jedem eine Ähnlichkeit mit dem Täter ausmachen konnte.

Als Kökkenmöddinger kurz darauf das Café am Altmarkt betrat, wurde er von Knut Franzen bereits erwartet.

»Sie kommen spät«, stellte der Kunstexperte fest und reichte ihm die Hand. »Hier gibt es nur noch eine Viertelstunde lang Frühstück.«

»Dann lassen Sie uns schnell bestellen.« Kökkenmöddinger griff zur Speisekarte. »Ich war bei der Polizei. Gegenüberstellung und erneute Vernehmung wegen des Giftspritzenangriffs auf meinen Kollegen.«

Knut Franzen nippte an seinem Milchkaffee. »Gibt es hinsichtlich dieser Überfälle denn etwas Neues? Das liest sich durchaus gefährlich in den Zeitungen, so, als ob man nirgends mehr sicher wäre.«

Kökkenmöddinger entschied sich für Lachs. »Es wirkt tatsächlich so. Mein Kollege, die Pizzeria von Luigi … Ihr Hotel war auch schon Ziel eines Anschlags.«

»Mein Hotel oben an der Dresdner Heide?« Franzen setzte die Tasse ab.

»Hat man Ihnen nicht davon erzählt?« Kökkenmöddinger winkte die Kellnerin heran. »Die Rezeptionistin soll den Täter allerdings heldenhaft in die Flucht geschlagen haben.« Er bestellte ein Lachsfrühstück.

Knut Franzen wählte das Bauerngedeck. »Nein, das wusste ich nicht. Gibt es denn inzwischen eine heiße Spur?«

Kökkenmöddinger nickte. »Angeblich schon, und eben nur eine, das ist es ja …«

In diesem Moment kam Jelena herein und trat schnaufend an den Tisch. »Hallo zusammen.«

»Du musst dich beeilen, wenn du noch Frühstück haben willst.« Kökkenmöddinger deutete auf seine Uhr.

»Nee, danke.« Jelena verstaute ihre Taschen unter dem Tisch und ließ sich auf dem Stuhl nieder. »Ich bin pappsatt. Es gab ein dickes Büffet auf der PK.«

»PK?«, fragte Franzen.

»Pressekonferenz. Ein amerikanischer Konzern eröffnet eine Tochterfirma hier in Dresden«, erklärte Jelena. »Ist schon komisch, wenn die allein für die Presse solche Geschütze auffahren: Büffet, Sektempfang, Pressemappen mit aufwendigstem Bildmaterial, aber Fotoverbot …«

»Beim Radio ist der Bedarf an Bildern ja zum Glück nicht so groß«, wandte Kökkenmöddinger lächelnd ein.

»Ach, und die Webseite?«, entgegnete Jelena, als die Kellnerin Bauerngedeck und Lachsfrühstück brachte. »Für mich bitte nur einen großen Kaffee.« Sie beugte sich über den Tisch. »Aber es gibt interessante Neuigkeiten. Die Firma, bei der die PK gerade stattgefunden hat, ist auf dem Gelände, also da, wo ich …« Sie warf einen kurzen Blick auf Franzen, der sich seinem Teller widmete und stupste Kökkenmöddinger leicht am Arm. »Eben das von gestern Abend.«

»Ach was?« Kökkenmöddinger ließ seine mit Lachs befüllte Gabel wieder sinken.

Jelena nickte. »SunderTox Company heißt der Mutterkonzern. Der Inhaber selbst war da, um die SunderTox Saxony GmbH zu eröffnen.«

»SunderTox? Nie gehört. Kökkenmöddinger schob sich den Lachs in den Mund.

»Ich kannte den Namen vorher auch nicht«, erklärte Jelena. »Pharmazeutische Industrie. Die SunderTox scheint auf dem internationalen Markt eine echte Hausnummer zu sein. Und für Dresden bedeutet die neue Firma zumindest tausend neue Arbeitsplätze.«

»SunderTox?«, meldete sich nun auch Knut Franzen zu Wort. »Das sagt mir etwas. Ich kenne Sundermann, also den Besitzer. Er fühlt sich der Kunst verbunden und tritt gern als Mäzen auf.«

»Hanns Sundermann?«, fragte Jelena. »Komisch, der wirkte gar nicht so. Eher ziemlich … hemdsärmelig.«

Kökkenmöddinger kaute. Die Kellnerin servierte Jelenas Kaffee.

»Früher hat der alte Sundermann gern versucht, alle europäischen Gemälde aufzukaufen, die er finden konnte«, erinnerte sich Franzen. »Seine Familie ist deutschstämmig, in der dritten Generation, glaube ich. Und er meinte wohl, er müsse die europäische Kultur hochhalten, um sich vom amerikanischen Finanzpöbel abzuheben.« Der Kunstexperte grinste verschmitzt. »Dabei kann er einen Picasso kaum von einem Van Gogh unterscheiden …«

»Oder einen Gauguin von einem Klimt.« Kökkenmöddinger spürte schon wieder dieses Kribbeln im Kopf.

»Inzwischen scheint Sundermann allerdings begriffen zu haben, dass er sich mit seinem Kunstgeschwafel eher lächerlich macht.« Franzen trank vom Milchkaffee. »Inzwischen finanziert er nur noch hin und wieder kleinere und größere Ausstellung. Deshalb hatte ich ein paarmal mit ihm zu tun.«

Kökkenmöddinger sah Jelena an. Auch hinter ihrer Stirn schien es zu arbeiten. »Und was für Medikamente stellt SunderTox her?«, fragte er. »Tox klingt nach Toxin, also ziemlich giftig.«

»Kosmetikprodukte.« Jelena schlürfte an ihrer Tasse. »Allerdings solche, die auch in der Medizin relevant sind. Das haben die uns auf der PK geradezu eingehämmert. Botulinumtoxin oder eben Botox kann nicht nur Falten minimieren, sondern lindert chronische Kopfschmerzen und bleibt bei der Behandlung von spastischen Lähmungen unverzichtbar.«

»Ha, und bei Raubüberfällen ja neuerdings auch!« Kökkenmöddingers Lachen klang rau.

»Pssst«, machte Jelena und deutete zum Eingang hinüber, denn Stellvertreter-Klaus von der *Tagespost* kam direkt auf ihren Tisch zu.

»Hallo Leute, darf ich?« Ohne eine Antwort abzuwarten, setzte er sich. »Warum wartest du denn nicht auf mich?«, wandte sich Klaus an Jelena. »Ich habe dich nach der PK gesucht.«

»Sie waren also auch bei SunderTox«, stellte Kökkenmöddinger fest. »Welch riesiger Zufall, dass Sie Jelena nun gerade hier finden.«

Klaus schien ihn nicht weiter zu beachten. »Mann, war das öde. Gute Verpflegung, klar, aber der Wirtschaftskrempel ist nichts für mich.« Er winkte der Kellnerin. »Mach mir mal ein Bier!«

Kökkenmöddinger widmete sich den letzten Lachsresten. Dieser Klaus war wie ein Schnupfen: hartnäckig, lästig, überflüssig und würde irgendwann von selbst verschwinden.

»Sie sind doch der Kunstkenner von gestern«, haute Klaus nun Knut Franzen an.

Der nickte kauend. »Franzen, mein Name.«

»Weißt du, Jelena, die Geschichte ist heiß.« Klaus beugte sich zu ihr über den Tisch. »Ich hab's ja nicht so mit Kultur. Ist ja meist schrecklich langweilig und interessiert keine Sau. Aber dieser Künstler da, dieser Kasimir oder so …«

»Kaser Mir«, korrigierte Jelena schmunzelnd.

»Ja, genau der. Das Bild ist echt verrückt.« Er schnipste mit den Fingern. »Das bringt mal ein bisschen Pepp zwischen die ganzen alten Schinken im Albertinum.«

Knut Franzen räusperte sich. »Sie kennen die Galerie Neue Meister nicht wirklich von innen, was? Dort gibt es jede Menge Gegenwartskunst.«

Kökkenmöddinger grinste breit. »Da ist bestimmt noch das eine oder andere Kunstwerk für Ihren Geschmack dabei.«

»Aber nicht so ein alter Kram«, winkte Klaus ungerührt ab. »Ich will etwas bringen über diesen Kaser Mir. Das ist Kunst zum Zupacken.«

»Man munkelt, der Künstler käme in den nächsten Tagen höchstpersönlich nach Dresden, um eine weitere Ausstellung zu eröffnen«, sagte Knut Franzen. »Aber von mir haben Sie das nicht!«

»Das nenne ich mal eine Information.« Klaus grinste zufrieden. »Können Sie mir da mal einen Kontakt machen? Ich muss unbedingt mit diesem Mann sprechen.«

Jelena sah auf die Uhr. »Herr Franzen, es wird Zeit. Wir müssen los, damit wir in der Mittagszeit das Produktionsstudio für die Aufzeichnung nutzen können.«

Der Kunstexperte nickte. »Die Rechnung, bitte!«

Kökkenmöddinger wischte sich den Mund mit der Serviette ab. »Ja, ich muss auch los, wenn ich vor Schichtbeginn noch etwas erledigen will.«

Stellvertreter-Klaus verzog das Gesicht. »Wo bleibt eigentlich mein Bier?«

»Hallo, Herr Kökkenmöddinger«, begrüßte ihn die Kuratorin fröhlich, als er den Saal betrat. »Schauen Sie, wie gut sich *Die achte Todsünde* an dieser Wand macht. Sie ist der reinste Publikumsmagnet.« Sie senkte die Stimme. »Sie sollten über einen Berufswechsel nachdenken.«

Kökkenmöddinger stieg nicht auf ihren launigen Umgangston ein, sondern sah Adelheid ernst an. »Warum haben Sie mir nicht gesagt, dass sie sich gleich nach der Kaser-Mir-Aktion mit diesem dubiosen Kontaktmann getroffen haben? Ich wäre doch sofort gekommen.«

Die Kuratorin zuckte zusammen. »Eben«, sagte sie kühl. »Und Sie hätten sich an ihn geheftet und damit Achim in große Gefahr gebracht.«

»In großer Gefahr ist Ihr Neffe wohl aus ganz anderen Gründen«, entgegnete Kökkenmöddinger streng. »Im Übrigen hat Jelena das sehr mutig und sehr entschlossen erledigt, so dass wir nun eine Spur haben, wo man Ihren Neffen festhält.«

Adelheid riss die Augen weit auf. »Sie wissen, wo er ist?«

»Wissen ist zu viel gesagt, aber wir haben eine Vermutung, die sehr gut zu dem passt, was Knut Franzen in Erfahrung gebracht hat.« Man merkte Kökkenmöddinger immer noch an, wie verärgert er über Adelheids Verhalten war.

»Knut Franzen also.« Die Kuratorin seufzte. »Dieser Mann ist mir nicht geheuer. Was ist, wenn er mit der ganzen Bandeunter einer Decke steckt?«

»Dann haben wir Pech gehabt.« Er rieb sich die Schläfe. »Doch das Risiko müssen wir eingehen. Ich möchte Folgendes …«

Sie wirkte scheu, fast ängstlich. »Ja?«

»Informieren Sie jetzt gleich die Öffentlichkeit, dass das Bild in den kommenden Tagen bereits in eine Ausstellung geht«, sagte Kökkenmöddinger. »Am besten nach New York.«

»Als Leihgabe in eine Ausstellung?« Adelheids Frage war offensichtlich rhetorisch. »Und in welche Ausstellung? Wie soll ich das so schnell organisieren?«

»Lassen Sie sich etwas einfallen«, verlangte Kökkenmöddinger. »Arbeiten Sie mit Franzen zusammen! Und dann füttern Sie heute Abend diesen Kontaktmann mit Informationen.« Er musterte sie aufmerksam. »Ich kann mich doch auf Sie verlassen, Adelheid?«

Sie nickte.

»Und dann noch etwas.« Kökkenmöddinger rieb sich die Schläfe. »Sobald wir Ihren Neffen gefunden haben, wird *Die achte Todsünde* leider gestohlen. Können Sie das irgendwie arrangieren?«

»Ich soll das Bild stehlen lassen?«, fragte die Kuratorin mit entsetztem Gesichtsausdruck.

»Nicht doch, Sie sollen es nur möglich machen, dass man es nachts aus der Galerie entwendet, ohne die Ordnungshüter auf den Plan zu rufen«, stellte er klar.

»Und was wird dann aus der Leihgabe?«, fragte Adelheid. »Mit diesen Leuten ist nicht zu spaßen.«

»Ich sagte ja: erst wenn wir Ihren Neffen haben.« Er überlegte. Nein, er würde ihr besser nicht vor Augen führen, dass der ganze Schwindel sowieso ans Licht kommen musste. Wenn Jelena richtig lag, war Adelheid unter Umständen doch noch eine Wackelkandidatin und kochte ihr eigenes Süppchen. »Und denken Sie daran: Arbeiten Sie mit Franzen zusammen. Es geht um Ihren Neffen!«

Beim Hinausgehen tippte er die Nummer der *Tagespost* ins Handy und ließ sich mit Frau Dr. Zickenbarth verbinden.

# 30. Ende gut, nicht alles gut

Kökkenmöddinger lauerte im Taxi vor dem Gourmetrestaurant in der Innenstadt, das Handy im Anschlag. Heinz hatte ihm den letzten Fahrgast abgenommen. Und auch Jürgen war schon zweimal für ihn eingesprungen. Der freute sich sogar, dass sein Geschäft heute besser lief als sonst.

Sein Handy meldete sich erneut. »Ja, Jelena?«

»Hörst du mich?« Sie flüsterte.

»Ja, ich kann dich verstehen«, antwortete er. »Läuft alles nach Plan?«

»So weit schon.« Jelena räusperte sich. »Er hat dem Aperitif reichlich zugesprochen, mir sein halbes Leben erzählt und einen Teil seiner Seele zudem in Wein ertränkt.«

Kökkenmöddinger lächelte. »Das hast du schön gesagt.« Selbst jetzt musste er daran denken, wie sehr er Jelenas Stimme mochte.

»Außerdem redet er inzwischen mehr über Kunst und den fabelhaften Kaser Mir als über seine Firma.« Jelena kicherte. »Als ich ihm sagte, dass ich Kaser Mir schon mal persönlich getroffen habe, dachte ich, er fällt mir gleich um den Hals.«

»Übertreib es nicht«, entfuhr es Kökkenmöddinger prompt.

»Na, na, nicht schon wieder eifersüchteln«, sagte sie lachend.

»Hast du etwa auch zu viel getrunken?«, fragte er.

»Nur ein bisschen«, gestand sie. »Ich musste ihn ja animieren.«

»Und wo bist du jetzt?«

»Auf der Toilette«, sagte Jelena. »Ich habe ihn so weit. Wir kommen gleich.«

Kaum hatte er das Gespräch beendet, meldete sich wieder die Zentrale. »Kökki, wir brauchen einen Wagen am Terrassenufer.«

»Geht klar«, antwortete er und wählte auf dem Handy die private Nummer von Heinz. »Heinz, übernimmst du bitte die Fahrt. Hier wird es jetzt ernst, ich kann nicht weg.«

Schon sah er Jelena mit einem älteren stattlichen Herrn aus dem Restaurant treten. Er hatte den Arm um ihre Schultern gelegt, und Kökkenmöddinger schnaubte unwillkürlich.

Jelena kam schnurstracks auf sein Taxi zu, riss die hintere Tür auf und krabbelte auf den Rücksitz. »Sie sind doch noch frei, oder?«

Er bejahte und beobachtete im Rückspiegel, wie Hanns Sundermann neben Jelena Platz nahm. »Wohin soll es denn gehen?«

»Wo kann man hier, wie sagt man … die Puppen tanzen lassen?«, fragte der Amerikaner in eigenwilligem Slang. »Bringen Sie uns irgendwohin, wo man verbringen kann einen aufregenden Abend!«

Kökkenmöddinger grinste. »Einen aufregenden Abend also? Da habe ich eine fabelhafte Idee!« Er startete den Wagen und fuhr los.

Sundermann schwadronierte vom schweren internationalen Geschäft und schimpfte über seine Landsleute. »Diese Menschen haben nicht die Kultur wie wir ursprünglichen Europäer. Sie wollen immer nur Geld.« Er lachte. »Gut, das will ich auch. Ich habe genug, aber mehr kann nie schaden.«

Jelena kicherte blöde, und Kökkenmöddinger verdrehte die Augen.

»Aber wissen Sie, Misses Jankow, man braucht auch Stil, um so viel Geld auszugeben. Stil, das ist nicht Disneyland. Stil, das ist Kultur, das ist Kunst.« Er griff nach Jelenas Hand, und sie ließ ihn gewähren.

Kökkenmöddinger runzelte die Stirn.

»Stil, das ist eine schöne Frau wie Sie. Intelligent, gebildet, kulturell.« Er hob die Stimme. »Einer klugen Frau man muss bieten mehr als Geld, Juwelen, Luxus. Man muss bieten Stil.«

So nun reichte es aber. Kökkenmöddinger steuerte das Taxi über den Albertplatz auf die Königsbrücker Straße. »Sie mögen Kunst?«

»O ja, sehr!«, verkündete Sundermann. »Caspar David Friedrich, Otto Dix, Manet …«

»Klimt, Gauguin«, ergänzte Kökkenmöddinger und schloss, während sie sprachen, die Zentralverriegelung.

»Ah, Sie kennen sich aus«, stellte der Amerikaner fest. »Ja, good old Europe. Selbst die Taxifahrer hier besitzen mehr Kulturkenntnis als jeder amerikanische Professor.«

Jelena nickte Kökkenmöddinger im Rückspiegel zu und zückte die Fotos. »Diese Bilder hier müssten Sie doch alle besonders gut kennen, Mister Sundermann.«

Kökkenmöddinger wusste, dass sie dem Konzernchef nun Fotos der Bilder unter die Nase hielt, die in Jochens Notizen erwähnt wurden.

»Schauen Sie, die Romantiker«, sagte Jelena.

»Well, natürlich kenne ich diese berühmten Gemälde«, gab Sundermann an. »Sie sind alle sehr wertvoll.«

»Und sie sind fast alle in Ihrem Besitz«, sagte Kökkenmöddinger. »Zumindest die Originale.«

»Vermutlich sind es noch weitaus mehr Gemälde, die Sie in Ihrer geheimen Sammlung horten«, erklärte Jelena. »Aber bei diesen sind wir sicher.«

»Was soll das? Was wollen Sie von mir?«, protestierte Sundermann. Er wirkte verwirrt.

»Nichts weiter.« Kökkenmöddinger fuhr schneller. »Wir wollen nur, dass Sie wissen, dass wir Bescheid wissen.«

»Genau«, bestätigte Jelena. »Wir sind sozusagen im Bilde, Herr Sundermann.«

»Wie viele Leute arbeiten für Sie, um an die Originalkunstwerke zu kommen und sie gegen Fälschungen einzutauschen?« Kökkenmöddinger beobachtete ihn im Rückspiegel. »Das muss einen Haufen Geld kosten. Die Fälschungen haben eine hohe Qualität.«

»Woher wollen Sie das denn wissen?« Der Amerikaner klang jetzt höhnisch.

»Von renommierten Experten«, ergriff Jelena das Wort. »Sie meinen doch nicht wirklich, dass solche Machenschaften lange gutgehen. Da können Sie noch so viele Journalisten beseitigen lassen und Leute entführen. Das ist alles eine Nummer zu groß, um unentdeckt zu bleiben.«

»Okay, was wollen Sie? Geld?« Er sah Jelena an. »Ich habe genug davon. Sie können einen eigenen Sender kaufen, wenn Sie wollen.«

»Ha, und das nennen Sie Kultur und Stil?« Jelena lachte.

»Sie können haben, was immer Sie wollen.« Sundermann klang verunsichert. »Sie bekommen eine Posten als Aufsichtsrat in meine Konzern. Sie beide!«

»Botox?« Jelena griff ins Türfach und holte eine große Spritze hervor. »Nein, lieber nicht.«

Sundermann starrte entsetzt auf die Spritze in Jelenas Hand. »Woher haben Sie die?«

»Ihre Handlanger verteilen das Zeug hier in Dresden großzügig«, erklärte Kökkenmöddinger. »Wussten Sie davon? Gehört das zu Ihren Methoden?«

Sie brausten jetzt in Richtung Flughafen, und Sundermann rüttelte von innen an der Tür.

»Ist das kalkuliert?«, legte Jelena nach. »Sie fingieren ein paar Überfälle und lassen ganz nebenbei unliebsame Schnüffler über den Jordan, nein Verzeihung, die Elbe hopsen?« Sie richtete die Spritze auf ihn.

Kökkenmöddinger sah die Angst in Sundermanns Augen. Der Mann war nicht doof. Er wusste, dass er sich angesichts dieser Spritze nicht auf ein Handgemenge einlassen durfte. Glück gehabt.

»Nehmen wir mal an, Sie sind gar nicht der Unhold, für den wir Sie halten.« Kökkenmöddinger machte eine Pause. »Nehmen wir mal an, Sie wollen nur ein bisschen auf dem illegalen Kunstmarkt mitmischen und wissen gar nicht, was für Methoden die von Ihnen beschäftigte Mafia hier treibt …«

»Sie wissen, dass Sie eine Menge Ärger bekommen, wenn diese Giftspritzengeschichte mit Ihnen in Verbindung gebracht wird«, sagte Jelena. »Pharmakonzerne unterliegen strengen Richtlinien, nicht nur in Europa. Eine Schlagzeile mit dem Schlagwort Bioterrorismus, und Sie sind erledigt …«

»Was soll ich tun?« Sundermann klang pragmatisch. »Was wollen Sie wirklich von mir?«

»Achim!« Kökkenmöddinger nahm den Fuß vom Gas. Zur Rechten konnte man bereits das Firmengelände der SunderTox Saxony GmbH sehen. »Ihre Leute haben ihn entführt, um jemanden unter Druck zu setzen, der an entscheidender Stelle sitzt, um Ihnen die Originalgemälde zu besorgen.«

»Achim?« Sundermann klang tatsächlich verwundert. »Wer ist das?«

»Ihre Geisel«, erklärte Kökkenmöddinger ungerührt. »Ich vermute, sie wird auf Ihrem Firmengelände festgehalten.«

»Sie meinen …« Sundermann verstummte.

»Sie lotsen uns jetzt am Sicherheitsdienst vorbei auf das Gelände«, kommandierte Jelena. »Wir holen uns Achim …«

»Und wenn Sie diese Giftspritzenmafia zurückpfeifen und die Dresdner Museen in Ruhe lassen«, fügte Kökkenmöddinger hinzu.

»Dann bekommen Sie von uns *Die achte Todsünde* von Kaser Mir«, vollendete Jelena.

Sundermann atmete schwer.

Jelena hielt die Spritze in die Höhe. »Die Geisel holen wir uns sowieso. Wenn Sie also nicht mit uns zusammenarbeiten, haben Sie verdammt viel Ärger.«

Kökkenmöddinger grinste. Jelena hatte das Zeug zur echten Gangsterbraut.

»Gut, gut«, lenkte Sundermann ein. Er fand Jelena offenbar auch überzeugend. »Fahren Sie dort zum Eingang.«

Langsam rollte Kökkenmöddinger auf die Schranke neben dem Pförtnerhäuschen zu. Er ließ für Sundermann die Scheibe herunter.

»Hallo. Machen Sie Feierabend für heute«, rief der Konzernchef dem Pförtner zu.

»Aber ich habe die Nachtschicht«, entgegnete der.

»Wissen Sie nicht, wer ich bin?«, herrschte Sundermann ihn an. »Ich bin Hanns Sundermann. Und wenn ich sage, Sie sollen nach Hause gehen, dann gehen Sie gefälligst nach Hause. Ist das klar?«

Sichtlich eingeschüchtert öffnete der Pförtner die Schranke und trat erneut an den Wagen. »So, also gut.«

»Und lassen Sie die verdammte Barriere oben, Mann!« Sundermann zog den Kopf ein, und Kökkenmöddinger schloss schnell wieder das Fenster.

»Sie machen das richtig gut, Herr Sundermann«, lobte er. »Wo ist das alte Lagerhaus?«

»Hinter dem Hauptgebäude.« Der Konzernchef starrte vor sich hin.

Kökkenmöddinger lenkte den Wagen vorbei an zwei Nebengebäuden und dem Hauptgebäude bis vor ein unbeleuchtetes älteres Bauwerk. Er zückte sein Handy und wählte aus seinem elektronischen Telefonbuch Knut Franzen an. »Sie können jetzt kommen.«

Dann wandte er sich zu Jelena und Sundermann um. »Na, dann wollen wir mal ...« Er löste die Zentralverriegelung und wartete, bis Sundermann, gefolgt von Jelena mit der Spritze, den Wagen verlassen hatte. »Türen offen lassen.«

»Sie sind kein Taxifahrer, was?«, fragte Sundermann, als sie eine Tür zum Gebäude öffneten.

»Klappe halten«, zischte Kökkenmöddinger.

Über eine spärlich beleuchtete Treppe gelangten sie auf eine Galerie. Von oben konnten sie zwei Männer sehen, die Karten spielten. Einer trug eine Jacke mit der Aufschrift *SunderTox Security*, der andere wirkte jung und sah ziemlich nachlässig aus.

»Das muss Achim sein«, wisperte Jelena.

Kökkenmöddinger nickte. »Wir müssen dort hinunter.« Er deutete auf eine Treppe an der Seite und ging langsam voran, gefolgt von Sundermann und Jelena, die die Spritze wie ein Schwert vor sich hertrug.

Unten angekommen, hielt sich Kökkenmöddinger hinter dem Security-Mann. Der andere sah kurz auf. Offenbar hatte er bemerkt, dass sich in der Dunkelheit etwas bewegte.

»Vorsicht, vielleicht hat er eine Waffe«, zischte Jelena noch. Doch da hatte Kökkenmöddinger den Sicherheitsposten schon von hinten in den Schwitzkasten genommen.

Er rammte ihm sein Handy in den Rücken. »Keine Mätzchen, mein Freund, sonst war's das für dich!«, rief er und zog den Mann zu Boden.

»Kommen Sie«, sagte Jelena zu Achim.

In diesem Moment machte Sundermann einen Schritt nach vorn. Die Geisel ging in Abwehrhaltung. Sundermann beugte sich über Kökkenmöddinger, holte aus und schlug den Securitymann k. o.

Der Konzernchef rieb sich die Faust. »Bullshit.«

Jelena lachte, und Kökkenmöddinger staunte. Dann wandte er sich an Achim. »Kommen Sie! Weg hier!«

Sie eilten die Treppe hinauf und über die Galerie. Doch als sie aus dem Gebäude traten, stand plötzlich ein weiterer Securitymann vor ihnen. »Was ist hier los? Was wollen Sie? Er zog eine Waffe. »Alle schön ruhig bleiben und zurück in das Gebäude.«

In diesem Augenblick sprang eine Gestalt aus der Dunkelheit hinzu. Der Wachmann fuhr herum und kassierte einen Schlag. Seine Waffe ging zu Boden. Dann tauchte ein bekanntes Gesicht im Licht der funzligen Beleuchtung auf.

»Jochen!« Kökkenmöddinger war verstört.

»Wir sollten ihn festsetzen«, sagte Jochen und nahm ein Paar Handschellen vom Gürtel des Wachmannes. Dann kettete er ihn mit einem Arm an das Geländer der Galerie.

»Unten ist noch einer, der nur schlummert«, sagte Jelena. Sie hielt noch immer die Spritze einsatzbereit.

»Ich kümmere mich um ihn.« Jochen lief die Treppe hinunter.

»Woher kommt der jetzt eigentlich?«, fragte Jelena. »Ich dachte, der wäre tot ...«

Kökkenmöddinger schüttelte den Kopf. »Ich habe keine Ahnung, aber er hat bestimmt viel zu erzählen.«

Dazu sollte Jochen jedoch erst mal nicht kommen, denn die Scheinwerfer eines Transporters tauchten den Eingang zum alten Lagergebäude plötzlich in helles Licht. Sie hielten sich die Hände vors Gesicht.

Das Licht wurde abgeblendet, und Knut Franzen stieg aus. »Wir haben das Bild dabei«, sagte er und sah sich um. »Sie können herauskommen, Frau Bergmann-Hillmer.«

Nun öffnete sich auch die Beifahrertür, und die Kuratorin kletterte aus dem Transporter. »Achim!« Sie rannte auf den jungen Mann zu und begrüßte ihn ebenso stürmisch wie innig.

Jelena warf die Spritze zur Seite und sah Kökkenmöddinger an. »Also, wenn das ihr Neffe ist ...« Sie umarmte ihn. »Dann bin ich wohl deine Tante.«

»Guten Morgen, mein Freund«, begrüßte Kökkenmöddinger Jochen. »Ich habe uns ein leckereres Frühstück gemacht.« Er stellte Teller voll Fisch und Käse auf den Tisch. »Ein kleines Wikingerfrühstück.«

Jochen nahm Platz. »Das ist ein opulentes Mahl. Ich bin beschämt.«

»Nicht doch«, winkte Kökkenmöddinger ab. »Hast du gut geschlafen?«

»Wie ein Murmeltier.« Jochens Blick wanderte über den Tisch. »Ich merke gerade, dass ich gar nicht mehr weiß, wann ich zuletzt etwas gegessen habe.«

»Greif zu!« Kökkenmöddinger lud Lachs, Rollmops, Käsestücke und heißen Toast auf und reichte ihm den Teller. »Und dann erzählst du mir, wo du plötzlich hergekommen bist. Ich dachte, du wärst tot.«

In diesem Moment hörte Kökkenmöddinger die Wohnungstür. Kurz darauf kam Jelena herein. Sie warf eine Ausgabe der *Tagespost* auf den Tisch. »Kaser Mir ist Titelstory!«

Jochen griff nach der Zeitung und überflog die Titelseite.

»Spektakulärer Kunstraub«, las er. »... wurde in der Nacht das neueste Kunstwerk, eine Schenkung des Künstlers Kaser Mir aus der Gemäldegalerie geraubt ... Dank der umsichtigen Museumsleitung konnte das Diebesgut noch in der Diebesnacht von der Polizei sichergestellt werden.« Jochen sah Kökkenmöddinger an. »Da stimmt etwas nicht. »Die *Tagespost* geht um zweiundzwanzig Uhr in Druck, bei einer Sonderausgabe allerspätestens um dreiundzwanzig Uhr. Woher wollen die wissen, dass heute Nacht noch das Bild gefunden wurde?«

Jelena grinste, und Kökkenmöddinger sagte lächelnd: »Manches ist eben höhere Gewalt.« Dann wurde seine Miene ernst. »Apropos höhere Gewalt. Wie kann dein Name auf einem Grabstein stehen, wenn du hier ganz mopsfidel vor mir sitzt?«

»Ich habe dir doch erklärt, dass man mir meine Sachen geklaut hatte.« Jochen klang wenig überzeugend.

»Jacke und Schuhe?« Jelena schaute skeptisch.

»Ja, genau.« Jochen nickte eifrig. »Und in der Jacke waren meine Papiere.«

Kökkenmöddinger zog die Augenbrauen hoch. »Und du bist ganz sicher, dass du nicht nachgeholfen hast, um selbst von der Bildfläche und damit aus der Gefahrenzone zu verschwinden?«

»Nein, das habe ich doch schon erklärt.« Jochen schaute betreten.

Kökkenmöddinger sah ihn an. »Ich bin davon überzeugt, dass du lügst. Aber die Wahrheit werden wir wohl nie erfahren.«

Er schnaufte. »Kaser Mir hat wohl recht. Die Lüge ist eben die achte Todsünde.«

# MÖRDERISCHER OSTEN

Klaus Möckel
**Eine lästige Leiche**
Ein Dresden-Krimi

224 Seiten, Broschur

ISBN 978-3-86789-498-2 | 9,99 €

Von wem wird der stadtbekannte Millionär Ahn von Helm erpresst? Und weshalb musste der Kleinganove Hacke sterben? Kriminalist Piet Ronstein tappt zunächst im Dunkeln. Aber was mit einer Leiche im Kofferraum beginnt, entspinnt sich schnell zu einem abenteuerlichen Reigen aus Habgier, Neid und Erpressung … Nach 20 Jahren der erste Krimi für Erwachsene aus der Feder von Bestsellerautor Klaus Möckel!

www.bild-und-heimat.de

BILD UND HEIMAT

# MÖRDERISCHER OSTEN

Georg Stern
**Denkmalsturz**
Ein Leipzig-Krimi

208 Seiten, Broschur

ISBN 978-3-86789-499-9 | 9,99 €

Der Historiker Bernhard Hoffmann wird tot am Völkerschlachtdenkmal aufgefunden. Die Polizei schließt auf Selbstmord, aber Katja Friedrich, eine alte Freundin, will nicht daran glauben und beginnt auf eigene Faust zu ermitteln. Hatten Bernds Forschungen etwas mit seinem Tod zu tun? Vor dem Hintergrund realer Geschehnisse legt Georg Stern mit *Denkmalsturz* ein fulminantes Krimidebüt vor.

www.bild-und-heimat.de

BILD UND HEIMAT

# MÖRDERISCHER OSTEN

Henner Kotte
**Blutige Felsen**

Kriminalstories aus der Sächsischen Schweiz

192 Seiten, Broschur

ISBN 978-3-86789-497-5 | 9,99 €

Die Sächsische Schweiz ist ein sagenhafter Landstrich. Aber nicht nur Kasperköpfe und Riesen haben hier ihre Wurzeln, sondern auch so mancher Verbrecher treibt hier sein Unwesen. Mal todernst, mal vergnüglich zeigt Heiner Kotte, dass die Gegend zwischen dem Lausitzer Bergland und dem Erzgebirge gar nicht so ruhig und beschaulich ist, wie allgemein angenommen …

www.bild-und-heimat.de

BILD UND HEIMAT